西游記

〔明〕吴承恩·著

读·香山書院

·插图版·

第二册

吉林出版集团有限责任公司

孙行者大闹黑风山

如意棒，黑缨枪，二人洞口逞刚强。分心劈脸刺，着臂照头伤。这个横丢阴棍手，那个直拈急三枪。白虎爬出来探爪，黄龙卧道转身忙。喷彩雾，吐毫光，两个妖仙不可量：一个是修正齐天圣，一个是成精黑大王。这场山里相争处，只为袈裟各不良。

第十七回　孙行者大闹黑风山　观世音收伏熊罴怪

话说孙行者一筋斗跳将起去，唬得那观音院大小和尚并头陀、幸童、道人等，一个个朝天礼拜道：『爷爷呀！原来是腾云驾雾的神圣下界！怪道火不能伤！恨我那个不识人的老剥皮，使心用心，今日反害了自己！』三藏道：『列位请起，不须恨了。这去寻着袈裟，万事皆休；但恐找寻不着，我那徒弟性子有些不好，汝等性命不知如何，恐一人不能脱也。』众僧闻得此言，一个个提心吊胆，告天许愿，只要寻得袈裟，各全性命不题。

却说孙大圣到空中，把腰儿扭了一扭，早来到黑风山上。住了云头，仔细看，果然是座好山。况正值春光时节，但见：

万壑争流，千崖竞秀。鸟啼人不见，花落树犹香。雨过天连青壁润，风来松卷翠屏张。山草发，野花开，悬崖峭嶂；薜萝生，佳木丽，峻岭平岗。不遇幽人，那寻樵子？涧边双鹤饮，石上野猿狂。矗矗堆螺排黛色，巍巍拥翠弄岚光。

那行者正观山景，忽听得芳草坡前，有人言语。他却轻步潜踪，闪在那石崖之下，偷睛观看。原来是三个妖魔，席地而坐：上首的是一条黑汉，左首下是一个道人，右首下是一个白衣秀士。都在那里高谈阔论。讲的是立鼎安炉，抟砂炼汞，白雪黄芽，傍门外道。正说中间，那黑汉笑道：『后日是我母难之日，二公可光顾光顾？』白衣秀士道：『年年与大王上寿，今年岂有不来之理？』黑汉道：『我夜来得了一件宝贝，名唤锦襕佛衣，诚然是件玩好之物。我明日就以他为寿，大开筵宴，邀请各山道官，庆贺佛衣，就称为「佛衣会」如何？』道人笑道：『妙，妙，妙！我明日先来拜寿，后日再来赴宴。』

行者闻得佛衣之言，定以为是他宝贝。他就忍不住怒气，跳出石崖，双手举起金箍棒，高叫道：『我把你这伙贼怪！你偷了我的袈裟，要做甚么「佛衣会」，趁早儿将来还我！』喝一声『休走！』轮起棒，照头一下，慌得那黑汉化风而逃，道人驾云而走；只把个白衣秀士，一棒打死。拖将过来看处，却是一条白花蛇怪。索性提起来，做五七断，径入深山，找寻那个黑汉。

转过尖峰，抹过峻岭，又见那壁陡崖前，耸出一座洞府，但见那：

烟霞渺渺，松柏森森：烟霞渺渺采盈门，松柏森森青绕户。桥踏枯槎木，峰巅绕薜萝。鸟衔红蕊来云壑，鹿践芳丛上石台。那门前，时催花发，风送花香。临堤绿柳转黄鹂，傍岸夭桃翻粉蝶。虽然旷野不堪夸，却赛蓬莱山下景。

行者到于门首，又见那两扇石门，关得甚紧。门上有一横石板，明书六个大字，乃『黑风山黑风洞』。即便轮棒叫声『开门！』那里面有把门的小妖，开了门出来，问道：『你是何人，敢来击吾仙洞？』行者骂道：『你个作死的孽畜！甚么个去处，敢称仙洞！「仙」字是你称的？快进去报与你那黑汉，教他快送老爷的袈裟出来，饶你一窝性命！』

小妖急急跑到里面，报道：『大王！「佛衣会」做不成了！门外有一个毛脸雷公嘴的和尚，来讨袈裟哩！』那黑汉被行者在芳草坡前赶将来，却才关了门，坐还未稳。又听得那话，心中暗想道：『这厮不知是那里来的，这般无礼，他敢嚷上我的门来！』教：『取披挂。』随结束了，绰一杆黑缨枪，走出门来。这行者闪在门外，执着铁棒，睁睛观看，只见那怪果生得凶险：

碗子铁盔火漆光，乌金铠甲亮辉煌。
皂罗袍罩风兜袖，黑绿丝绦亸穗长。
手执黑缨枪一杆，足踏乌皮靴一双。
眼幌金睛如掣电，正是山中黑风王。

行者暗笑道：『这厮真个如烧窑的一般，筑煤的无二！想必是在此处刷炭为生，怎么这等一身乌黑？』那怪厉声高叫道：『你是个甚么和尚，敢在我这里大胆？』行者执铁棒，撞至面前，大咤一声道：『不要闲讲！快还你老外公的袈裟来！』那怪道：『你是那寺里和尚？你的袈裟在那里失落了，敢来我这里索取？』行者道：『我的袈裟，在直北观音院后方丈里放着；只因那院里失了火，你这厮，趁哄掳掠，盗了来，要做「佛衣会」庆寿，怎敢抵赖？快快还我，饶你性命！若牙迸半个「不」字，我推倒了黑风山，踊平了黑风洞，把你这一洞妖邪，都碾为齑粉！』

那怪闻言，呵呵冷笑道：『你这个泼物！原来昨夜那火就是你放的！你在那方丈屋上，行凶招风，是我把一件袈裟拿来了，你待怎么！你是那里来的？姓甚名谁？有多大手段，敢那等海口浪言！』行者道：『是你也认不得你老外公哩！你老外公乃大唐上国驾前御弟三藏法师之徒弟，姓孙，名悟空行者。若问老孙的手段，说出来，教你魂飞魄散，死在眼前！』那怪道：『我不曾会你，有甚么手段，说来我听。』行者笑道：『我儿子，你站稳着，仔细听之！我：

自小神通手段高，随风变化逞英豪。养性修真熬日月，跳出轮回把命逃。一点诚心曾访道，灵台山上采药苗。那山有个老仙长，寿年十万八千高。老孙拜他为师父，指我长生路一条。他说身内有丹药，外边采取枉徒劳。得传大品天仙诀，若无根本实难熬。回光内照宁心坐，身中日月坎离交。万事不思全寡欲，六根清净体坚牢。返老还童容易得，超凡入圣路非遥。三年无漏成仙体，不同俗辈受煎熬。十洲三岛还游戏，海角天涯转一遭。活该三百多余岁，不得飞升上九霄。下海降龙真宝贝，才有金箍棒一条。花果山前为帅首，水帘洞里聚群妖。玉皇大帝传宣诏，封我齐天极品高。几番大闹灵霄殿，数次曾偷王母桃。天兵十万来降我，层层密密布枪刀。战退天王归上界，哪吒负痛领兵逃。显圣真君能变化，老孙硬赌跌平交。道祖观音同玉帝，南天门上看降妖。却被老君助一阵，二郎擒我到天曹。将身绑在降妖柱，即命神兵把首枭。刀砍锤敲不得坏，又教雷打火来烧。老孙其实有手段，全然不怕半分毫。送在老君炉里炼，六丁神火慢煎熬。日满开炉我跳出，手持铁棒绕天跑。纵横到处无遮挡，三十三天闹一遭。我佛如来施法力，五行山压老孙腰。整整压该五百载，幸逢三藏出唐朝。吾今皈正西方去，转上雷音见玉毫。你去乾坤四海问一问，我是历代驰名第一妖！』

那怪闻言笑道：『你原来是那闹天宫的弼马温么？』行者最恼的是人叫他弼马温；听见这一声，心中大怒。骂道：『你这贼怪！偷了袈裟不还，倒伤老爷！不要走！看棒！』那黑汉侧身躲过，绰长枪，劈手来迎。两家这场好杀：

如意棒，黑缨枪，二人洞口逞刚强。分心劈脸刺，着臂照头伤。这个横丢阴棍手，那个直拈急三枪。白虎爬出来探爪，黄龙卧道转身忙。喷彩雾，吐毫光，两个妖仙不可量：一个是修正齐天圣，一个是成精黑大王。这场山里相争处，只为袈裟各不良。

那怪与行者斗了十数回合，不分胜负。渐渐红日当午，那黑汉举枪架住铁棒道：『孙行者，我两个且收兵，等我进了膳来，再与你赌斗。』行者道：『你这个孽畜，教做汉子？好汉子，半日儿就要吃饭？似老孙在山根下，整压了五百余年，也未曾尝些汤水，那里便饿哩？莫推故！休走！还我袈裟来，方让你去吃饭！』那怪虚幌一枪，撤身入洞，关了石门，收回小怪，且安排筵宴，书写请帖，邀请各山魔王庆会不题。

却说行者攻门不开，也只得回观音院。那本寺僧人已葬埋了那老和尚，都在方丈里伏侍唐僧。早斋已毕，又摆上午斋。正那里添汤换水，只见行者从空降下，众僧礼拜，接入方丈，见了三藏。

三藏道：『悟空，你来了？袈裟如何？』行者道：『已有了根由。早是不曾冤了这些和尚。原来是那黑风山妖怪偷了。老孙去暗暗的寻他，只见他与一个白衣秀士，一个老道人，坐在那芳草坡前讲话。也是个不打自招的怪物，他忽然说出道：后日是他母难之日，邀请诸邪来做生日；夜来得了一件锦襕佛衣，要以此为寿，作一大宴，唤做「庆赏佛衣会」。是老孙抢到面前，打了一棍，那黑汉化风而走，道人也不见了，只把个白衣秀士打死，乃是一条白花蛇成精。我又急急赶到他洞口，叫他出来与他赌斗。他已承认了，是他拿回。战够这半日，不分胜负。那怪回洞，却要吃饭，关了石门，惧战不出。老孙却来回看师父，先报此信。已是有了袈裟的下落，不怕他不还我。』

众僧闻言，合掌的合掌，磕头的磕头，都念声：『南无阿弥陀佛！今日寻着下落，我等方有了性命矣！』行者

道：『你且休喜欢畅快，我还未曾到手，师父还未曾出门哩。只等有了袈裟，打发得我师父好好的出门，才是你们的安乐处；若稍有些须不虞，老孙可是好惹的主子！可曾有好茶饭与我师父吃？可曾有好草料喂马？』众僧俱满口答应道：『有，有，有！更不曾一毫怠慢了老爷。』三藏道：『自你去了这半日，我已吃过了三次茶汤，两餐斋供了。他俱不曾敢慢我。但只是你还尽心竭力去寻取袈裟回来。』行者道：『莫忙！既有下落，管情拿住这厮，还你原物。放心，放心！』正说处，那上房院主，又整治素供，请孙老爷吃斋。行者却吃了些须，复驾祥云，又去找寻。

正行间，只见一个小怪，左胁下夹着一个花梨木匣儿，从大路而来。行者度他匣内必有甚么柬札，举起棒，劈头一下，可怜不禁打，就打得似个肉饼一般；却拖在路旁，揭开匣儿观看，果然是一封请帖。帖上写着：

侍生熊罴顿首拜，启上大阐金池老上人丹房：屡承佳惠，感激渊深。夜观回禄之难，有失救护，谅仙机必无他害。生偶得佛衣一件，欲作雅会，谨具花酌，奉扳清赏。至期，千乞仙驾过临一叙是荷。先二日具。

行者见了，呵呵大笑道：『那个老剥皮，死得他一毫儿也不亏！他原来与妖精结党！怪道他也活了二百七十岁。想是那个妖精，传他些甚么服气的小法儿，故有此寿。老孙还记得他的模样，等我就变做那和尚，往他洞里走走，看我那袈裟放在何处。假若得手，即便拿回，却也省力。』

好大圣，念动咒语，迎着风一变，果然就像那老和尚一般，藏了铁棒，拽开步，径来洞口，叫声『开门』。那小妖开了门，见是这般模样，急转身报道：『大王，金池长老来了。』那怪大惊道：『刚才差了小的去下简帖请他，这时候还未到那里哩，如何他就来得这等迅速？想是小的不曾撞着他，断是孙行者呼他来讨袈裟的。管事的，可把佛衣藏了，莫教他看见。』

行者进了前门，但见那天井中，松篁交翠，桃李争妍，丛丛花发，簇簇兰香，却也是个洞天之处。又见那二门上有一联对子，写着：『静隐深山无俗虑，幽居仙洞乐天真。』行者暗道：『这厮也是个脱垢离尘知命的怪物。』入门里，往前又进，到于三层门里，都是些画栋雕梁，明窗彩户。只见那黑汉子，穿的是黑绿纻丝袢袄，罩一领鸦青花绫披风，戴一顶乌角软巾，穿一双麂皮皂靴；见行者进来，整顿衣巾，降阶迎接道：『金池老友，连日欠亲。请坐，请坐。』行者以礼相见。见毕而坐，坐定而茶。茶罢，妖精欠身道：『适有小简奉启，后日一叙，何老友今日就下顾也？』行者道：『正来进拜，不期路遇华翰，见有「佛衣雅会」，故此急急奔来，愿求见见。』那怪笑道：『老友差矣。这袈裟本是唐僧的，他在你处住札，你岂不曾看见，反来就我看看？』行者道：『贫僧借来，因夜晚还不曾展看，不期被大王取来。又被火烧了荒山，失落了家私。那唐僧的徒弟，又有些骁勇，乱忙中，四下里都寻觅不见。原来是大王的洪福收来，故特来一见。』

正讲处，只见有一个巡山的小妖，来报道：『大王，祸事了！下请书的小校，被孙行者打死在大路旁边，他绰着经儿，变化做金池长老，来骗佛衣也！』那怪闻言，暗道：『我说那长老怎么今日就来，又来得迅速，果然是他！』急纵身，拿过枪来，就刺行者。行者耳朵里急掣出棍子，现了本相，架住枪尖，就在他那中厅里跳出，自天井中，斗到前门外，唬得那洞里群魔都丧胆，家间老幼尽无魂。这场在山头好赌斗，比前番更是不同。好杀：

那猴王胆大充和尚，这黑汉心灵隐佛衣。语去言来机会巧，随机应变不差池。袈裟欲见无由见，宝贝玄微真妙微。小怪寻山言祸事，老妖发怒显神威。翻身打出黑风洞，枪棒争持辨是非。棒架长枪声响亮，枪迎铁棒放光辉。悟空变化人间少，妖怪神通世上稀。这个要把佛衣来庆寿，那个不得袈裟肯善归？这番苦战难分手，就是活佛临凡也解不得围。

他两个从洞口打上山头，自山头杀在云外，吐雾喷风，飞砂走石，只斗到红日沉西，不分胜败。那怪道：『姓孙的，你且住了手。今日天晚，不好相持。你去，你去！待明早来，与你定个死活。』行者叫道：『儿子莫走！要战便像个战的，不可以天晚相推。』看他没头没脸的，只情使棍子打来，这黑汉又化阵清风，转回本洞，紧闭石门不出。

行者却无计策奈何，只得也回观音院里。按落云头，道声『师父』。那三藏眼儿巴巴的，正望他哩。忽见到了面前，甚喜；又见他手里没有袈裟，又惧；问道：『怎么这番还不曾有袈裟来？』行者袖中取出个简帖儿来，递与三藏道：『师父，那怪物与这死的老剥皮，原是朋友。他着一个小妖送此帖来，还请他去赴「佛衣会」。是老孙就把那小妖打死，变做那老和尚，进他洞去，骗了一钟茶吃。欲问他讨袈裟看看，他不肯拿出。正坐间，忽被一个甚么巡风的，走了风信，他就与我打将起来。只斗到这早晚，不分上下。他见天晚，闪回洞去，紧闭石门。老孙无奈，也暂回来。』三藏道：『你手段比他何如？』行者道：『我也硬不多儿，只战个手平。』

三藏才看了简帖，又递与那院主道：『你师父敢莫也是妖精么？』那院主慌忙跪下道：『老爷，我师父是人；只因那黑大王修成人道，常来寺里与我师父讲经，他传了我师父些养神服气之术，故以朋友相称。』行者道：『这伙和尚没甚妖气，他一个个头圆顶天，足方履地，但比老孙肥胖长大些儿，非妖精也。你看那帖儿上写着「侍生熊罴」，此物必定是个黑熊成精。』三藏道：『我闻得古人云：「熊与猩猩相类。」都是兽类，他却怎么成精？』行者笑道：『老孙是兽类，见做了齐天大圣，与他何异？大抵世间之物，凡有九窍者，皆可以修行成仙。』三藏又道：『你才说他本事与你手平，你却怎生得胜，取我袈裟回来？』行者道：『莫管，莫管，我有处治。』

正商议间，众僧摆上晚斋，请他师徒们吃了。三藏教掌灯，仍去前面禅堂安歇。众僧都挨墙倚壁，苫搭窝棚，各各睡下，只把个后方丈让与那上下院主安身。此时夜静，但见：

银河现影，玉宇无尘。满天星灿烂，一水浪收痕。万籁声宁，千山鸟绝。溪边渔火息，塔上佛灯昏。昨夜阇黎钟鼓响，今宵一遍哭声闻。

是夜在禅堂歇宿。那三藏想着袈裟，那里得稳睡？忽翻身见窗外透白，急起叫道：『悟空，天明了，快寻袈裟去。』行者一骨鲁跳将起来。早见众僧侍立，供奉汤水，行者道：『你等用心伏侍我师父，老孙去也。』三藏下床，扯住道：『你往那里去？』行者道：『我想这桩事都是观音菩萨没理，他有这个禅院在此，受了这里人家香火，又容那妖精邻住。我去南海寻他，与他讲三讲，教他亲来问妖精讨袈裟还我。』三藏道：『你这去，几时回来？』行者道：『时少只在饭罢，时多只在晌午，就成功了。那些和尚，可好伏侍，老孙去也。』

说声去，早已无踪。须臾间，到了南海。停云观看，但见那：

汪洋海远，水势连天。祥光笼宇宙，瑞气照山川。千层雪浪吼青霄，万迭烟波滔白昼。水飞四野，浪滚周

孙行者大闹黑风山
观世音收伏熊罴怪

他两个从洞口打上山头，自山头杀在云外，吐雾喷风，飞砂走石，只斗到红日沉西，不分胜败。

遭：水飞四野振轰雷，浪滚周遭鸣霹雳。休言水势，且看中间。五色朦胧宝叠山。红黄紫皂绿和蓝。才见观音真胜境，试看南海落伽山。好去处！山峰高耸，顶透虚空。中间有千样奇花，百般瑞草。风摇宝树，日映金莲。观音殿瓦盖琉璃，潮音洞门铺玳瑁。绿杨影里语鹦哥，紫竹林中啼孔雀。罗纹石上，护法威严；玛瑙滩前，木叉雄壮。

这行者观不尽那异景非常，径直按云头，到竹林之下。早有诸天迎接道：『菩萨前者对众言大圣归善，甚是宣扬。今保唐僧，如何得暇到此？』行者道：『因保唐僧，路逢一事，特见菩萨，烦为通报。』诸天遂来洞口报知。菩萨唤入。

行者遵法而行，至宝莲台下拜了。菩萨问曰：『你来何干？』行者道：『我师父路遇你的禅院，你受了人间香火，容一个黑熊精在那里邻住，着他偷了我师父袈裟，屡次取讨不与，今特来问你要的。』菩萨道：『这猴子说话，这等无状！既是熊精偷了你的袈裟，你怎来问我取讨？都是你这个孽猴大胆，将宝贝卖弄，拿与小人看见，你却又行凶，唤风发火，烧了我的留云下院，反来我处放刁！』行者见菩萨说出这话，知他晓得过去未来之事，慌忙礼拜道：『菩萨，乞恕弟子之罪，果是这般这等。但恨那怪物不肯与我袈裟，师父又要念那话儿咒语，老孙忍不得头疼，故此来拜烦菩萨。望菩萨慈悲之心，助我去拿那妖精，取衣西进也。』菩萨道：『那怪物有许多神通，却也不亚于你。也罢，我看唐僧面上，和你去走一遭。』行者闻言，谢恩再拜。即请菩萨出门，遂同驾祥云，早到黑风山。坠落云头，依路找洞。

正行处，只见那山坡前，走出一个道人，手拿着一个玻璃盘儿，盘内安着两粒仙丹，往前正走；被行者撞个满怀，掣出棒，就照头一下，打得脑里浆流出，腔中血迸撺。菩萨大惊道：『你这个猴子，还是这等放泼！他又不曾偷你袈裟，又不与你相识，又无甚冤仇，你怎么就将他打死？』行者道：『菩萨，你认他不得。他是那黑熊精的朋友。他昨日和一个白衣秀士，都在芳草坡前坐讲。后日是黑精的生日，请他们来庆「佛衣会」。今日他先来拜寿，明日来庆「佛衣会」，所以我认得。定是今日替那妖去上寿。』菩萨说：『既是这等说来，也罢。』

行者才去把那道人提起来看，却是一只苍狼。旁边那个盘儿底下却有字，刻道：『凌虚子制』。行者见了，笑道：『造化！造化！老孙也是便益，菩萨也是省力。这怪叫做不打自招，那怪教他今日了劣。』菩萨说道：『悟空，这教怎么说？』行者道：『菩萨，我悟空有一句话儿，叫做将计就计，不知菩萨可肯依我？』菩萨道：『你说。』行者说道：『菩萨，你看这盘儿中是两粒仙丹，便是我们与那妖魔的贽见；这盘儿后面刻的四个字，说「凌虚子制」，便是我们与那妖魔的勾头。菩萨若要依得我时，我好替你作个计较，也就不须动得干戈，也不须劳得征战，妖魔眼下遭瘟，佛衣眼下出现；菩萨要不依我时，菩萨往西，我悟空往东，佛衣只当相送，唐三藏只当落空。』菩萨笑道：『这猴熟嘴！』行者道：『不敢，倒是一个计较。』菩萨说：『你这计较怎说？』行者道：『这盘上刻那「凌虚子制」，想这道人就叫做凌虚子。菩萨，你要依我时，可就变做这个道人，我把这丹吃了一粒，变上一粒，略大些儿。菩萨你就捧了这个盘儿，两粒仙丹，去与那妖上寿，把这丸大些的让与那妖。待那妖一口吞之，老孙便于中取事，他若不肯献出佛衣，老孙将他肚肠，就也织将一件出来。』

菩萨没法，只得也点点头儿。行者笑道：『如何？』尔时菩萨乃以广大慈悲，无边法力，亿万化身，以心会意，以意会身，恍惚之间，变作凌虚仙子：

鹤氅仙风飒，飘飖欲步虚。
苍颜松柏老，秀色古今无。

观世音收伏熊罴怪

让毕，那妖才待要咽，那药顺口儿一直滚下。现了本相，理起四平，那妖滚倒在地。菩萨现相，问妖取了佛衣。行者早已从鼻孔中出去。

去去还无住，如如自有殊。
总来归一法，只是隔邪躯。

行者看道：『妙啊！妙啊！还是妖精菩萨，还是菩萨妖精？』菩萨笑道：『悟空，菩萨、妖精，总是一念；若论本来，皆属无有。』行者心下顿悟，转身却就变做一粒仙丹：

走盘无不定，圆明未有方。
三三勾漏合，六六少翁商。
瓦铄黄金焰，牟尼白昼光。
外边铅与汞，未许易论量。

行者变了那颗丹，终是略大些儿。菩萨认定，拿了那个玻璃盘儿，径到妖洞门口，看时，果然是：

崖深岫险，云生岭上；柏苍松翠，风飒林间。崖深岫险，果是妖邪出没人烟少；柏苍松翠，也可仙真修隐道情多。山有涧，涧有泉，潺潺流水咽鸣琴，便堪洗耳；崖有鹿，林有鹤，幽幽仙籁动间岑，亦可赏心。这是妖仙有分降菩提，弘誓无边垂恻隐。

菩萨看了，心中暗喜道：『这孽畜占了这座山洞，却是也有些道分。』因此心中已此有个慈悲。走到洞口，只见守洞小妖，都有些认得道：『凌虚仙长来了。』一边传报，一边接引。那妖早已迎出二门道：『凌虚，有劳仙驾珍顾，蓬荜有辉。』菩萨道：『小道敬献一粒仙丹，敢称千寿。』他二人拜毕，方才坐定，又叙起他昨日之事。菩萨不答，连忙拿丹盘道：『大王，且见小道鄙意。』觑定一粒大的，推与那妖道：『愿大王千寿！』那妖亦推一粒，递与菩萨道：『愿与凌虚子同之。』让毕，那妖才待要咽，那药顺口儿一直滚下。现了本相，理起四平，那妖滚倒在地。菩萨现相，问妖取了佛衣。行者早已从鼻孔中出去。菩萨又怕那妖无礼，却把一个箍儿，丢在那妖头上。那妖起来，提枪要刺，行者、菩萨早已起在空中，菩萨将真言念起。那怪依旧头疼，丢了枪，满地乱滚。半空里笑倒个美猴王，平地下滚坏个黑熊怪。

菩萨道：『孽畜！你如今可皈依么？』那怪满口道：『心愿皈依，只望饶命！』行者道：『恐耽搁了工夫，』意欲就打。菩萨急止住道：『休伤他命。我有用他处哩。』行者道：『这样怪物，不打死他，反留他在何处用哩？』菩萨道：『我那落伽山后，无人看管，我要带他去做个守山大神。』行者笑道：『诚然是个救苦慈尊，一灵不损。若是老孙有这样咒语，就念上他娘千遍！这回儿就有许多黑熊，都教他了帐！』却说那怪苏醒多时，公道难禁疼痛，只得跪在地下哀告道：『但饶性命，愿皈正果！』菩萨方坠落祥光，又与他摩顶受戒，教他执了长枪，跟随左右。那黑熊才一片野心今日定，无穷顽性此时收。菩萨吩咐道：『悟空，你回去罢。好生伏侍唐僧是，休懈惰生事。』行者道：『深感菩萨远来，弟子还当回送回送。』菩萨道：『免送。』行者才捧着袈裟，叩头而别。菩萨亦带了熊罴，径回大海。有诗为证。诗曰：

祥光霭霭凝金象，万道缤纷实可夸。
普济世人垂悯恤，遍观法界现金莲。
今来多为传经意，此去原无落点瑕。
降怪成真归大海，空门复得锦袈裟。

毕竟不知向后事情如何，且听下回分解。

观音院唐僧脱难

次早方刷扮了马匹，包裹了行囊出门。众僧远送方回。行者引路而去，正是那春融时节。

第十八回 观音院唐僧脱难 高老庄大圣除魔

行者辞了菩萨，按落云头，将袈裟挂在香楠树上，掣出棒来，打入黑风洞里。那洞里那得一个小妖？原来是他见菩萨出现，降得那老怪就地打滚，急急都散走了。行者一发行凶，将他那几层门上，都积了干柴，前前后后，一齐发火，把个黑风洞烧做个『红风洞』，却拿了袈裟，驾祥光，转回直北。

话说那三藏望行者急忙不来，心甚疑惑；不知是请菩萨不至，不知是行者托故而逃。正在那胡猜乱想之中，只见半空中彩雾灿灿，行者忽坠阶前，叫道：『师父，袈裟来了。』三藏大喜。众僧亦无不欢悦道：『好了！好了！我等性命，今日方才得全了。』三藏接了袈裟道：『悟空，你早间去时，原约到饭罢晌午，如何此时日西方回？』行者将那请菩萨施变化降妖的事情，备陈了一遍。三藏闻言，遂设香案，朝南礼拜罢。道：『徒弟啊，既然有了佛衣，可快收拾包裹去也。』行者道：『莫忙，莫忙。今日将晚，不是走路的时候，且待明日早行。』众僧们一齐跪下道：『孙老爷说得是：一则天晚，二来我等有些愿心儿，今幸平安，有了宝贝，待我还了愿，请老爷散了福，明早再送西行。』行者道：『正是，正是。』你看那些和尚，都倾囊倒底，把那火里抢出的余资，各出所有，整顿了些斋供，烧了些平安无事的纸，念出几卷消灾解厄的经。当晚事毕。

次早方刷扮了马匹，包裹了行囊出门。众僧远送方回。行者引路而去，正是那春融时节。但见那：

草衬玉骢蹄迹软，柳摇金线露华新。桃杏满林争艳丽，薜萝绕径放精神。沙堤日暖鸳鸯睡，山涧花香蛱蝶驯。这般秋去冬残春过半，不知何年行满得真文。

师徒们行了五七日荒路，忽一日天色将晚，远远的望见一村人家。三藏道：『悟空，你看那壁厢有座山庄相近，我们去告宿一宵，明日再行何如？』行者道：『且等老孙去看看吉凶，再作区处。』那师父挽住丝缰，这行者定睛观看，真个是：

竹篱密密，茅屋重重。参天野树迎门，曲水溪桥映户。道旁杨柳绿依依，园内花开香馥馥。此时那夕照沉西，处处山林喧鸟雀；晚烟出爨，条条道径转牛羊。又见那食饱鸡豚眠屋角，醉酣邻叟唱歌来。

行者看罢道：『师父请行。定是一村好人家，正可借宿。』

那长老催动白马，早到街衢之口。又见一个少年，头裹绵布，身穿蓝袄，持伞背包，敛裩扎裤，脚踏着一双三耳草鞋，雄纠纠的，出街忙走。行者顺手一把扯住道：『那里去？我问你一个信儿：此间是甚么地方？』那个人只管苦挣，口里嚷道：『我庄上没人？只是我好问信！』行者陪着笑道：『施主莫恼。「与人方便，自己方便。」你就与我说说地名何害？我也可解得你的烦恼。』那人挣不脱手，气得乱跳道：『蹭蹬，蹭蹬！家长的屈气受不了，又撞着

这个光头，受他的清气！』行者道：『你有本事，劈开我的手，你便就去了也罢。』那人左扭右扭，那里扭得动，却似一把铁钤拑住一般，气得他丢了包袱，撇了伞，两只手，雨点似来抓行者。行者把一只手扶着行李，一只手抵住那人，凭他怎么支吾，只是不能抓着。行者愈加不放，急得爆燥如雷。三藏道：『悟空，那里不有人来了？你再问那人就是，只管扯住他怎的？放他去罢。』行者笑道：『师父不知。若是问了别人没趣，须是问他，才有买卖。』那人被行者扯住不过，只得说出道：『此处乃是乌斯藏国界之地，唤做高老庄。一庄人家有大半姓高，故此唤做高老庄。你放了我去罢。』行者又道：『你这样行装，不是个走近路的。你实与我说，你要往那里去，端的所干何事，我才放你。』

这人无奈，只得以实情告诉道：『我是高太公的家人，名叫高才。我那太公有个老女儿，年方二十岁，更不曾配人，三年前被一个妖精占了。那妖整做了这三年女婿。我太公不悦，说道：「女儿招了妖精，不是长法：一则败坏家门，二则没个亲家来往。」一向要退这妖精。那妖精那里肯退，转把女儿关在他后宅，将有半年，再不放出与家内人相见。我太公与了我几两银子，教我寻访法师，拿那妖怪。我这些时不曾住脚，前前后后，请了有三四个人，都是不济的和尚，脓包的道士，降不得那妖精。刚才骂了我一场，说我不会干事，又与了我五钱银子做盘缠，教我再去请好法师降他。不期撞着你这个纥刺星扯住，误了我走路，故此里外受气，我无奈，才与你叫喊。不想你又有些拿法，我挣不过你，所以说此实情。你放我去罢。』行者道：『你的造化，我有营生。这才是凑四合六的勾当。你也不须远行，莫要化费了银子。我们不是那不济的和尚，脓包的道士，其实有些手段，惯会拿妖。这正是「一来照顾郎中，二来又医得眼好。」烦你回去上复你那家主，说我们是东土驾下差来的御弟圣僧，往西天拜佛求经者，善能降妖缚怪。』高才道：『你莫误了我。我是一肚子气的人，你若哄了我，没甚手段，拿不住那妖精，却不又带累我来受气？』行者道：『管教不误了你。你引我到你家门首去来。』

那人也无计奈何，真个提着包袱，拿了伞，转步回身，领他师徒到于门首道：『二位长老，你且在马台上略坐坐，等我进去报主人知道。』行者才放了手，落担牵马，师徒们坐立门旁等候。

那高才入了大门，径往中堂上走，可可的撞见高太公。太公骂道：『你那个蛮皮畜生，怎么不去寻人，又回来做甚？』高才放下包伞道：『上告主人公得知，小人才行出街口，忽撞见两个和尚：一个骑马，一个挑担。他扯住我不放，问我那里去。我再三不曾与他说及，他缠得没奈何，不得脱手，遂将主人公的事情，一一说与他知。他却十分欢喜，要与我们拿那妖怪哩。』高老道：『是那里来的？』高才道：『他说是东土驾下差来的御弟圣僧，前往西天拜佛求经的。』太公道：『既是远来的和尚，怕不真有些手段。他如今在那里？』高才道：『现在门外等候。』

那太公即忙换了衣服，与高才出来迎接，叫声『长老』。三藏听见，急转身，早已到了面前。那老者戴一顶乌绫巾，穿一领葱白蜀锦衣，踏一双糙米皮的犊子靴，系一条黑绿绦子，出来笑语相迎，便叫：『二位长老，作揖了。』三藏还了礼，行者站着不动。那老者见他相貌凶丑，便就不敢与他作揖。行者道：『怎么不唱老孙喏？』那老儿有几分害怕，叫高才道：『你这小厮却不弄杀我也？家里现有一个丑头怪脑的女婿打发不开，怎么又引这个雷公来害我？』行者道：『老高，你空长了许大年纪，还不省事！若专以相貌取人，干净错了。我老孙丑自丑，却有些本事。替你家擒得妖精，捉得鬼魅，拿住你那女婿，还了你女儿，便是好事，何必谆谆以相貌为言！』太公见说，战兢兢的，只得强打精神，叫声『请进』。这行者见请，才牵了白马，教高才挑着行李，与三藏进去。他也不管好歹，就把马拴在敞厅柱上，扯过一张退光漆交椅，叫三藏坐下。他又扯过一张椅子，坐在旁边。那高老道：『这个小长老，倒也家怀。』行者道：『你若肯留我住得半年，还家怀哩。』

坐定，高老问道：『适间小价说，二位长老是东土来的？』三藏道：『便是。贫僧奉朝命往西天拜佛求经，因过宝庄，特借一宿，明日早行。』高老道：『二位原是借宿的，怎么说会拿怪？』行者道：『因是借宿，顺便拿几个妖怪儿耍耍的。动问府上有多少妖怪？』高老道：『天那！还吃得有多少哩！只这一个怪女婿，也被他磨慌了！』行者道：『你把那妖怪的始末，有多大手段，从头儿说说我听，我好替你拿他。』

高老道：『我们这庄上，自古至今，也不晓得有甚么鬼祟魍魉，邪魔作耗。只是老拙不幸，不曾有子，止生三个女儿：大的唤名香兰，第二的名玉兰，第三的名翠兰。那两个从小儿配与本庄人家，止有小的个，要招个女婿，指望他与我同家过活，做个养老女婿，撑门抵户，做活当差。不期三年前，有一个汉子，模样儿倒也精致，他说是福陵山上人家，姓猪，上无父母，下无兄弟，愿与人家做个女婿。我老拙见是这般一个无根无绊的人，就招了他。一进门时，倒也勤谨：耕田耙地，不用牛具；收割田禾，不用刀杖。昏去明来，其实也好；只是一件，有些会变嘴脸。』行者道：『怎么变么？』高老道：『初来时，是一条黑胖汉，后来就变做一个长嘴大耳朵的呆子，脑后又有一溜鬃毛，身体粗糙怕人，头脸就像个猪的模样。食肠却又甚大：一顿要吃三五斗米饭；早间点心，也得百十个烧饼才够。喜得还吃斋素，若再吃荤酒，便是老拙这些家业田产之类，不上半年，就吃个罄净！』三藏道：『只因他做得，所以吃得。』高老道：『吃还是件小事，他如今又会弄风，云来雾去，走石飞砂，唬得我一家并左邻右舍，俱不得安生。又把那翠兰小女关在后宅子里，一发半年也不曾见面，更不知死活如何。因此知他是个妖怪，要请个法师与他去退去退。』行者道：『这个何难？老儿你管放心，今夜管情与你拿住，教他写个退亲文书，还你女儿如何？』高老大喜道：『我为招了他不打紧，坏了我多少清名，疏了我多少亲眷；但得拿住他，要甚么文书？就烦与我除了根罢。』行者道：『容易！容易！入夜之时，就见好歹。』

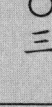

观音院唐僧脱难
高老庄大圣除魔

那阵狂风过处，只见半空里来了一个妖精，果然生得丑陋：黑脸短毛，长喙大耳；穿一领青不青、蓝不蓝的梭布直裰，系一条花布手巾。

老儿十分欢喜，才教展抹桌椅，摆列斋供。斋罢，将晚，老儿问道：『要甚兵器？要多少人随？趁早好备。』行者道：『兵器我自有。』老儿道：『二位只是那根锡杖，锡杖怎么打得妖精？』行者随于耳内取出一个绣花针来，捻在手中，迎风幌了一幌，就是碗来粗细的一根金箍铁棒，对着高老道：『你看这条棍子，比你家兵器如何？可打得这怪否？』高老又道：『既有兵器，可要人跟？』行者道：『我不用人，只是要几个年高有德的老儿，陪我师父清坐闲叙，我好撇他而去。等我把那妖精拿来，对众取供，替你除了根罢。』那老儿即唤家僮，请了几个亲故朋友。一时都到。相见已毕，行者道：『师父，你放心稳坐，老孙去也。』

你看他揝着铁棒，扯着高老道：『你引我去后宅子里，妖精的住处看看。』高老遂引他到后宅门首。行者道：『你去取钥匙来。』高老道：『你且看看。若是用得钥匙，却不请你了。』行者笑道：『你那老儿，年纪虽大，却不识耍。我把这话儿哄你一哄，你就当真。』走上前，摸了一摸，原来是铜汁灌的锁子。狠得他将金箍棒一捣，捣开门扇，里面却黑洞洞的。行者道：『老高，你去叫你女儿一声，看他可在里面。』那老儿硬着胆叫道：『三姐姐。』那女儿认得是他父亲的声音，才少气无力的应了一声道：『爹爹，我在这里哩。』行者闪金睛，向黑影里仔细看时，你道他怎生模样？但见那：

云鬓乱堆无掠，玉容未洗尘淄。一片兰心依旧，十分娇态倾颓。樱唇全无气血，腰肢屈屈偎偎。愁蹙蹙，蛾眉淡；瘦怯怯，语声低。

他走来看见高老，一把扯住，抱头大哭。行者道：『且莫哭！且莫哭！我问你，妖怪往那里去了？』女子道：『不知往那里去。这些时，天明就去，入夜方来。云云雾雾，往回不知何所。因是晓得父亲要祛退他，他也常常防备，故此昏来朝去。』行者道：『不消说了。老儿，你带令爱往前边宅里，慢慢的叙阔，让老孙在此等他。他若不来，你却莫怪；他若来了，定与你剪草除根。』那老高欢欢喜喜的，把女儿带将前去。

行者却弄神通，摇身一变，变得就如那女子一般，独自个坐在房里等那妖精。不多时，一阵风来，真个是走石飞砂。好风：

起初时微微荡荡，向后来渺渺茫茫。微微荡荡乾坤大，渺渺茫茫无阻碍。雕花折柳胜揌麻，倒树摧林如拔菜。翻江搅海鬼神愁，裂石崩山天地怪。衔花麋鹿失来踪，摘果猿猴迷在外。七层铁塔侵佛头，八面幢幡伤宝盖。金梁玉柱起根摇，房上瓦飞如燕块。举棹梢公许愿心，开船忙把猪羊赛。当坊土地弃祠堂，四海龙王朝上拜。海边撞损夜叉船，长城刮倒半边塞。

那阵狂风过处，只见半空里来了一个妖精，果然生得丑陋：黑脸短毛，长喙大耳；穿一领青不青、蓝不蓝的梭布

直裰，系一条花布手巾。行者暗笑道：『原来是这个买卖！』好行者，却不迎他，也不问他，且睡在床上推病，口里哼哼啧啧的不绝。

那怪不识真假，走进房，一把搂住，就要亲嘴。行者暗笑道：『真个要来弄老孙哩！』即使个拿法，托着那怪的长嘴，叫做个小跌。漫头一料，扑的掼下床来。那怪爬起来，扶着床边道：『姐姐，你怎么今日有些怪我？想是我来得迟了？』行者道：『不怪！不怪！』那妖道：『既不怪我，怎么就丢我这一跌？』行者道：『你怎么就这等样小家子，就搂我亲嘴？我因今日有些不自在，若每常好时，便起来开门等你了。你可脱了衣服睡是。』那怪不解其意，真个就去脱衣。行者跳起来，坐在净桶上。那怪依旧复来床上摸一把，摸不着人，叫道：『姐姐，你往那里去了？请脱衣服睡罢。』行者道：『你先睡，等我出个恭来。』那怪果先解衣上床。行者忽然叹口气，道声：『造化低了！』那怪道：『你恼怎的？造化怎么得低的？我得到了你家，虽是吃了些茶饭，却也不曾白吃你的：我也曾替你家扫地通沟，搬砖运瓦，筑土打墙，耕田耙地，种麦插秧，创家立业。如今你身上穿的锦，戴的金，四时有花果享用，八节有蔬菜烹煎，你还有那些儿不趁心处，这般短叹长吁，说甚么造化低了！』行者道：『不是这等说。今日我的父母，隔着墙，丢砖料瓦的，甚是打我骂我哩。』那怪道：『他打骂你怎的？』行者道：『他说我和你做了夫妻，你是他门下一个女婿，全没些儿礼体。这样个丑嘴脸的人，又会不得姨夫，又见不得亲戚，又不知你云来雾去，端的是那里人家，姓甚名谁，败坏他清德，玷辱他门风，故此这般打骂，所以烦恼。』那怪道：『我虽是有些儿丑陋，若要俊，却也不难。我一来时，曾与他讲过，他愿意方才招我。今日怎么又说起这话！我家住在福陵山云栈洞。我以相貌为姓，故姓猪，官名叫做猪刚鬣。他若再来问你，你就以此话与他说便了。』

行者暗喜道：『那怪却也老实，不用动刑，就供得这等明白。既有了地方、姓名，不管怎的也拿住他。』行者道：『他要请法师来拿你哩。』那怪笑道：『睡着！睡着！莫睬他！我有天罡数的变化，九齿的钉钯，怕甚么法师、和尚、道士？就是你老子有虔心，请下九天荡魔祖师下界，我也曾与他做过相识，他也不敢怎的我。』行者道：『他说请一个五百年前大闹天宫姓孙的齐天大圣，要来拿你哩。』那怪闻得这个名头，就有三分害怕道：『既是这等说，我去了罢。两口子做不成了。』行者道：『你怎的就去？』那怪道：『你不知道。那闹天宫的弼马温，有些本事，只恐我弄他不过，低了名头，不像模样。』

他套上衣服，开了门，往外就走；被行者一把扯住，将自己脸上抹了一抹，现出原身。喝道：『好妖怪，那里走！你抬头看看我是那个？』那怪转过眼来，看见行者咨牙俫嘴，火眼金睛，磕头毛脸，就是个活雷公相似，慌得他手麻脚软，划刺的一声，挣破了衣服，化狂风脱身而去。行者急上前，掣铁棒，望风打了一下。那怪化万道火

高老庄大圣除魔

那怪转过眼来，看见行者咨牙俫嘴，火眼金睛，磕头毛脸，就是个活雷公相似，慌得他手麻脚软，划刺的一声，挣破了衣服，化狂风脱身而去。

光，径转本山而去。行者驾云，随后赶来，叫声：『那里走！你若上天，我就赶到斗牛宫！你若入地，我就追至枉死狱！』

咦！毕竟不知这一去赶至何方，有何胜败，且听下回分解。

雲棧洞悟空收八戒

云栈洞悟空收八戒

他两个自二更时分，直斗到东方发白。那怪不能迎敌，败阵而逃，依然又化狂风，径回洞里，把门紧闭，再不出头。

第十九回　云栈洞悟空收八戒　浮屠山玄奘受心经

却说那怪的火光前走，这大圣的彩霞随跟。正行处，忽见一座高山，那怪把红光结聚，现了本相，撞入洞里，取出一柄九齿钉钯来战。行者喝一声道：『泼怪！你是那里来的邪魔？怎么知道我老孙的名号？你有甚么本事，实实供来，饶你性命！』那怪道：『是你也不知我的手段！上前来站稳着，我说与你听：

我自小生来心性拙，贪闲爱懒无休歇。不曾养性与修真，混沌迷心熬日月。忽然闲里遇真仙，就把寒温坐下说。劝我回心莫堕凡，伤生造下无边孽。有朝大限命终时，八难三途悔不喋。听言意转要修行，闻语心回求妙诀。有缘立地拜为师，指示天关并地阙。得传九转大还丹，工夫昼夜无时辍。上至顶门泥丸宫，下至脚板涌泉穴。周流肾水入华池，丹田补得温温热。婴儿姹女配阴阳，铅汞相投分日月。离龙坎虎用调和，灵龟吸尽金乌血。三花聚顶得归根，五气朝元通透彻。功圆行满却飞升，天仙对对来迎接。朗然足下彩云生，身轻体健朝金阙。玉皇设宴会群仙，各分品级排班列。敕封元帅管天河，总督水兵称宪节。只因王母会蟠桃，开宴瑶池邀众客。那时酒醉意昏沉，东倒西歪乱撒泼。逞雄撞入广寒宫，风流仙子来相接。见他容貌挟人魂，旧日凡心难得灭。全无上下失尊卑，扯住嫦娥要陪歇。再三再四不依从，东躲西藏心不悦。色胆如天叫似雷，险些震倒天关阙。纠察灵官奏玉皇，那日吾当命运拙。广寒围困不通风，进退无门难得脱。却被诸神拿住我，酒在心头还不怯。押赴灵霄见玉皇，依律问成该处决。多亏太白李金星，出班俯顖亲言说。改刑重责二千锤，肉绽皮开骨将折。放生遭贬出天关，福陵山下图家业。我因有罪错投胎，俗名唤做猪刚鬣。』

行者闻言道：『你这厮原来是天蓬水神下界。怪道知我老孙名号。』那怪道声：『哏！你这诳上的弼马温，当年撞那祸时，不知带累我等多少，今日又来此欺人！不要无礼，吃我一钯！』行者怎肯容情，举起棒，当头就打。他两个在那半山之中，黑夜里赌斗。好杀：

行者金睛似闪电，妖魔环眼似银花。这一个口喷彩雾，那一个气吐红霞；气吐红霞昏处亮，口喷彩雾夜光华。金箍棒，九齿钯，两个英雄实可夸：一个是大圣临凡世，一个是元帅降天涯。那个因失威仪成怪物，这个幸逃苦难拜僧家。钯去好似龙伸爪，棒迎浑若凤穿花。那个道：『你破人亲事如杀父！』这个道：『你强奸幼女正该拿！』闲言语，乱喧哗，往往来来棒架钯。看看战到天将晓，那妖精两膊觉酸麻。

他两个自二更时分，直斗到东方发白。那怪不能迎敌，败阵而逃，依然又化狂风，径回洞里，把门紧闭，再不出头。行者在这洞门外看有一座石碣，上书『云栈洞』三字；见那怪不出，天又大明，心却思量：『恐师父等候，且回去见他一见，再来捉此怪不迟。』随踏云点一点，早到高老庄。

却说三藏与那诸老谈今论古，一夜无眠。正想行者不来，只见天井里，忽然站下行者。行者收藏铁棒，整衣上厅。叫道：『师父，我来了。』慌得那诸老一齐下拜，谢道：『多劳，多劳！』三藏问道：『悟空，你去这一夜，拿得妖精在那里？』行者道：『师父，那妖不是凡间的邪祟，也不是山间的怪兽。他本是天蓬元帅临凡，只因错投了胎，嘴脸像一个野猪模样，其实性灵尚存。他说以相为姓，唤名猪刚鬣。是老孙从后宅里掣棒就打，他化一阵狂风走了。被老孙着风一棒，他就化道火光，径转他那本山洞里，取出一柄九齿钉钯，与老孙战了一夜。适才天色将明，他怯战而走，把洞门紧闭不出。老孙还要打开那门，与他见个好歹，恐师父在此疑虑盼望，故先来回个信息。』说罢，那老高上前跪下道：『长老，没及奈何，你虽赶得去了，他等你去后复来，却怎区处？索性累你与我拿住，除了根，才无后患。我老夫不敢怠慢，自有重谢：将这家财田地，凭众亲友写立文书，与长老平分。只是要剪草除根，莫教坏了我高门清德。』

行者笑道：『你这老儿不知分限。那怪也曾对我说，他虽是食肠大，吃了你家些茶饭，他与你干了许多好事。这几年挣了许多家资，皆是他之力量。他不曾白吃了你东西，问你祛他怎的。据他说，他是一个天神下界，替你把家做活，又未曾害了你家女儿。想这等一个女婿，也门当户对，不怎么坏了家声，辱了行止。当真的留他也罢。』老高道：『长老，虽是不伤风化，但名声不甚好听。动不动着人就说：「高家招了一个妖怪女婿！」这句话儿教人怎当？』三藏道：『悟空，你既是与他做了一场，一发与他做个竭绝，才见始终。』行者道：『我才试他一试耍子。此去一定拿来与你们看。且莫忧愁。』叫：『老高，你还好生管待我师父，我去也。』

说声去，就无形无影的，跳到他那山上，来到洞口，一顿铁棍，把两扇门打得粉碎。口里骂道：『那馕糠的夯货，快出来与老孙打么！』那怪正喘嘘嘘的，睡在洞里。听见打得门响，又听见骂馕糠的夯货，他却恼怒难禁，只得拖着钯，抖擞精神，跑将出来，厉声骂道：『你这个弼马温，着实惫懒！与你有甚相干，你把我大门打破？你且去看看律条，打进大门而入，该个杂犯死罪哩！』行者笑道：『这个呆子！我就打了大门，还有个辩处。像你强占人家女子，又没个三媒六证，又无些茶红酒礼，该问个真犯斩罪哩！』那怪道：『且休闲讲，看老猪这钯！』行者使棍支住道：『你这钯可是与高老家做园工筑地种菜的？有何好处怕你！』那怪道：『你错认了！这钯岂是凡间之物？你且听我道来：

此是锻炼神冰铁，磨琢成工光皎洁。老君自己动铃锤，荧惑亲身添炭屑。五方五帝用心机，六丁六甲费周折。造成九齿玉垂牙，铸就双环金坠叶。身妆六曜排五星，体按四时依八节。短长上下定乾坤，左右阴阳分日月。六爻神将按天条，八卦星辰依斗列。名为上宝逊金钯，进与玉皇镇丹阙。因我修成大罗仙，为吾养就长生客。敕封元帅号天蓬，钦赐钉钯为御节。举起烈焰并毫光，落下猛风飘瑞雪。天曹神将尽皆惊，地府阎罗心胆怯。人间那有这般兵，世上更无此等铁。随身变化可心怀，任意翻腾依口诀。相携数载未曾离，伴我几年无日别。日食三餐并不丢，夜眠一宿浑无撇。也曾佩去赴蟠桃，也曾带他朝帝阙。皆因仗酒却行凶，只为倚强便撒泼。上天贬我降凡尘，下世尽我作罪孽。石洞心邪曾吃人，高庄情喜婚姻结。这钯下海掀翻龙鼍窝，上山抓碎虎狼穴。诸般兵刃且休题，惟有吾当钯最切。相持取胜有何难，赌斗求功不用说。何怕你铜头铁脑一身钢，钯到魂消神气泄！』

行者闻言，收了铁棒道：『呆子不要说嘴！老孙把这头伸在那里，你且筑一下儿，看可能魂消气泄。』那怪真个举起钯，着气力筑将来。扑的一下，钻起钯的火光焰焰，更不曾筑动一些儿头皮。唬得他手麻脚软，道声：『好头！好头！』行者道：『你是也不知。老孙因为闹天宫，偷了仙丹，盗了蟠桃，窃了御酒，被小圣二郎擒住，押在斗牛宫前，众天神把老孙斧剁锤敲，刀砍剑刺，火烧雷打，也不曾损动分毫。又被那太上老君拿了我去，放在八卦炉中，将神火煅炼，炼做个火眼金睛，铜头铁臂。不信，你再筑几下，看看疼与不疼。』

那怪道：『你这猴子，我记得你闹天宫时，家住在东胜神洲傲来国花果山水帘洞里，到如今久不闻名，你怎么来到这里，上门子欺我？莫敢是我丈人去那里请你来的？』行者道：『你丈人不曾去请我。因是老孙改邪归正，弃道从僧，保护一个东土大唐驾下御弟，叫做三藏法师，往西天拜佛求经，路过高庄借宿，那高老儿因话说起，就请我救他女儿，拿你这馕糠的夯货！』

那怪一闻此言，丢了钉钯，唱个大喏道：『那取经人在那里？累烦你引见，引见。』行者道：『你要见他怎的？』那怪道：『我本是观世音菩萨劝善，受了他的戒行，这里持斋把素，教我跟随那取经人往西天拜佛求经，将功折罪，还得正果。教我等他，这几年不闻消息。今日既是你与他做了徒弟，何不早说取经之事，只倚凶强，上门打我？』行者道：『你莫诡诈，欺心软我，欲为脱身之计。果然是要保护唐僧，略无虚假，你可朝天发誓，我才带你去见我师父。』那怪扑的跪下，望空似捣碓的一般，只管磕头道：『阿弥陀佛，南无佛，我若不是真心实意，还教我犯了天条，劈尸万段！』

行者见他赌咒发愿，道：『既然如此，你点把火来烧了你这住处，我方带你去。』那怪真个搬些芦苇荆棘，点着一把火，将那云栈洞烧得像个破瓦窑。对行者道：『我今已无挂碍了，你却引我去罢。』行者道：『你把钉钯与我拿着。』那怪就把钯递与行者。行者又拔了一根毫毛，吹口仙气，叫『变！』即变做一条三股麻绳，走过来，把手背绑剪了。那怪真个倒背着手，凭他怎么绑缚。却又揪着耳朵，拉着他，叫：『快走！快走！』那怪道：『轻着些儿！你的手重，揪得我耳根子疼。』行者道：『轻不成，顾你不得，常言道：「善猪恶拿。」只等见了我师父，果有真心，

云栈洞悟空收八戒
浮屠山玄奘受心经

金性刚强能克木，心猿降得木龙归。
金从木顺皆为一，木恋金仁总发挥。
一主一宾无间隔，三交三合有玄微。
性情并喜贞元聚，同证西方话不违。

方才放你。』他两个半云半雾的，径转高家庄来。有诗为证：

金性刚强能克木，心猿降得木龙归。
金从木顺皆为一，木恋金仁总发挥。
一主一宾无间隔，三交三合有玄微。
性情并喜贞元聚，同证西方话不违。

顷刻间，到了庄前。行者拑着他的钯，揪着他的耳道：『你看那厅堂上端坐的是谁？乃吾师也。』那高氏诸亲友与老高，忽见行者把那怪背绑揪耳而来，一个个欣然迎到天井中，道声『长老，长老！他正是我家的女婿。』那怪走上前，双膝跪下，背着手，对三藏叩头，高叫道：『师父，弟子失迎。早知是师父住在我丈人家，我就来拜接，怎么又受到许多泼折？』三藏道：『悟空，你怎么降得他来拜我？』行者才放了手，拿钉钯柄儿打着，喝道：『呆子！你说么！』那怪把菩萨劝善事情，细陈了一遍。

三藏大喜，便叫：『高太公，取个香案用用。』老高即忙抬出香案。三藏净了手焚香，望南礼拜道：『多蒙菩萨圣恩！』那几个老儿也一齐添香礼拜。拜罢，三藏上厅高坐，教：『悟空放了他绳。』行者才把身抖了一抖，收上身来，其缚自解。那怪从新礼拜三藏，愿随西去。又与行者拜了，以先进者为兄，遂称行者为师兄。三藏道：『既从吾善果，要做徒弟，我与你起个法名，早晚好呼唤。』他道：『师父，我是菩萨已与我摩顶受戒，起了法名，叫做猪悟能也。』三藏笑道：『好，好，你师兄叫做悟空，你叫做悟能，其实是我法门中的宗派。』悟能道：『师父，我受了菩萨戒行，断了五荤三厌，在我丈人家持斋把素，更不曾动荤；今日见了师父，我开了斋罢。』三藏道：『不可！不可！你既是不吃五荤三厌，我再与你起个别名，唤为八戒。』那呆子欢欢喜喜道：『谨遵师命。』因此又叫做猪八戒。

高老见这等去邪归正，更十分喜悦。遂命家僮安排筵宴，酬谢唐僧。八戒上前扯住老高道：『爷，请我拙荆出来拜见公公、伯伯，如何？』行者笑道：『贤弟，你既入了沙门，做了和尚，从今后，再莫题起那「拙荆」的话说。世间只有个火居道士，那里有个火居的和尚？我们且来叙了坐次，吃顿斋饭，赶早儿往西天走路。』

高老儿摆了桌席，请三藏上坐。行者与八戒，坐于左右两旁。诸亲下坐。高老把素酒开樽，满斟一杯，奠了天地，然后奉与三藏。三藏道：『不瞒太公说，贫僧是胎里素，自幼儿不吃荤。』老高道：『因知老师清素，不曾敢动荤。此酒也是素的，请一杯不妨。』三藏道：『也不敢用酒。酒是我僧家第一戒者。』悟能慌了道：『师父，我自持斋，却不曾断酒。』悟空道：『老孙虽量窄，吃不上坛把，却也不曾断酒。』三藏道：『既如此，你兄弟们吃些素酒也罢。只是不许醉饮误事。』遂而他两个接了头钟。各人俱照旧坐下，摆下素斋。说不尽那杯盘之盛，品物之丰。

师徒们宴罢，老高将一红漆丹盘，拿出二百两散碎金银，奉三位长老为途中之费；又将三领绵布褊衫，为上盖之衣。三藏道：『我们是行脚僧，遇庄化饭，逢处求斋，怎敢受金银财帛？』行者近前，轮开手，抓了一把。叫：『高才，昨日累你引我师父，今日招了一个徒弟，无物谢你，把这些碎金碎银，权作带领钱，拿了去买草鞋穿。以后但有妖精，多作成我几个，还有谢你处哩。』高才接了，叩头谢赏。老高又道：『师父们既不受金银，望将这粗衣笑纳，聊表寸心。』三藏又道：『我出家人，若受了一丝之贿，千劫难修。只是把席上吃不了的饼果，带些去做干粮足矣。』八戒在旁边道：『师父、师兄，你们不要便罢，我与他家做了这几年女婿，就是挂脚粮也该三石哩。——丈人啊，我的直裰，昨晚被师兄扯破了，与我一件青锦袈裟；鞋子绽了，与我一双好新鞋子。』高老闻言，不敢不与。随买一双新鞋，将一领褊衫，换下旧时衣物。

那八戒摇摇摆摆，对高老唱个喏道：『上复丈母、大姨、二姨并姨夫、姑舅诸亲：我今日去做和尚了，不及面辞，休怪。丈人啊，你还好生看待我浑家：只怕我们取不成经时，好来还俗，照旧与你做女婿过活。』行者喝道：『夯货，却莫胡说！』八戒道：『哥呵，不是胡说，只恐一时间有些儿差池，却不是和尚误了做，老婆误了娶，两下里都耽搁了？』三藏道：『少题闲话，我们赶早儿去来。』遂此收拾了一担行李，八戒担着；背了白马，三藏骑着；行者肩担铁棒，前面引路。一行三众，辞别高老及众亲友，投西而去。有诗为证。诗曰：

满地烟霞树色高，唐朝佛子苦劳劳。
饥餐一钵千家饭，寒着千针一衲袍。
意马胸头休放荡，心猿乖劣莫教嚎。

情和性定诸缘合，月满金华是伐毛。

三众进西路途，有个月平稳。行过了乌斯藏界，猛抬头见一座高山。三藏停鞭勒马道：『悟空、悟能，前面山高，须索仔细，仔细。』八戒道：『没事。这山唤做浮屠山，山中有一个乌巢禅师，在此修行。老猪也曾会他。』三藏道：『他有些甚么勾当？』八戒道：『他倒也有些道行。他曾劝我跟他修行，我不曾去罢了。』师徒们说着话，不多时，到了山上。好山！但见那：

山南有青松碧桧，山北有绿柳红桃。闹聒聒，山禽对语；舞翩翩，仙鹤齐飞。香馥馥，诸花千样色；青冉冉，杂草万般奇。涧下有滔滔绿水，崖前有朵朵祥云。真个是景致非常幽雅处，寂然不见往来人。

那师父在马上遥观，见香桧树前，有一柴草窝。左边有麋鹿衔花，右边有山猴献果。树梢头，有青鸾彩凤齐鸣，玄鹤锦鸡咸集。八戒指道：『那不是乌巢禅师！』三藏纵马加鞭，直至树下。

却说那禅师见他三众前来，即便离了巢穴，跳下树来。三藏下马奉拜，那禅师用手搀道：『圣僧请起。失迎，失迎。』八戒道：『老禅师，作揖了。』禅师惊问道：『你是福陵山猪刚鬣，怎么有此大缘，得与圣僧同行？』八戒道：『前年蒙观音菩萨劝善，愿随他做个徒弟。』禅师大喜道：『好，好，好！』又指定行者，问道：『此位是谁？』行者笑道：『这老禅怎么认得他，倒不认得我？』禅师道：『因少识耳。』三藏道：『他是我的大徒弟孙悟空。』禅师陪笑道：『欠礼，欠礼。』

三藏再拜，请问西天大雷音寺还在那里。禅师道：『远哩！远哩！只是路多虎豹，难行。』三藏殷勤致意，再问：『路途果有多远？』禅师道：『路途虽远，终须有到之日，却只是魔瘴难消。我有《多心经》一卷，凡五十四句，共计二百七十字。若遇魔瘴之处，但念此经，自无伤害。』三藏拜伏于地恳求，那禅师遂口诵传之。经云：

浮屠山玄奘受心经

此时唐朝法师本有根源，耳闻一遍《多心经》，即能记忆，至今传世。此乃修真之总经，作佛之会门也。

《摩诃般若波罗蜜多心经》。观自在菩萨，行深般若波罗蜜多，时照见五蕴皆空，度一切苦厄。舍利子，色不异空，空不异色；色即是空，空即是色。受想行识，亦复如是。舍利子，是诸法空相，不生不灭，不垢不净，不增不减。是故空中无色，无受想行识，无眼耳鼻舌身意，无色声香味触法，无眼界，乃至无意识界，无无明，亦无无明尽。乃至无老死，亦无老死尽。无苦寂灭道，无智亦无得。以无所得故，菩提萨埵。依般若波罗蜜多故，心无挂碍；无挂碍故，无有恐怖；远离颠倒梦想，究竟涅槃。三世诸佛，依般若波罗蜜多故，得阿耨多罗三藐三菩提。故知般若波罗蜜多，是大神咒，是大明咒，是无上咒，是无等等咒，能除一切苦，真实不虚。故说般若波罗蜜多咒，即说咒曰：『揭谛，揭谛！波罗揭谛，波罗僧揭谛！菩提萨婆诃！』

此时唐朝法师本有根源，耳闻一遍《多心经》，即能记忆，至今传世。此乃修真之总经，作佛之会门也。

那禅师传了经文，踏云光，要上乌巢而去；被三藏又扯住奉告，定要问个西去的路程端的。那禅师笑云：

『道路不难行，试听我吩咐：千山千水深，多瘴多魔处。若遇接天崖，放心休恐怖。行来摩耳岩，侧着脚踪步。仔细黑松林，妖狐多截路。精灵满国城，魔主盈山住。老虎坐琴堂，苍狼为主簿。狮象尽称王，虎豹皆作御。野猪挑担子，水怪前头遇。多年老石猴，那里怀嗔怒。你问那相识，他知西去路。』

行者闻言，冷笑道：『我们去，不必问他，问我便了。』三藏还不解其意。那禅师化作金光，径上乌巢而去。长老往上拜谢。行者心中大怒，举铁棒望上乱捣，只见莲花生万朵，祥雾护千层。行者纵有搅海翻江力，莫想挽着乌巢一缕藤。三藏见了，扯住行者道：『悟空，这样一个菩萨，你捣他窝巢怎的？』行者道：『他骂了我兄弟两个一场去了。』三藏道：『他讲的西天路径，何尝骂你？』行者道：『你那里晓得？他说「野猪挑担子」，是骂的八戒；「多年老石猴」是骂的老孙。你怎么解得此意？』八戒道：『师兄息怒。这禅师也晓得过去未来之事，但看他「水怪前头遇」这句话，不知验否。饶他去罢。』行者见莲花祥雾，近那巢边。只得请师父上马，下山往西而去。那一去：

管教清福人间少，致使灾魔山里多。

毕竟不知前程端的如何，且听下回分解。

黄风岭唐僧有难

他两个轮钉钯，举铁棒，赶下山来。那怪慌了手脚，使个『金蝉脱壳计』，打个滚，现了原身，依然是一只猛虎。

第二十回 黄风岭唐僧有难 半山中八戒争先

偈曰：

法本从心生，还是从心灭。生灭尽由谁，请君自辨别。既然皆己心，何用别人说？只须下苦功，扭出铁中血。绒绳着鼻穿，挽定虚空结。拴在无为树，不使他颠劣。莫认贼为子，心法都忘绝。休教他瞒我，一拳先打彻。现心亦无心，现法法也辍。人牛不见时，碧天光皎洁。秋月一般圆，彼此难分别。

这一篇偈子，乃是玄奘法师悟彻了《多心经》，打开了门户。那长老常念常存，一点灵光自透。

且说他三众，在路餐风宿水，带月披星，早又至夏景炎天。但见那：

花尽蝶无情叙，树高蝉有声喧。

野蚕成茧火榴妍，沼内新荷出现。

那日正行时，忽然天晚，又见山路旁边，有一村舍。三藏道：『悟空，你看那「日落西山藏火镜，月升东海现冰轮」。幸而道旁有一人家，我们且借宿一宵，明日再走。』八戒道：『说得是。我老猪也有些饿了，且到人家化些斋吃，有力气，好挑行李。』行者道：『这个恋家鬼！你离了家几日，就生报怨！』八戒道：『哥啊，似不得你这喝风呵烟的人。我从跟了师父这几日，长忍半肚饥，你可晓得？』三藏闻之道：『悟能，你若是在家心重呵，不是个出家的了，你还回去罢。』那呆子慌得跪下道：『师父，你莫听师兄之言。他有些赃埋人。我不曾报怨甚的，他就说我报怨。我是个直肠的痴汉，我说道肚内饥了，好寻个人家化斋，他就骂我是恋家鬼。师父啊，我受了菩萨的戒行，又承师父怜悯，情愿要伏侍师父往西天去，誓无退悔。这叫做「恨苦修行」。怎的说不是出家的话！』三藏道：『既是如此，你且起来。』那呆子纵身跳起，口里絮絮叨叨的，挑着担子，只得死心塌地，跟着前来。

早到了路旁人家门首。三藏下马，行者接了缰绳，八戒歇了行李，都伫立绿荫之下。三藏拄着九环锡杖，按按藤缠篾织斗篷，先奔门前，只见一老者，斜倚竹床之上，口里嘤嘤的念佛。三藏不敢高言，慢慢的叫一声：『施主，问讯了。』那老者一骨鲁跳将起来，忙敛衣襟，出门还礼道：『长老，失迎。你自那方来的？到我寒门何故？』三藏道：『贫僧是东土大唐和尚，奉圣旨，上雷音寺拜佛求经。适至宝方天晚，意投檀府告借一宵，万祈方便方便。』那老儿摆手摇头道：『去不得。西天难取经。要取经，往东天去罢。』三藏口中不语，意下沉吟：『菩萨指道西去，怎么此老说往东行？东边那得有经？……』腼腆难言，半晌不答。

却说行者素性凶顽，忍不住，上前高叫道：『那老儿，你这们大年纪，全不晓事。我出家人远来借宿，就把这厌钝的话虎唬我。十分你家窄狭，没处睡时，我们在树底下好道也坐一夜，不打搅你。』那老者扯住三藏道：『师父，

你倒不言语，你那个徒弟，那般拐子脸，别颏腮，雷公嘴，红眼睛的一个痨病魔鬼，怎么反冲撞我这年老之人！』行者笑道：『你这个老儿，忒也没眼色！似那俊刮些儿的，叫做中看不中吃。想我老孙，虽小，颇结实，皮裹一团筋哩。』那老者道：『你想必有些手段。』行者道：『不敢夸言，也将就看得过。』老者道：『你家居何处？因甚事削发为僧？』行者道：『老孙祖贯东胜神洲海东傲来国花果山水帘洞居住。自小儿学做妖怪，称名悟空。凭本事，挣了一个齐天大圣。只因不受天禄，大反天宫，惹了一场灾愆。如今脱难消灾，转拜沙门，前求正果，保我这唐朝驾下的师父，上西天拜佛走遭，怕甚么山高路险，水阔波狂！我老孙也捉得怪，降得魔。伏虎擒龙，踢天弄井，都晓得些儿。倘若府上有甚么丢砖打瓦，锅叫门开，老孙便能安镇。』

那老儿听得这篇言语，哈哈笑道：『原来是个撞头化缘的熟嘴儿和尚。』行者道：『你儿子便是熟嘴！我这些时，只因跟我师父走路辛苦，还懒说话哩。』那老儿道：『若是你不辛苦，不懒说话，好道活活的聒杀我！你既有这样手段，西方也还去得，去得。你一行几众？请至茅舍里安宿。』三藏道：『多蒙老施主不叱之恩。我一行三众。』老者道：『那一众在那里？』行者指着道：『这老儿眼花，那绿荫下站的不是？』老儿果然眼花，忽抬头细看，一见八戒这般嘴脸，就唬得一步一跌，往屋里乱跑，只叫：『关门，关门！妖怪来了！』行者赶上扯住道：『老儿莫怕，他不是妖怪，是我师弟。』老者战兢兢的道：『好，好，好！一个丑似一个的和尚！』八戒上前道：『老官儿，你若以相貌取人，干净差了。我们丑自丑，却都有用。』

那老者正在门前与三个和尚相讲，只见那庄南边有两个少年人，带着一个老妈妈，三四个小男女，敛衣赤脚，插秧而回。他看见一匹白马，一担行李，都在他家门首喧哗，不知是甚来历，都一拥上前问道：『做甚么的？』八戒调过头来，把耳朵摆了几摆，长嘴伸了一伸，吓得那些人东倒西歪，乱跄乱跌。慌得那三藏满口招呼道：『莫怕！莫怕！我们不是歹人，我们是取经的和尚。』那老儿才出了门，搀着妈妈道：『婆婆起来，少要惊恐。这师父，是唐朝来的，只是他徒弟脸嘴丑些，却也山恶人善。带男女们家去。』那妈妈才扯着老儿，二少年领着儿女进去。

三藏却坐在他门楼里竹床之上，埋怨道：『徒弟呀，你两个相貌既丑，言语又粗，把这一家儿吓得七损八伤，都替我身造罪哩！』八戒道：『不瞒师父说，老猪自从跟了你，这些时俊了许多哩。若像往常在高老庄走时，把嘴朝前一掬，把耳两头一摆，常吓杀二三十人哩。』行者笑道：『呆子不要乱说，把那丑也收拾起些。』三藏道：『你看悟空说的话。相貌是生成的，你教他怎么收拾？』行者道：『把那个耙子嘴，揣在怀里，莫拿出来；把那蒲扇耳，贴在后面，不要摇动，这就是收拾了。』那八戒真个把嘴揣了，把耳贴了，拱着头，立于左右。行者将行李拿入门里，将白马拴在桩上。

只见那老儿才引个少年，拿一个板盘儿，托三杯清茶来献。茶罢，又吩咐办斋。那少年又拿一张有窟窿无漆水的旧桌，端两条破头折脚的凳子，放在天井中，请三众凉处坐下。三藏方问道：『老施主，高姓？』老者道：『在下姓王。』——『有几位令嗣？』——道：『有两个小儿，三个小孙。』三藏道：『恭喜，恭喜。』又问：『年寿几何？』——道：『痴长六十一岁。』行者道：『好，好，好！花甲重逢矣。』三藏复问道：『老施主，始初说西天经难取者，何也？』老者道：『经非难取，只是道中艰涩难行。我们这向西去，只有三十里远近，有一座山，叫做八百里黄风岭。那山中多有妖怪。故言难取者，此也。若论此位小长老，说有许多手段，却也去得。』行者道：『不妨，不妨！有了老孙与我这师弟，任他是甚么妖怪，不敢惹我。』

正说处，又见儿子拿将饭来，摆在桌上，道声『请斋』。三藏就合掌讽起斋经。八戒早已吞了一碗。长老的几句经还未了，那呆子又吃彀三碗。行者道：『这个馕糠！好道汤着饿鬼了！』那老王倒也知趣，见他吃得快，道：『这个长老，想着实饿了，快添饭来。』那呆子真个食肠大：看他不抬头，一连就吃有十数碗。三藏、行者俱各吃不上两碗。呆子不住，便还吃哩。老王道：『仓卒无肴，不敢苦劝，请再进一筯。』三藏、行者俱道：『够了。』八戒道：『老儿滴答甚么，谁和你发课，说甚么五爻六爻；有饭只管添将来就是。』呆子一顿，把他一家子饭都吃得罄尽，还只说才得半饱。却才收了家火，在那门楼下，安排了竹床板铺睡下。

次日天晓，行者去背马，八戒去整担，老王又教妈妈整治些点心汤水管待，三众方致谢告行。老者道：『此去倘路间有甚不虞，是必还来茅舍。』行者道：『老儿，莫说哈话。我们出家人，不走回头路。』遂此策马挑担西行。噫！这一去，果无好路朝西域，定有邪魔降大灾。三众前来，不上半日，果逢一座高山，说起来，十分险峻。三藏马到临崖，斜挑宝镫观看，果然那：

高的是山，峻的是岭；陡的是崖，深的是壑；响的是泉，鲜的是花。那山高不高，顶上接青霄；这涧深不深，底中见地府。山前面，有骨都都白云，屹嶝嶝怪石；说不尽千丈万丈挟魂崖。崖后有，弯弯曲曲藏龙洞，洞中有叮叮当当滴水岩。又见些丫丫叉叉带角鹿，泥泥痴痴看人獐；盘盘曲曲红鳞蟒，耍耍顽顽白面猿。至晚巴山寻穴虎，带晓翻波出水龙，登的洞门唿喇喇响。草里飞禽，扑轳轳起；林中走兽，掬律律行。猛然一阵狼虫过，吓得人心趷蹬蹬惊。正是那当倒洞当当倒洞，洞当当倒洞当山；青岱染成千丈玉，碧纱笼罩万堆烟。

那师父缓促银骢，孙大圣停云慢步，猪悟能磨担徐行。正看那山，忽闻得一阵旋风大作。三藏在马上心惊，道：『悟空，风起了！』行者道：『风却怕他怎的！此乃天家四时之气，有何惧哉！』三藏道：『此风甚恶，比那天风不同。』行者道：『怎见得不比天风？』三藏道：『你看这风：

巍巍荡荡飒飘飘，渺渺茫茫出碧霄。过岭只闻千树吼，入林但见万竿摇。岸边摆柳连根动，园内吹花带叶飘。收网渔舟皆紧缆，落篷客艇尽抛锚。途半征夫迷失路，山中樵子担难挑。仙果林间猴子散，奇花丛内鹿儿逃。崖前桧柏颗颗倒，涧下松篁叶叶凋。播土扬尘沙迸迸，翻江搅海浪涛涛。』

八戒上前，一把扯住行者道：『师兄，十分风大！我们且躲一躲儿干净。』行者笑道：『兄弟不济！风大时就躲，倘或亲面撞见妖精，怎的是好？』八戒道：『哥啊，你不曾闻得「避色如避仇，避风如避箭」哩！我们躲一躲，也不亏人。』行者道：『且莫言语，等我把这风抓一把来闻一闻看。』八戒笑道：『师兄又扯空头谎了，风又好抓得过来闻！就是抓得来，便也溃了去了。』行者道：『兄弟，你不知道老孙有个「抓风」之法。』

好大圣，让过风头，把那风尾抓过来闻了一闻，有些腥气，道：『果然不是好风！这风的味道不是虎风，定是怪风。断乎有些蹊跷。』说不了，只见那山坡下，剪尾跑蹄，跳出一只斑斓猛虎，慌得那三藏坐不稳雕鞍，翻根头跌下

黄风岭唐僧有难
半山中八戒争先

八戒丢了行李，掣钉钯，不让行者走上前，大喝一声道：『孽畜！那里走！』赶将去，劈头就筑。那只虎直挺挺站将起来，把那前左爪轮起，抠住自家的胸膛，往下一抓，滑剌的一声，把个皮剥将下来，站立道旁。

白马，斜倚在路旁，真个是魂飞魄散。八戒丢了行李，掣钉钯，不让行者走上前，大喝一声道：『孽畜！那里走！』赶将去，劈头就筑。那只虎直挺挺站将起来，把那前左爪轮起，抠住自家的胸膛，往下一抓，滑刺的一声，把个皮剥将下来，站立道旁。你看他怎生恶相！咦，那模样：

血津津的赤剥身躯，红媸媸的弯环腿足。火焰焰的两鬓蓬松，硬搠搠的双眉的竖。白森森的四个钢牙，光耀耀的一双金眼。气昂昂的努力大哮，雄纠纠的厉声高喊。

喊道：『慢来！慢来！吾当不是别人，乃是黄风大王部下的前路先锋。今奉大王严命，在山巡逻，要拿几个凡夫去做案酒。你是那里来的和尚，敢擅动兵器伤我？』八戒骂道：『我把你这个孽畜！你是认不得我！我等不是那过路的凡夫，乃东土大唐御弟三藏之弟子，奉旨上西方拜佛求经者。你早早的远避他方，让开大路，休惊了我师父，饶你性命；若似前猖獗，钯举处，却不留情！』那妖精那容分说，急近步，丢一个架子，望八戒劈脸来抓。这八戒忙闪过，轮钯就筑。那怪手无兵器，下头就走，八戒随后赶来。那怪到了山坡下，乱石丛中，取出两口赤铜刀，急轮起，转身来迎。两个在这坡前，一往一来，一冲一撞的赌斗。那里孙行者搀起唐僧道：『师父，你莫害怕。且坐住，等老孙去助助八戒，打倒那怪好走。』三藏才坐将起来，战兢兢的，口里念着《多心经》不题。

那行者掣了铁棒，喝声叫『拿了！』此时八戒抖擞精神，那怪败下阵去。行者道：『莫饶他！务要赶上！』他两个轮钉钯，举铁棒，赶下山来。那怪慌了手脚，使个『金蝉脱壳计』，打个滚，现了原身，依然是一只猛虎。行者与八戒那里肯舍，赶着那虎，定要除根。那怪见他赶得至近，却又抠着胸膛，剥下皮来，苫盖在那卧虎石上，脱真身，化一阵狂风，径回路口。路口上那师父正念《多心经》，被他一把拿住，驾长风摄将去了。可怜那三藏啊！江流注定多磨折，寂灭门中功行难。

那怪把唐僧擒来洞口，按住狂风，对把门的道：『你去报大王说，前路虎先锋拿了一个和尚，在门外听令。』那洞主传令，教：『拿进来。』那虎先锋，腰撇着两口赤铜刀，双手捧着唐僧，上前跪下道：『大王，小将不才，蒙钧令差往山上巡逻，忽遇一个和尚，他是东土大唐驾下御弟三藏法师，上西方拜佛求经，被我擒来奉上，聊具一馔。』

那洞主闻得此言，吃了一惊道：『我闻得前者有人传说：三藏法师乃大唐奉旨意取经的神僧；他手下有一个徒弟，名唤孙行者，神通广大，智力高强。你怎么能够捉得他来？』先锋道：『他有两个徒弟：先来的，使一柄九齿钉钯，他生得嘴长耳大；又一个，使一根金箍铁棒，他生得火眼金睛。正赶着小将争持，被小将使一个「金蝉脱壳」之计，撤身得空，把这和尚拿来，奉献大王，聊表一餐之敬。』

洞主道：『且莫吃他着。』先锋道：『大王，见食不食，呼为劣蹶。』洞主道：『你不晓得。吃了他不打紧，只恐怕他那两个徒弟上门吵闹，未为稳便。且把他绑在后园定风桩上，待三五日，他两个不来搅扰，那时节，一则图他身子干净，二来不动口舌，却不任我们心意？或煮或蒸，或煎或炒，慢慢的自在受用不迟。』先锋大喜道：『大王深谋远虑，说得有理。』教：『小的们，拿了去。』

旁边拥上七八个绑缚手，将唐僧拿去，好便似鹰拿燕雀，索绑绳缠。这的是苦命江流思行者，遇难神僧想悟能。道声：『徒弟啊！不知你在那山擒怪，何处降妖，我却被魔头拿来，遭此毒害，几时再得相见！好苦啊！你们若早些儿来，还救得我命；若十分迟了，断然不能保矣！』一边嗟叹，一边泪落如雨。

却说那行者、八戒，赶那虎下山坡，只见那虎跑倒了，塌伏在崖前。行者举棒，尽力一打，转震得自己手疼。八戒复筑了一钯，亦将钯齿迸起。原来是一张虎皮，盖着一块卧虎石。行者大惊道：『不好了！不好了！中了他计也！』八戒道：『中他甚计？』行者道：『这个叫做「金蝉脱壳计」：他将虎皮苫在此，他却走了。我们且回去看看师父，莫遭毒手。』两个急急转来，早已不见了三藏。行者大叫如雷道：『怎的好！师父已被他擒去了！』八戒即便牵着马，眼中滴泪道：『天哪！天哪！却往那里找寻！』行者抬着头跳道：『莫哭！莫哭！一哭就挫了锐气。横竖想只在此山，我们寻寻去来。』

他两个果奔入山中，穿岗越岭，行够多时，只见那石崖之下，耸出一座洞府。两人定步观瞻，果然凶险。但见那：

迭障尖峰，回峦古道。青松翠竹依依，绿柳碧梧冉冉。崖前有怪石双双，林内有幽禽对对。涧水远流冲石壁，山泉细滴漫沙堤。野云片片，瑶草芊芊。妖狐狡兔乱撺梭，角鹿香獐齐斗勇。劈崖斜挂万年藤，深壑半悬千岁柏。奕奕巍巍欺华岳，落花啼鸟赛天台。

行者道：『贤弟，你可将行李歇在藏风山凹之间，撒放马匹，不要出头。等老孙去他门首，与他赌斗。必须拿住妖精，方才救得师父。』八戒道：『不消吩咐，请快去。』

行者整一整直裰，束一束虎裙，掣了棒，撞至那门前，只见那门上有六个大字，乃『黄风岭黄风洞』，却便丁字脚站定，执着棒，高叫道：『妖怪！趁早儿送我师父出来，省得掀翻了你窝巢，躧平了你住处！』

那小怪闻言，一个个害怕，战兢兢的，跑入里面报道：『大王！祸事了！』那黄风怪正坐间，问：『有何事？』小妖道：『洞门外来了一个雷公嘴毛脸的和尚，手持着一根许大粗的铁棒，要他师父哩！』那洞主惊张，即唤虎先锋道：『我教你去巡山，只该拿些山牛、野彘、肥鹿、胡羊，怎么拿那唐僧来！却惹他那徒弟来此闹吵，怎生区处？』先锋道：『大王放心稳便，高枕勿忧，小将不才，愿带领五十个小妖校出去，把那甚么孙行者拿来凑吃。』洞主道：『我这里除了大小头目，还有五七百名小校，凭你选择，领多少去。只要拿住那行者，我们才自自在在吃那和尚一块肉，情愿与你拜为兄弟；但恐拿他不得，反伤了你，那时休得埋怨我也。』

虎怪道：『放心！放心！等我去来。』果然点起五十名精壮小妖，擂鼓摇旗，缠两口赤铜刀，腾出门来，厉声高叫道：『你是那里来的个猴和尚！敢在此间大呼小叫的做甚？』行者骂道：『你这个剥皮的畜生！你弄甚么脱壳法儿，把我师父摄了，倒转问我做甚！趁早好好送我师父出来，还饶你这个性命！』虎怪道：『你师父是我拿了，要与我大王做顿下饭。你识起倒，回去罢！不然，拿住你，一齐凑吃，却不是「买一个又饶一个」？』行者闻言，心中大怒。扢迸迸，钢牙错啮；滴流流，火眼睁圆；掣铁棒喝道：『你多大欺心，敢说这等大话，休走，看棍！』那先锋急持刀按住。这一场果然不善，他两个各显威能。好杀：

那怪是个真鹅卵，悟空是个鹅卵石。赤铜刀架美猴王，浑如垒卵来击石。乌鹊怎与凤凰争？鹁鸽敢和鹰鹞

半山中八戒争先

八戒忽听见呼呼声喊，回头观看，乃是行者赶败的虎怪，就丢了马，举起钯，刺斜着头一筑。

敌？那怪喷风灰满山，悟空吐雾云迷日。来往不禁三五回，先锋腰软全无力。转身败了要逃生，却被悟空抵死逼。

那虎怪撑持不住，回头就走。他原来在那洞主面前说了嘴，不敢回洞，径往山坡上逃生。行者那里肯放，执着棒，只情赶来，呼呼吼吼，喊声不绝，却赶到那藏风山凹之间。正抬头，见八戒在那里放马。八戒忽听见呼呼声喊，回头观看，乃是行者赶败的虎怪，就丢了马，举起钯，刺斜着头一筑。可怜那先锋，脱身要跳黄丝网，岂知又遇罩鱼人。却被八戒一钯，筑得九个窟窿鲜血冒，一头脑髓尽流干。有诗为证。诗曰：

三五年前归正宗，持斋把素悟真空。

诚心要保唐三藏，初秉沙门立此功。

那呆子一脚踹住他的脊背，两手轮钯又筑。行者见了，大喜道：『兄弟，正是这等！他领了几十个小妖，敢与老孙赌斗；被我打败了，他转不往洞跑，却跑来这里寻死。亏你接着；不然，又走了。』八戒道：『弄风摄师父去的可是他？』行者道：『正是，正是。』八戒道：『你可曾问他师父的下落么？』行者道：『这怪把师父拿在洞里，要与他甚么鸟大王做下饭。是老孙恼了，就与他斗将这里来，却着你送了性命。兄弟啊，这个功劳算你的。你可还守着马与行李，等我把这死怪拖了去，再到那洞口索战。须是拿得那老妖，方才救得师父。』八戒道：『哥哥说得有理。你去，你去。若是打败了这老妖，还赶将这里来，等老猪截住杀他。』好行者，一只手提着铁棒，一只手拖着死虎，径至他洞口。正是：

法师有难逢妖怪，情性相和伏乱魔。

毕竟不知此去可降得妖怪，救得唐僧，且听下回分解。

护法设庄留大圣

二人停身观看，乃是一家庄院，影影的有灯火光明。他两个也不管有路无路，漫草而行，直至那家门首。

第二十一回 护法设庄留大圣 须弥灵吉定风魔

却说那五十个败残的小妖，拿着些破旗、破鼓，撞入洞里，报道：『大王，虎先锋战不过那毛脸和尚，被他赶下东山坡去了。』老妖闻说，十分烦恼。正低头不语，默思计策，又有把前门的小妖道：『大王，虎先锋被那毛脸和尚打杀了，拖在门口骂战哩。』那老妖闻言，愈加烦恼道：『这厮却也无知！我倒不曾吃他师父，他转打杀我家先锋，可恨！可恨！』叫：『取披挂来。我也只闻得讲甚么孙行者，等我出去，看是个甚么九头八尾的和尚，拿他进来，与我虎先锋对命。』众小妖急急抬出披挂。老妖结束齐整，绰一杆三股钢叉，帅群妖跳出本洞。那大圣停立门外，见那怪走将出来，着实骁勇。看他怎生打扮，但见：

金盔晃日，金甲凝光。盔上缨飘山雉尾，罗袍罩甲淡鹅黄。勒甲绦盘龙耀彩，护心镜绕眼辉煌。鹿皮靴，槐花染色；锦围裙，柳叶绒妆。手持三股钢叉利，不亚当年显圣郎。

那老妖出得门来，厉声高叫道：『那个是孙行者？』这行者脚躧着虎怪的皮囊，手执着如意的铁棒，答道：『你孙外公在此，送出我师父来！』那怪仔细观看，见行者身躯鄙猥，面容羸瘦，不满四尺。笑道：『可怜！可怜！我只道是怎么样扳翻不倒的好汉，原来是这般一个骷髅的病鬼！』行者笑道：『你这个儿子，忒没眼色！你外公虽是小小的，你若肯照头打一叉柄，就长三尺。』那怪道：『你硬着头，吃吾一柄。』大圣公然不惧。那怪果打一下来，他把腰躬一躬，足长了三尺，有一丈长短，慌得那妖把钢叉按住，喝道：『孙行者，你怎么把这护身的变化法儿，拿来我门前使唤！莫弄虚头，走上来，我与你见见手段！』行者笑道：『儿子啊！常言道：「留情不举手，举手不留情。」你外公手儿重重的，只怕你捱不起这一棒！』

那怪那容分说，拈转钢叉，望行者当胸就刺。这大圣正是会家不忙，忙家不会，理开铁棒，使一个『乌龙掠地势』，拨开钢叉，又照头便打。他二人在那黄风洞口，这一场好杀：

妖王发怒，大圣施威。妖王发怒，要拿行者抵先锋；大圣施威，欲捉精灵救长老。叉来棒架，棒去叉迎。一个是镇山都总帅，一个是护法美猴王。初时还在尘埃战，后来各起在中央。点钢叉，尖明鏛利；如意棒，身黑箍黄。戳着的魂归冥府，打着的定见阎王。全凭着手疾眼快，必须要力壮身强。两家舍死忘生战，不知那个平安那个伤。

那老妖与大圣斗经三十回合，不分胜败。这行者要见功绩，使一个『身外身』的手段：把毫毛揪下一把，用口嚼得粉碎，望上一喷，叫声『变！』变有百十个行者，都是一样打扮，各执一根铁棒，把那怪围在空中。那怪害怕，也使一般本事：急回头，望着巽地上，把口张了三张，啍的一口气，吹将出去，忽然间，一阵黄风，从空刮起。好风！

真个利害。

冷冷飕飕天地变，无影无形黄沙旋。穿林折岭倒松梅，播土扬尘崩岭坫。黄河浪泼彻底浑，湘江水涌翻波转。碧天振动斗牛宫，争些刮倒森罗殿。五百罗汉闹喧天，八大金刚齐嚷乱。文殊走了青毛狮，普贤白象难寻见。真武龟蛇失了群，梓橦骡子飘其鞯。行商喊叫告苍天，梢公拜许诸般愿。烟波性命浪中流，名利残生随水办。仙山洞府黑攸攸，海岛蓬莱昏暗暗。老君难顾炼丹炉，寿星收了龙须扇。王母正去赴蟠桃，一风吹断裙腰钏。二郎迷失灌州城，哪吒难取匣中剑。天王不见手心塔，鲁班吊了金头钻。雷音宝阙倒三层，赵州石桥崩两断。一轮红日荡无光，满天星斗皆昏乱。南山鸟往北山飞，东湖水向西湖漫。雌雄拆对不相呼，子母分离难叫唤。龙王遍海找夜叉，雷公到处寻闪电。十代阎王觅判官，地府牛头追马面。这风吹倒普陀山，卷起观音经一卷。白莲花卸海边飞，吹倒菩萨十二院。盘古至今曾见风，不似这风来不善。唿喇喇，乾坤险不炸崩开，万里江山都是颤！

那妖怪使出这阵狂风，就把孙大圣毫毛变的小行者刮得在那半空中，却似纺车儿一般乱转，莫想轮得棒，如何拢得身？慌得行者将毫毛一抖，收上身来，独自个举着铁棒，上前来打，又被那怪劈脸喷了一口黄风，把那只火眼金睛，刮得紧紧闭合，莫能睁开；因此难使铁棒，遂败下阵来。那妖收风回洞不题。

却说猪八戒见那黄风大作，天地无光，牵着马，守着担，伏在山凹之间，也不敢睁眼，不敢抬头，口里不住的念佛许愿；又不知行者胜负何如，师父死活何如。正在那疑思之时，却早风定天晴。忽抬头往那洞门前看处，却也不见兵戈，不闻锣鼓。呆子又不敢上他门，又没人看守马匹、行李，果是进退两难，怆惶不已。

忧虑间，只听得孙大圣从西边吆喝而来，他才欠身迎着道：『哥哥，好大风啊！你从那里走来？』行者摆手道：『利害！利害！我老孙自为人，不曾见这大风。那老妖使一柄三股钢叉，来与老孙交战，战到有三十余合，是老孙使一个身外身的本事，把他围打，他甚着急，故弄出这阵风来，果是凶恶，刮得我站立不住，收了本事，冒风而逃。——哏，好风！哏，好风！老孙也会呼风，也会唤雨，不曾似这个妖精的风恶！』八戒道：『师兄，那妖精的武艺如何？』行者道：『也看得过。叉法儿倒也齐整。与老孙也战个手平。却只是风恶了，难得赢他。』八戒道：『似这般怎生救得师父？』行者道：『救师父且等再处，不知这里可有眼科先生，且教他把我眼医治医治。』八戒道：『你眼怎的来？』行者道：『我被那怪一口风喷将来，吹得我眼珠酸痛，这会子冷泪常流。』八戒道：『哥啊，这半山中，天色又晚，且莫说要甚么眼科，连宿处也没有了！』行者道：『要宿处不难。我料着那妖精还不敢伤我师父，我们且找上大路，寻个人家住下，过此一宵，明日天光，再来降妖罢。』八戒道：『正是，正是。』

他却牵了马，挑了担，出山凹，行上路口。此时渐渐黄昏，只听得那路南山坡下，有犬吠之声。二人停身观看，乃是一家庄院，影影的有灯火光明。他两个也不管有路无路，漫草而行，直至那家门首。但见：

紫芝翳翳，白石苍苍：紫芝翳翳多青草，白石苍苍半绿苔。数点小萤光灼灼，一林野树密排排。香兰馥郁，嫩竹新栽。清泉流曲涧，古柏倚深崖。地僻更无游客到，门前惟有野花开。

他两个不敢擅入，只得叫一声：『开门，开门！』那里有一老者，带几个年幼的农夫，叉钯扫帚齐来，问道：『甚么人？甚么人？』行者躬身道：『我们是东土大唐圣僧的徒弟。因往西方拜佛求经，路过此山，被黄风大王拿了我师父去了，我们还未曾救得。天色已晚，特来府上告借一宵，万望方便方便。』那老者答礼道：『失迎，失迎。此间乃云多人少之处，却才闻得叫门，恐怕是妖狐、老虎，及山中强盗等类，故此小介愚顽，多有冲撞。不知是二位长老。请进，请进。』

他兄弟们牵马挑担而入，径至里边，拴马歇担，与庄老拜见叙坐。又有苍头献茶。茶罢，捧出几碗胡麻饭。饭毕，命设铺就寝。行者道：『不睡还可，敢问善人，贵地可有卖眼药的？』老者道：『是那位长老害眼？』行者道：『不瞒你老人家说，我们出家人，自来无病，从不晓得害眼。』老人道：『既不害眼，如何讨药？』行者道：『我们今日在黄风洞口救我师父，不期被那怪将一口风喷来，吹得我眼珠酸痛；今有些眼泪汪汪，故此要寻眼药。』那老者道：『善哉！善哉！你这个长老，小小的年纪，怎么说谎？那黄风大圣，风最利害。他那风，比不得甚么春秋风、松竹风、与那东西南北风……』八戒道：『想必是夹脑风、羊耳风、大麻风、偏正头风？』长者道：『不是，不是。他叫做「三昧神风」。』行者道：『怎见得？』老者道：『那风，能吹天地暗，善刮鬼神愁。裂石崩崖恶，吹人命即休。你们若遇着他那风吹了呵，还想得活哩！只除是神仙，方可得无事。』行者道：『果然！果然！我们虽不是神仙，神仙还是我的晚辈，这条命急切难休，却只是吹得我眼珠酸痛！』那老者道：『既如此说，也是个有来头的人。我这敝处，却无卖眼药的。老汉也有些迎风冷泪，曾遇异人，传了一方，名唤「三花九子膏」，能治一切风眼。』行者闻言，低头唱喏道：『愿求些儿，点试，点试。』

那老者应承，即走进去，取出一个玛瑙石的小罐儿来，拔开塞口，用玉簪儿蘸出少许与行者点上，教他不得睁开，宁心睡觉，明早就好。点毕，收了石罐，径领小介们退于里面。八戒解包袱，展开铺盖，请行者安置。行者闭着眼乱摸。八戒笑道：『先生，你的明杖儿呢？』行者道：『你这个馕糟的呆子！你照顾我做瞎子哩！』那呆子哑哑的暗笑而睡。行者坐在铺上，转运神功，直到有三更后，方才睡下。

不觉又是五更将晓，行者抹抹脸，睁开眼道：『果然好药！比常更有百分光明！』却转头后边望望，呀！那里是甚房舍窗门，但只见些老槐高柳，兄弟们都睡在那绿莎茵上。那八戒醒来道：『哥哥，你嚷怎的？』行者道：『你睁开眼看看。」呆子忽抬头，见没了人家，慌得一毂辘爬将起来道：『我的马哩？』行者道：『树上拴的不是？』——『行李呢？』行者道：『你头边放的不是？』八戒道：『这家子惫懒也。他搬了，怎么就不叫我们一声？通得老猪知道，也好与你送些茶果。想是躲门户的，恐怕里长晓得，却就连夜搬了。噫！我们也忒睡得死！怎么他家拆房子，响也不听见响响？』行者吸吸的笑道：『呆子，不要乱嚷。你看那树上是个甚么纸帖儿。』八戒走上前，用手揭了，原来上面四句颂子云：

庄居非是俗人居，护法伽蓝点化庐。
妙药与君医眼痛，尽心降怪莫踌躇。

行者道：『这伙强神，自换了龙马，一向不曾点他，他倒又来弄虚头！』八戒道：『哥哥莫扯架子。他怎么伏你点札！』行者道：『兄弟，你还不知哩。这护教伽蓝、六丁六甲、五方揭谛，四值功曹，奉菩萨的法旨，暗保我师父者。自那日报了名，只为这一向有了你，再不曾用他们，故不曾点札罢了。』八戒道：『哥哥，他既奉法旨暗保师父，所以不能现身明显，故此点化仙庄。你莫怪他，昨日也亏他与你点眼，又亏他管了我们一顿斋饭，亦可谓尽心矣。你莫怪他，我们且去救师父来。』行者道：『兄弟说得是。此处到那黄风洞口不远，你且莫动身，只在林子里看马守担，等老孙去洞里打听打听，看师父下落如何，再与他争战。』八戒道：『正是这等。讨一个死活的实信。假若师父死了，各人好寻头干事；若是未死，我们好竭力尽心。』行者道：『莫乱谈，我去也！』

他将身一纵，径到他门首，门尚关着睡觉。行者不叫门，且不惊动妖怪，捻着诀，念个咒语，摇身一变，变做一个花脚蚊虫，真个小巧！有诗为证。诗曰：

扰扰微形利喙，嘤嘤声细如雷。兰房纱帐善通随，正爱炎天暖气。只怕熏烟扑扇，偏怜灯火光辉。轻轻小小忒钻疾，飞入妖精洞里。

只见那把门的小妖，正打鼾睡，行者往他脸上叮了一口，那小妖翻身醒了。道：『我爷哑！好大蚊子！一口就叮了一个大疙疸！』忽睁眼道：『天亮了。』又听得支的一声，二门开了。行者嘤嘤的飞将进去，只见那老妖吩咐各门上谨慎，一壁厢收拾兵器：『只怕昨日那阵风不曾刮死孙行者，他今日必定还来。来时定教他一命休矣。』

行者听说，又飞过那厅堂，径来后面。但见一层门，关得甚紧，行者漫门缝儿钻将进去，原来是个大空园子，那壁厢定风桩上绳缠索绑着唐僧哩。那师父纷纷泪落，心心只念着悟空、悟能，不知都在何处。行者停翅，叮在他光头上，叫声『师父』。那长老认得他的声音道：『悟空啊，想杀我也！你在那里叫我哩？』行者道：『师父，我在你头上哩。你莫要心焦，少得烦恼。我们务必拿住妖精，方才救得你的性命。』唐僧道：『徒弟啊，几时才拿得妖精

护法设庄留大圣
须弥灵吉定风魔

庄居非是俗人居，护法伽蓝点化庐。
妙药与君医眼痛，尽心降怪莫踌躇。

么？』行者道：『拿你的那虎怪，已被八戒打死了。只是老妖的风势利害。料着只在今日，管取拿他。你放心莫哭，我去哑。』

说声去，嘤嘤的飞到前面。只见那老妖坐在上面，正点札各路头目；又见那洞前有一个小妖，把个令字旗磨一磨，撞上厅来报道：『大王，小的巡山，才出门，见一个长嘴大耳朵的和尚坐在林里；若不是我跑得快些，几乎被他捉住。却不见昨日那个毛脸和尚。』老妖道：『孙行者不在，想必是风吹死也。再不便去那里求救兵去了！』众妖道：『大王，若果吹杀了他，是我们的造化，只恐吹不死他，他去请些神兵来，却怎生是好？』老妖道：『怕他怎的，怕那甚么神兵！若还定得我的风势，只除了灵吉菩萨来是，其余何足惧也！』

行者在屋梁上，只听得他这一句言语，不胜欢喜，即抽身飞出，现本相来至林中，叫声：『兄弟！』八戒道：『哥，你往那里去来？刚才一个打令字旗的妖精，被我赶了去也。』行者笑道：『亏你！亏你！老孙变做蚊虫儿，进他洞去探看师父，原来师父被他绑在定风桩上哭哩。是老孙吩咐，教他莫哭，又飞在屋梁上听了一听。只见那拿令字旗的，喘嘘嘘的，走进去报道：只是被你赶他，却不见我。老妖乱猜乱说，说老孙是风吹杀了，又说是请神兵去了。他却自家供出一个人来，甚妙！甚妙！』八戒道：『他供的是谁？』行者道：『他说怕甚么神兵，那个能定他的风势，只除是灵吉菩萨来是。——但不知灵吉住在何处？……』

正商议处，只见大路旁走出一个老公公来。你看他怎生模样：

身健不扶拐杖，冰髯雪鬓蓬蓬。金花耀眼意朦胧，瘦骨衰筋强硬。屈背低头缓步，庞眉赤脸如童。看他容貌是人称，却似寿星出洞。

八戒望见大喜道：『师兄，常言道：「要知山下路，须问去来人」。你上前问他一声，何如？』真个大圣藏了铁棒，放下衣襟，上前叫道：『老公公，问讯了。』那老者半答不答的，还了个礼道：『你是那里和尚？这旷野处，有何事干？』行者道：『我们是取经的圣僧。昨日在此失了师父，特来动问公公一声：灵吉菩萨在那里住？』老者道：『灵吉在直南上。到那里，还有二千里路。有一山，呼名小须弥山。山中有个道场，乃是菩萨讲经禅院。汝等是取他的经去了？』行者道：『不是取他的经，我有一事烦他，不知从那条路去。』老者用手向南指道：『这条羊肠路就是了。』哄得那孙大圣回头看路，那公公化作清风，寂然不见。只是路旁边下一张简帖，上有四句颂子云：

上复齐天大圣听：老人乃是李长庚。
须弥山有飞龙杖，灵吉当年受佛兵。

行者执了帖儿，转身下路。八戒道：『哥啊，我们连日造化低了。这两日忓日里见鬼！那个化风去的老儿是谁？』行者把帖儿递与八戒。——念了一遍道：『李长庚是那个？』行者道：『是西方太白金星的名号。』八戒慌得望空下拜道：『恩人！恩人！老猪若不亏金星奏准玉帝呵，性命也不知化作甚的了！』行者道：『兄弟，你却也知感恩。但莫要出头，只藏在这树林深处，仔细看守行李、马匹，等老孙寻须弥山，请菩萨去耶。』八戒道：『晓得！晓得！你只管快快前去！老猪学得个乌龟法，得缩头时且缩头。』

孙大圣跳在空中，纵筋斗云，径往直南上去，果然速快。他点头经过三千里，扭腰八百有余程。须臾，见一座高山，半中间有祥云出现，瑞霭纷纷，山凹里果有一座禅院，只听得钟磬悠扬，又见那香烟缥缈。

大圣直至门前，见一道人，项挂数珠，口中念佛。行者道：『道人作揖。』那道人躬身答礼道：『那里来的老爷？』行者道：『这可是灵吉菩萨讲经处么？』道人道：『此间正是，有何话说？』行者道：『累烦你老人家与我传答传答：我是东土大唐驾下御弟三藏法师的徒弟，齐天大圣孙悟空行者。今有一事，要见菩萨。』道人笑道：『老爷

须弥灵吉定风魔

灵吉菩萨将飞龙宝杖丢将下来，不知念了些甚么咒语，却是一条八爪金龙，拨喇的轮开两爪，一把抓住妖精，提着头，两三摔，在山石崖边，现了本相，却是一个黄毛貂鼠。

字多话多，我不能全记。』行者道：『你只说是唐僧徒弟孙悟空来了。』道人依言，上讲堂传报。那菩萨即穿袈裟，添香迎接。

这大圣才举步入门，往里观看，只见那：

满堂锦绣，一屋威严。众门人齐诵《法华经》，老班首轻敲金铸磬。佛前供养，尽是仙果仙花；案上安排，皆是素肴素品。辉煌宝烛，条条金焰射虹霓；馥郁真香，道道玉烟飞彩雾。正是那讲罢心闲方入定，白云片片绕松梢。静收慧剑魔头绝，般若波罗善会高。

那菩萨整衣出迓，行者登堂，坐了客位。随命看茶。行者道：『茶不劳赐，但我师父在黄风山有难，特请菩萨施大法力降怪救师。』菩萨道：『我受了如来法令，在此镇押黄风怪。如来赐了我一颗「定风丹」，一柄「飞龙宝杖」。当时被我拿住，饶了他的性命，放他去隐性归山，不许伤生造孽，不知他今日欲害令师，有违教令，我之罪也。』那菩萨欲留行者，治斋相叙，行者恳辞，随取了飞龙杖，与大圣一齐驾云。不多时，至黄风山上。菩萨道：『大圣，这妖怪有些怕我，我只在云端里住定，你下去与他索战，诱他出来，我好施法力。』

行者依言，按落云头，不容分说，掣铁棒把他洞门打破。叫道：『妖怪！还我师父来也！』慌得那把门小妖，急忙传报。那怪道：『这泼猴着实无礼！再不伏善，反打破我门！这一出去，使阵神风，定要吹死！』仍前披挂，手绰钢叉，又走出门来；见了行者，更不打话，拈叉当胸就刺。大圣侧身躲过，举棒对面相还。战不数合，那怪吊回头，望巽地上，才待要张口呼风，只见那半空里，灵吉菩萨将飞龙宝杖丢将下来，不知念了些甚么咒语，却是一条八爪金龙，拨喇的轮开两爪，一把抓住妖精，提着头，两三捽，捽在山石崖边，现了本相，却是一个黄毛貂鼠。

行者赶上，举棒就打，被菩萨拦住道：『大圣，莫伤他命。我还要带他去见如来。』对行者道：『他本是灵山脚下的得道老鼠，因为偷了琉璃盏内的清油，灯火昏暗，恐怕金刚拿他，故此走了，却在此处成精作怪。如来照见了他，不该死罪，故着我辖押，但他伤生造孽，拿上灵山；今又冲撞大圣，陷害唐僧，我拿他去见如来，明正其罪，才算这场功绩哩。』行者闻言，却谢了菩萨。菩萨西归不题。

却说猪八戒在那林内，正思量行者，只听得山坡下叫声：『悟能兄弟，牵马挑担来耶。』那呆子认得是行者声音，急收拾跑出林外，见了行者道：『哥哥，怎的干事来？』行者道：『请灵吉菩萨，使一条飞龙杖，拿住妖精，原来是个黄毛貂鼠成精，被他带去灵山见如来去了。我和你洞里去救师父。』那呆子才欢欢喜喜。

二人撞入里面，把那一窝狡兔、妖狐、香獐、角鹿，一顿钉钯铁棒，尽情打死，却往后园拜救师父。师父出得门来，问道：『你两人怎生捉得妖精？如何方救得我？』行者将那请灵吉降妖的事情，陈了一遍。师父谢之不尽。他兄

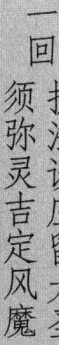

弟们把洞中素物，安排些茶饭吃了，方才出门，找大路向西而去。

毕竟不知向后如何，且听下回分解。

八戒大战流沙河

那八戒放下担子，掣出铁钯，望妖精便筑。那怪使宝杖架住。他两个在流沙河岸，各逞英雄。

第二十二回　八戒大战流沙河　木叉奉法收悟净

话说唐僧师徒三众，脱难前来，不一日，行过了八百黄风岭，进西却是一脉平阳之地。光阴迅速，历夏经秋，见了些寒蝉鸣败柳，大火向西流。

正行处，只见一道大水狂澜，浑波涌浪。三藏在马上忙呼道：『徒弟，你看那前边水势宽阔，怎不见船只行走，我们从那里过去？』八戒见了道：『果是狂澜，无舟可渡。』那行者跳在空中，用手搭凉篷而看。他也心惊道：『师父啊，真个是难，真个是难！这条河若论老孙去呵，只消把腰儿扭一扭，就过去了；若师父，诚千分难渡，万载难行。』三藏道：『我这里一望无边，端的有多少宽阔？』行者道：『径过有八百里远近。』八戒道：『哥哥怎的定得个远近之数？』行者道：『不瞒贤弟说，老孙这双眼，白日里常看得千里路上的吉凶。却才在空中看出：此河上下不知多远，但只见这径过足有八百里。』长老忧嗟烦恼，兜回马，忽见岸上有一通石碑。三众齐来看时，见上有三个篆字，乃『流沙河』；腹上有小小的四行真字云：

八百流沙界，三千弱水深。
鹅毛飘不起，芦花定底沉。

师徒们正看碑文，只听得那浪涌如山，波翻若岭，河当中滑辣的钻出一个妖精，十分凶丑：

一头红焰发蓬松，两只圆睛亮似灯。
不黑不青蓝靛脸，如雷如鼓老龙声。
身披一领鹅黄氅，腰束双攒露白藤。
项下骷髅悬九个，手持宝杖甚峥嵘。

那怪一个旋风，奔上岸来，径抢唐僧，慌得行者把师父抱住，急登高岸，回身走脱。那八戒放下担子，掣出铁钯，望妖精便筑。那怪使宝杖架住。他两个在流沙河岸，各逞英雄。这一场好斗：

九齿钯，降妖杖，二人相敌河岸上。这个是总督大天蓬，那个是谪下卷帘将。昔年曾会在灵霄，今日争持赌猛壮。这一个钯去探爪龙，那一个杖架磨牙象。伸开大四平，钻入迎风戗。这个没头没脸抓，那个无乱无空放。一个是久占流沙界吃人精，一个是秉教迦持修行将。

他两个来来往往，战经二十回合，不分胜负。

那大圣护了唐僧，牵着马，守定行李，见八戒与那怪交战，就恨得咬牙切齿，擦掌磨拳，忍不住要去打他，掣出棒来道：『师父，你坐着，莫怕。等老孙和他耍耍儿来。』那师父苦留不住。他打个唿哨，跳到前边，原来那怪与八戒正战到好处，难解难分。被行者轮起铁棒，望那怪着头一下，那怪急转身，慌忙躲过，径钻入流沙河里。气得个八戒乱跳道：『哥啊！谁着你来的！那怪渐渐手慢，难架我钯，再不上三五合，我就擒住他了！他见你凶险，败阵而逃，怎生是好！』行者笑道：『兄弟，实不瞒你说：自从降了黄风怪，下山来，这个把月不曾耍棍，我见你和他战的甜美，我就忍不住脚痒，故就跳将来耍耍的。那知那怪不识耍，就走了。』

他两个搀着手，说说笑笑转回见了唐僧。唐僧道：『可曾捉得妖怪？』行者道：『那妖怪不奈战，败回钻入水去也。』三藏道：『徒弟，这怪久住于此，他知道浅深。似这般无边的弱水，又没了舟楫，须是得个知水性的，引领才好哩。』行者道：『正是这等说。常言道：「近朱者赤，近墨者黑。」那怪在此，断知水性。我们如今拿住他，且不要打杀，只教他送师父过河，再做理会。』八戒道：『哥哥不必迟疑，让你先去拿他，等老猪看守师父。』行者笑道：『贤弟呀，这桩儿我不敢说嘴。水里勾当，老孙不大十分熟。若是空走，还要捻诀，又念念「避水咒」，方才走得。不然，就要变化做甚么鱼虾蟹鳖之类，我才去得。若论赌手段，凭你在高山云里，干甚么蹊跷异样事儿，老孙都会；只是水里的买卖，有些儿榔杭。』八戒道：『老猪当年总督天河，掌管了八万水兵大众，倒学得知些水性，——却只怕那水里有甚么眷族老小，七窝八代的都来，我就弄他不过。一时不被他捞去耶？』行者道：『你若到他水中与他交战，却不要恋战，许败不许胜，把他引将出来，等老孙下手助你。』八戒道：『言得是，我去耶。』说声去，就剥了青锦直裰，脱了鞋，双手舞钯，分开水路，使出那当年的旧手段，跃浪翻波，撞将进去，径至水底之下，往前正走。

却说那怪败了阵回，方才喘定，又听得有人推得水响，忽起身观看，原来是八戒执了钯推水。那怪举杖当面高呼道：『那和尚！那里走！仔细看打！』八戒使钯架住道：『你是个甚么妖精，敢在此间挡路？』那妖道：『你是也不认得我。我不是那妖魔鬼怪，也不是少姓无名。』八戒道：『你既不是邪妖鬼怪，却怎生在此伤生？你端的甚么姓名，实实说来，我饶你性命。』那怪道：

『我自小生来神气壮，乾坤万里曾游荡。英雄天下显威名，豪杰人家做模样。万国九州任我行，五湖四海从吾撞。皆因学道荡天涯，只为寻师游地旷。常年衣钵谨随身，每日心神不可放。沿地云游数十遭，到处闲行百余趟。因此才得遇真人，引开大道金光亮。先将婴儿姹女收，后把木母金公放。明堂肾水入华池，重楼肝火投心脏。三千功满拜天颜，志心朝礼明华向。玉皇大帝便加升，亲口封为卷帘将。南天门里我为尊，灵霄殿前吾称上。腰间悬挂虎头牌，手中执定降妖杖。头顶金盔晃日光，身披铠甲明霞亮。往来护驾我当先，出入随朝予在上。只因王母降蟠桃，设宴瑶池邀众将。失手打破玉玻璃，天神个个魂飞丧。玉皇即便怒生嗔，却令掌朝左辅相：卸冠脱甲摘官衔，将身推在杀场上。多亏赤脚大天仙，越班启奏将吾放。饶死回生不典刑，遭贬流沙东岸上。饱时困卧此山中，饿去翻波寻食饷。樵子逢吾命不存，渔翁见我身皆丧。来来往往吃人多，翻翻复复伤生瘴。你敢行凶到我门，今日肚皮有所望。莫言粗糙不堪尝，拿住消停剁鲊酱！』

八戒闻言大怒，骂道：『你这泼物，全没一些儿眼色！我老猪还掐出水沫儿来哩，你怎敢说我粗糙，要剁鲊酱！看起来，你把我认做个老走硝哩。休得无礼！吃你祖宗这一钯！』那怪见钯来，使一个『凤点头』躲过。两个在水中打出水面，各人踏浪登波。这一场赌斗，比前不同。你看那：

卷帘将，天蓬帅，各显神通真可爱。那个降妖宝杖着头轮，这个九齿钉钯随手快。跃浪振山川，推波昏世界。凶如太岁撞幢幡，恶似丧门掀宝盖。这一个赤心凛凛保唐僧，那一个犯罪滔滔为水怪。钯抓一下九条痕，杖打之时魂魄败。努力喜相持，用心要赌赛。算来只为取经人，怒气冲天不忍耐。搅得那鯾鲌鲤鳜退鲜鳞，龟鳖鼋鼍伤嫩盖；红虾紫蟹命皆亡，水府诸神朝上拜。只听得波翻浪滚似雷轰，日月无光天地怪。

二人整斗有两个时辰，不分胜败。这才是铜盆逢铁帚，玉磬对金钟。

却说那大圣保着唐僧，立于左右，眼巴巴的望着他两个在水上争持，只是他不好动手。只见那八戒虚幌一钯，佯输诈败，转回头往东岸上走。那怪随后赶来，将近到了岸边，这行者忍耐不住，撇了师父，掣铁棒，跳到河边，望妖精劈头就打。那妖物不敢相迎，飕的又钻入河内。八戒嚷道：『你这弼马温，彻是个急猴子！你再缓缓些儿，等我哄他到了高处，你却阻住河边，教他不能回首呵，却不拿住他也；他这进去，几时又肯出来？』行者笑道：『呆子，莫嚷，莫嚷，我们且回去见师父去来。』

八戒却同行者到高岸上，见了三藏。三藏欠身道：『徒弟辛苦呀。』八戒道：『且不说辛苦，只是降了妖精，送得你过河，方是万全之策。』三藏道：『你才与妖精交战何如？』八戒道：『那妖的手段，与老猪是个对手。正战处，使一个诈败，他才赶到岸上。见师兄举着棍子，他就跑了。』三藏道：『如此怎生奈何？』行者道：『师父放心，且莫焦恼。如今天色又晚，且坐在这崖次之下，待老孙去化些斋饭来，你吃了睡去，待明日再处。』八戒道：『说得是，你快去快来。』

行者急纵云跳起去，正到直北下人家化了一钵素斋，回献师父。师父见他来得甚快，便叫：『悟空，我们去化斋的人家，求问他一个过河之策，不强似与这怪争持？』行者笑道：『这家子远得很哩！相去有五七千里之路。他那里得知水性？问他何益？』八戒道：『哥哥又来扯谎了。五七千里路，你怎么这等去来得快？』行者道：『你那里晓得，老孙的筋斗云，一纵有十万八千里。像这五七千路，只消把头点上两点，把腰躬上一躬，就是个往回，有何难哉！』八戒道：『哥啊，既是这般容易，你把师父背着，只消点点头，躬躬腰，跳过去罢了；何必苦苦的与他厮战？』行者道：『你不会驾云？你把师父驮过去不是？』八戒道：『师父的骨肉凡胎，重似泰山，我这驾云的，怎称得起？须是你的筋斗方可。』行者道：『我的筋斗，好道也是驾云，只是去的有远近些儿。你是驮不动，我却如何驮得动？自古道：「遣泰山轻如芥子，携凡夫难脱红尘。」像这泼魔毒怪，使摄法，弄风头，却是扯扯拉拉，就地而行，不能带得空中而去；像那样法儿，老孙也会使会弄；还有那隐身法、缩地法，老孙件件皆知。但只是师父要穷历异邦，才能够超脱苦海，所以寸步难行也。我和你只做得个拥护，保得他身在命在，替不得这些苦恼，也取不得经来；就是有能先去见了佛，那佛也不肯把经善与你我：正叫做「若将容易得，便作等闲看。」』那呆子闻言，喏喏听受。遂吃了些无菜的素食，师徒们歇在流沙河东，崖次之下。

次早，三藏道：『悟空，今日怎生区处？』行者道：『没甚区处，还须八戒下水。』八戒道：『哥哥，你要图干净，只作成我下水。』行者道：『贤弟，这番我再不急性了，只让你引他上来，我拦住河沿，不让他回去，务要将他擒了。』

好八戒，抹抹脸，抖擞精神，双手拿钯，到河沿，分开水路，依然又下至窝巢。那怪方才睡醒，忽听推得水响，急回头睁睛看看。见八戒执钯下至，他跳出来，当头阻住，喝道：『慢来，慢来，看杖！』八戒举钯架住道：『你是个甚么「哭丧杖」，断叫你祖宗看杖！』那怪道：『你这厮甚不晓得哩！我这

宝杖原来名誉大，本是月里梭罗派。吴刚伐下一枝来，鲁班制造工夫盖。里边一条金趁心，外边万道珠丝玠。名称宝杖善降妖，永镇灵霄能伏怪。只因官拜大将军，玉皇赐我随身带。或长或短任吾心，要细要粗凭意态。也曾护驾宴蟠桃，也曾随朝居上界。值殿曾经众圣参，卷帘曾见诸仙拜。养成灵性一神兵，不是人间凡器

械。自从遭贬下天门，任意纵横游海外。不当大胆自称夸，天下枪刀难比赛。看你那个锈钉钯，只好锄田与筑菜！』

八戒笑道：『我把你少打的泼物！且莫管甚么筑菜，只怕荡了一下儿，教你没处贴膏药，九个眼子一齐流血！纵然不死，也是个到老的破伤风！』那怪丢开架手，在那水底下，与八戒依然打出水面。这一番斗，比前果更不同。你看他：

宝杖轮，钉钯筑，言语不通非眷属。只因木母克刀圭，致令两下相战触。没输赢，无反复，翻波淘浪不和睦。这个怒气怎含容？那个伤心难忍辱。钯来杖架逞英雄，水滚流沙能恶毒。气昂昂，劳碌碌，多因三藏朝西域。钉钯老大凶，宝杖十分熟。这个揪住要往岸上拖，那个抓来就将水里沃。声如霹雳动鱼龙，云暗天昏神鬼

八戒大战流沙河
木叉奉法收悟净

卷帘将，天蓬帅，各显神通真可爱。那个降妖宝杖着头轮，这个九齿钉钯随手快。跃浪振山川，推波昏世界。

伏。

这一场，来来往往，斗经三十回合，不见强弱。八戒又使个佯输计，拖了钯走。那怪随后又赶来，拥波捉浪，赶至崖边。八戒骂道：『我把你这个泼怪！你上来！这高处，脚踏实地好打！』那妖骂道：『你这厮哄我上去，又教那帮手来哩。你下来，还在水里相斗。』原来那妖乖了，再不肯上岸，只在河沿与八戒闹吵。

却说行者见他不肯上岸，急得他心焦性爆，恨不得一把捉来；行者道：『师父！你自坐下，等我与他个「饿鹰雕食」。』就纵筋斗，跳在半空，刷的落下来，要抓那妖。那妖正与八戒嚷闹，忽听得风响，急回头，见是行者落下云来，却又收了那杖，一头淬下水，隐迹潜踪，渺然不见。行者伫立岸上，对八戒说：『兄弟呀，这妖也弄得滑了。他再不肯上岸，如之奈何？』八戒道：『难，难，难！战不胜他！——就把吃奶的气力也使尽了，只绷得个手平。』行者道：『且见师父去。』

二人又到高岸，见了唐僧，备言难捉。那长老满眼下泪道：『似此艰难，怎生得渡！』行者道：『师父莫要烦恼。这怪深潜水底，其实难行。八戒，你只在此保守师父，再莫与他厮斗，等老孙往南海走走去来。』八戒道：『哥呵，你去南海何干？』行者道：『这取经的勾当，原是观音菩萨；及脱解我等，也是观音菩萨；今日路阻流沙河，不能前进，不得他，怎生处治？等我去请他，还强如和这妖精相斗。』八戒道：『也是，也是。师兄，你去时，千万与我上复一声：向日多承指教。』三藏道：『悟空，若是去请菩萨，却也不必迟疑，快去快来。』

行者即纵筋斗云，径上南海。咦！那消半个时辰，早望见普陀山境。须臾间，坠下筋斗，到紫竹林外，又只见那二十四路诸天，上前迎着道：『大圣何来？』行者道：『我师有难，特来谒见菩萨。』诸天道：『请坐，容报。』那轮日的诸天，径至潮音洞口报道：『孙悟空有事朝见。』菩萨正与捧珠龙女在宝莲池畔扶栏看花，闻报，即转云岩，

开门唤入。大圣端肃皈依参拜。

菩萨问曰：『你怎么不保唐僧？为甚事又来见我？』行者启上道：『菩萨，我师父前在高老庄，又收了一个徒弟，唤名猪八戒，多蒙菩萨又赐法讳悟能。才行过黄风岭，今至八百里流沙河，乃是弱水三千，师父已是难渡；河中又有个妖怪，武艺高超，甚亏了悟能与他水面上大战三次，只是不能取胜，被他拦阻，不能渡河。因此，特告菩萨，望垂怜悯，济渡他一济渡。』菩萨道：『你这猴子，又逞自满，不肯说出保唐僧的话来么？』行者道：『我们只是要拿住他，教他送我师父渡河。水里事，我又弄不得精细，只是悟能寻着他窝巢，与他打话。想是不曾说出取经的勾当。』菩萨道：『那流沙河的妖怪，乃是卷帘大将临凡，也是我劝化的善信，教他保护取经之辈。你若肯说出是东土取经人呵，他决不与你争持，断然归顺矣。』行者道：『那怪如今怯战，不肯上崖，只在水里潜踪，如何得他归顺？我师如何得渡弱水？』

菩萨即唤惠岸，袖中取出一个红葫芦儿，吩咐道：『你可将此葫芦，同孙悟空到流沙河水面上，只叫「悟净」，他就出来了。先要引他归依了唐僧，然后把他那九个骷髅穿在一处，按九宫布列，却把这葫芦安在当中，就是法船一只，能渡唐僧过流沙河界。』惠岸闻言，谨遵师命，当时与大圣捧葫芦出了潮音洞，奉法旨辞了紫竹林。有诗为证。

诗曰：

五行匹配合天真，认得从前旧主人。
炼己立基为妙用，辨明邪正见原因。
金来归性还同类，木去求情共复沧。
二土全功成寂寞，调和水火没纤尘。

木叉奉法收悟净

左有八戒扶持，右有悟净捧托；孙行者在后面牵了龙马，半云半雾相跟；头直上又有木叉拥护；那师父才飘然稳渡流沙河界，浪静风平过弱河。

他两个，不多时，按落云头，早来到流沙河岸。猪八戒认得是木叉行者，引师父上前迎接。那木叉与三藏礼毕，又与八戒相见。八戒道：『向蒙尊者指示，得见菩萨，我老猪果遵法教，今喜拜了沙门。这一向在途中奔碌，未及致谢，恕罪，恕罪。』行者道：『且莫叙阔。我们叫唤那厮去来。』三藏道：『叫谁？』行者道：『老孙见菩萨，备陈前事。菩萨说：这流沙河的妖怪，乃是卷帘大将临凡；因为在天有罪，堕落此河，忘形作怪。他曾被菩萨劝化，愿归师父往西天去的。但是我们不曾说出取经的事情，故此苦苦争斗。菩萨今差木叉，将此葫芦，要与这厮结作法船，渡你过去哩。』三藏闻言，顶礼不尽，对木叉作礼道：『万望尊者作速一行。』

那木叉捧定葫芦，半云半雾，径到了流沙河水面上，厉声高叫道：『悟净！悟净！取经人在此久矣，你怎么还不归顺！』

却说那怪惧怕猴王，回于水底，正在窝中歇息。只听得叫他法名，情知是观音菩萨；又闻得说『取经人在此』，他也不惧斧钺，急翻波伸出头来，又认得是木叉行者。你看他笑盈盈，上前作礼道：『尊者失迎。菩萨今在何处？』木叉道：『我师未来，先差我来吩咐你早跟唐僧做个徒弟。叫把你项下挂的骷髅与这个葫芦，按九宫结做一只法船，渡他过此弱水。』悟净道：『取经人却在那里？』木叉用手指道：『那东岸上坐的不是？』悟净看见了八戒道：『他不知是那里来的个泼物，与我整斗了这两日，何曾言着一个取经的字儿？』又看见行者，道：『这个主子，是他的帮手，好不利害！我不去了。』木叉道：『那是猪八戒，这是孙行者。俱是唐僧的徒弟，俱是菩萨劝化的，怕他怎的？我且和你见唐僧去。』那悟净才收了宝杖，整一整黄锦直裰，跳上岸来，对唐僧双膝跪下道：『师父，弟子有眼无珠，不认得师父的尊容，多有冲撞，万望恕罪。』八戒道：『你这脓包，怎的早不皈依，只管要与我打？是何说话！』行者笑道：『兄弟，你莫怪他，还是我们不曾说出取经的事样与姓名耳。』长老道：『你果肯诚心皈依吾教么？』悟净道：『弟子向蒙菩萨教化，指河为姓，与我起个法名，唤做沙悟净，岂有不从师父之理！』三藏道：『既如此』，叫：『悟空，取戒刀来，与他落了发。』大圣依言，即将戒刀与他剃了头。又来拜了三藏，拜了行者与八戒，分了大小。三藏见他行礼，真像个和尚家风，故又叫他做沙和尚。木叉道：『既秉了迦持，不必叙烦，早与作法船去来。』

那悟净不敢怠慢，即将颈项下挂的骷髅取下，用索子结作九宫，把菩萨葫芦安在当中，请师父下岸。那长老遂登法船，坐于上面，果然稳似轻舟。左有八戒扶持，右有悟净捧托；孙行者在后面牵了龙马，半云半雾相跟；头直上又有木叉拥护；那师父才飘然稳渡流沙河界，浪静风平过弱河。真个也如飞似箭，不多时，身登彼岸，得脱洪波；又不拖泥带水，幸喜脚干手燥，清净无为，师徒们脚踏实地。那木叉按祥云，收了葫芦。又只见那骷髅一时解化作九股阴风，寂然不见。三藏拜谢了木叉，顶礼了菩萨。正是：

木叉径回东洋海，三藏上马却投西。

毕竟不知几时才得正果求经，且听下回分解。

三藏不忘本

那妇人见了他三众，更加欣喜，以礼邀入厅房。一一相见礼毕，请各叙坐看茶。那屏风后，忽有一个丫髻垂丝的女童，托着黄金盘、白玉盏，香茶喷暖气，异果散幽香。

第二十三回　三藏不忘本　四圣试禅心

诗曰：

奉法西来道路赊，秋风淅淅落霜花。
乖猿牢锁绳休解，劣马勤兜鞭莫加。
木母金公原自合，黄婆赤子本无差。
咬开铁弹真消息，般若波罗到彼家。

这回书，盖言取经之道，不离了一身务本之道也。却说他师徒四众，了悟真如，顿开尘锁，自跳出性海流沙，浑无挂碍，径投大路西来。历遍了青山绿水，看不尽野草闲花。真个也光阴迅速，又值九秋。但见了些：

枫叶满山红，黄花耐晚风。
老蝉吟渐懒，愁蟋思无穷。
荷破青纨扇，橙香金弹丛。
可怜数行雁，点点远排空。

正走处，不觉天晚。三藏道：『徒弟，如今天色又晚，却往那里安歇？』行者道：『师父说话差了。出家人餐风宿水，卧月眠霜，随处是家。又问那里安歇，何也？』猪八戒道：『哥啊，你只知道你走路轻省，那里管别人累坠？自过了流沙河，这一向爬山过岭，身挑着重担，老大难挨也！须是寻个人家，一则化些茶饭，二则养养精神，才是个道理。』行者道：『呆子，你这般言语，似有报怨之心。还像在高老庄，倚懒不求福的自在，恐不能也。既是秉正沙门，须是要吃辛受苦，才做得徒弟哩。』八戒道：『哥哥，你看这担行李多重？』行者道：『兄弟，自从有了你与沙僧，我又不曾挑着，那知多重？』八戒道：『哥啊，你看看数儿么：

四片黄藤篾，长短八条绳。又要防阴雨，毡包三四层。匾担还愁滑，两头钉上钉。铜镶铁打九环杖，篾丝藤缠大斗篷。

似这般许多行李，难为老猪一个逐日家担着走，偏你跟师父做徒弟，拿我做长工！』行者笑道：『呆子，你和谁说哩？』八戒道：『哥哥，与你说哩。』行者道：『错和我说了。老孙只管师父好歹，你与沙僧，专管行李、马匹。但若怠慢了些儿，孤拐上先是一顿粗棍！』八戒道：『哥啊，不要说打，打就是以力欺人。我晓得你的尊性高傲，你是定不肯挑；但师父骑的马，那般高大肥盛，只驮着老和尚一个，教他带几件儿，也是弟兄之情。』

行者道：『你说他是马哩！他不是凡马，本是西海龙王敖闰之子，唤名龙马三太子。只因纵火烧了殿上明珠，被他父亲告了忤逆，身犯天条，多亏观音菩萨救了他的性命；他在那鹰愁陡涧，久等师父，又幸得菩萨亲临，却将他退鳞去角，摘了项下珠，才变做这匹马，愿驮师父往西天拜佛。这个都是各人的功果，你莫攀他。』那沙僧闻言道：『哥哥，真个是龙么？』行者道：『是龙。』八戒道：『哥啊，我闻得古人云：「龙能喷云嗳雾，播土扬沙；有巴山捎岭的手段，有翻江搅海的神通。」怎么他今日这等慢慢而走？』行者道：『你要他快走，我教他快走个儿你看。』好大圣，把金箍棒揝一揝，万道彩云生。那马看见拿棒，恐怕打来，慌得四只蹄疾如飞电，飕的跑将去了。那师父手软勒不住，尽他劣性，奔上山崖，才大达步走。师父喘息始定，抬头远见一簇松阴，内有几间房舍，着实轩昂。但见：

门垂翠柏，宅近青山。几株松冉冉，数茎竹斑斑。篱边野菊凝霜艳，桥畔幽兰映水丹。粉泥墙壁，砖砌围圜。高堂多壮丽，大厦甚清安。牛羊不见无鸡犬，想是秋收农事闲。

那师父正按辔徐观，又见悟空兄弟方到。悟净道：『师父不曾跌下马来么？』长老骂道：『悟空这泼猴，他把马儿惊了，早是我还骑得住哩！』行者陪笑道：『师父莫骂我，都是猪八戒说马行迟，故此着他快些。』那呆子因赶马，走急了些儿，喘气嘘嘘，口里唧唧哝哝的闹道：『罢了！罢了！见自肚别腰松，担子沉重，挑不上来，又弄我奔奔波波的赶马！』长老道：『徒弟啊，你且看那壁厢，有一座庄院，我们却好借宿去也。』行者闻言，急抬头举目而看，果见那半空中庆云笼罩，瑞霭遮盈。情知定是佛仙点化，他却不敢泄漏天机，只道：『好，好，好！我们借宿去来。』

长老连忙下马。见一座门楼，乃是垂莲象鼻，画栋雕梁。沙僧歇了担子。八戒牵了马匹道：『这个人家，是过当的富实之家。』行者就要进去。三藏道：『不可，你我出家人，各自避些嫌疑，切莫擅入。且自等他有人出来，以礼求宿，方可。』八戒拴了马，斜倚墙根之下。三藏坐在石鼓上。行者、沙僧坐在台基边。久无人出。

行者性急，跳起身入门里看处：原来有向南的三间大厅，帘栊高控。屏门上，挂一轴寿山福海的横披画；两边金漆柱上，贴着一副大红纸的春联，上写着：

丝飘弱柳平桥晚，
雪点香梅小院春。

正中间，设一张退光黑漆的香几，几上放一个古铜兽炉。上有六张交椅。两山头挂着四季吊屏。

行者正然偷看处，忽听得后门内有脚步之声，走出一个半老不老的妇人来，娇声问道：『是甚么人，擅入我寡妇之门？』慌得个大圣喏喏连声道：『小僧是东土大唐来的，奉旨向西方拜佛求经。一行四众，路过宝方，天色已晚。特奔老菩萨檀府，告借一宵。』那妇人笑语相迎道：『长老，那三位在那里？请来。』行者高声叫道：『师父，请进来耶。』三藏才与八戒、沙僧牵马挑担而入。只见那妇人出厅迎接。八戒饧眼偷看，你道他怎生打扮：

穿一件织金官绿纻丝袄，上罩着浅红比甲；系一条结彩鹅黄锦绣裙，下映着高底花鞋。时样鬏髻皂纱漫，相衬着二色盘龙发；宫样牙梳朱翠晃，斜簪着两股赤金钗。云鬓半苍飞凤翅，耳环双坠宝珠排；脂粉不施犹自美，风流还似少年才。

那妇人见了他三众，更加欣喜，以礼邀入厅房。一一相见礼毕，请各叙坐看茶。那屏风后，忽有一个丫髻垂丝的女童，托着黄金盘、白玉盏，香茶喷暖气，异果散幽香。那人绰彩袖，春笋纤长；擎玉盏，传茶上奉，对他们一一拜了。

茶毕，又吩咐办斋。三藏启手道：『老菩萨，高姓？贵地是甚地名？』妇人道：『此间乃西牛贺洲之地。小妇人娘家姓贾，夫家姓莫。幼年不幸，公姑早亡，与丈夫守承祖业。有家资万贯，良田千顷。夫妻们命里无子，止生了三个女孩儿。前年大不幸，又丧了丈夫。小妇居孀，今岁服满。空遗下田产家业，再无个眷族亲人，只是我娘女们承领。欲嫁他人，又难舍家业。适承长老下降，想是师徒四众。小妇娘女四人，意欲坐山招夫，四位恰好。不知尊意肯否如何。』三藏闻言，推聋妆哑，瞑目宁心，寂然不答。

那妇人道：『舍下有水田三百余顷，旱田三百余顷，山场果木三百余顷；黄水牛有一千余只，骡马成群，猪羊无数；东南西北，庄堡草场，共有六七十处；家下有八九年用不着的米谷，十来年穿不着的绫罗；一生有使不着的金银；胜强似那锦帐藏春，说甚么金钗两行；你师徒们若肯回心转意，招赘在寒家，自自在在，享用荣华，却不强如往西劳碌？』那三藏也只是如痴如蠢，默默无言。

那妇人道：『我是丁亥年三月初三日酉时生。故夫比我年大三岁，我今年四十五岁。大女儿名真真，今年二十岁；次女名爱爱，今年十八岁；三小女名怜怜，今年十六岁；俱不曾许配人家。虽是小妇人丑陋，却幸小女俱有几分颜色，女工针指，无所不会。因是先夫无子，即把他们当儿子看养。小时也曾教他读些儒书，也都晓得些吟诗作对。虽然居住山庄，也不是那十分粗俗之类，料想也配得过列位长老，若肯放开怀抱，长发留头，与舍下做个家长，穿绫着锦，胜强如那瓦钵缁衣，雪鞋云笠！』

三藏坐在上面，好便似雷惊的孩子，雨淋的虾蟆；只是呆呆挣挣，翻白眼儿打仰。那八戒闻得这般富贵，这般美色，他却心痒难挠；坐在那椅子上，一似针戳屁股，左扭右扭的，忍耐不住。走上前，扯了师父一把道：『师父！这娘子告诵你话，你怎么佯佯不睬？好道也做个理会是。』那师父猛抬头，咄的一声，喝退了八戒道：『你这个孽畜！我们是个出家人，岂以富贵动心，美色留意，成得个甚么道理！』

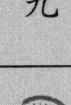

那妇人笑道：『可怜，可怜，出家人有何好处？』三藏道：『女菩萨，你在家人，却有何好处？』那妇人道：『长老请坐，等我把在家人好处，说与你听。怎见得？有诗为证。诗曰：

春裁方胜着新罗，夏换轻纱赏绿荷；
秋有新蒭香糯酒，冬来暖阁醉颜酡。
四时受用般般有，八节珍羞件件多；
衬锦铺绫花烛夜，强如行脚礼弥陀。』

三藏道：『女菩萨，你在家人享荣华，受富贵，有可穿，有可吃，儿女团圆，果然是好，但不知我出家的人，也有一段好处。怎见得？有诗为证，诗曰：

出家立志本非常，推倒从前恩爱堂。
外物不生闲口舌，身中自有好阴阳。
功完行满朝金阙，见性明心返故乡。
胜似在家贪血食，老来坠落臭皮囊。』

那妇人闻言，大怒道：『这泼和尚无礼！我若不看你东土远来，就该叱出。我倒是个真心实意，要把家缘招赘汝等，你倒反将言语伤我。你就是受了戒，发了愿，永不还俗，好道你手下人，我家也招得一个。你怎么这般执法？』三藏见他发怒，只得者者谦谦，叫道：『悟空，你在这里罢。』行者道：『我从小儿不晓得干那般事，教八戒在这里罢。』八戒道：『哥啊，不要栽人么。大家从长计较。』三藏道：『你两个不肯，便教悟净在这里罢。』沙僧道：『你看师父说的话。弟子蒙菩萨劝化，受了戒行，等候师父；自蒙师父收了我，又承教诲；跟着师父还不上两月，更不曾进得半分功果，怎敢图此富贵！宁死也要往西天去，决不干此欺心之事。』那妇人见他们推辞不肯，急抽身转进屏风，扑的把腰门关上。师徒们撇在外面，茶饭全无，再没人出。

八戒心中焦燥，埋怨唐僧道：『师父忒不会干事，把话通说杀了。你好道还活着些脚儿，只含糊答应，哄他些斋饭吃了，今晚落得一宵快活；明日肯与不肯，在乎你我了。似这般关门不出，我们这清灰冷灶，一夜怎过！』悟净道：『二哥，你在他家做个女婿罢。』八戒道：『兄弟，不要栽人。从长计较。』行者道：『计较甚的？你要肯，便就教师父与那妇人做个亲家，你就做个倒踏门的女婿。他家这等有财有宝，一定倒陪妆奁，整治个会亲的筵席。我们也落些受用。你在此间还俗，却不是两全其美？』八戒道：『话便也是这等说，却只是我脱俗又还俗，停妻

三藏不忘本
四圣试禅心

那妇人见他们推辞不肯，急抽身转进屏风，扑的把腰门关上。
师徒们撇在外面，茶饭全无，再没人出。

再娶妻了。』

沙僧道：『二哥原来是有嫂子的？』行者道：『你还不知他哩，他本是乌斯藏高老儿庄高太公的女婿。因被老孙降了，他也曾受菩萨戒行，没及奈何，被我捉他来做个和尚，所以弃了前妻，投师父往西拜佛。他想是离别的久了，又想起那个勾当。却才听见这个勾当，断然又有此心。呆子，你与这家子做了女婿罢。只是多拜老孙几拜，我不检举你就罢了。』

那呆子道：『胡说！胡说！大家都有此心，独拿老猪出丑。常言道：「和尚是色中饿鬼。」那个不要如此？都这们扭扭捏捏的拿班儿，把好事都弄得裂了。这如今茶水不得见面，灯火也无人管，虽熬了这一夜，但那匹马明日又要驮人，又要走路，再若饿上这一夜，只好剥皮罢了。你们坐着，等老猪去放放马来。』那呆子虎急急的，解了缰绳，拉出马去。

行者道：『沙僧，你且陪师父坐这里，等老孙跟他去，看他往那里放马。』三藏道：『悟空，你看便去看他，但只不可只管嘲他了。』行者道：『我晓得。』这大圣走出厅房，摇身一变，变作个红蜻蜓儿，飞出前门，赶上八戒。

那呆子拉着马，有草处且不教吃草，嗒嗒嗤嗤的，赶着马，转到后门首去。只见那妇人，带了三个女子，在后门外闲立着，看菊花儿耍子。他娘女们看见八戒来时，三个女儿闪将进去。那妇人伫立门首道：『小长老那里去？』这呆子丢了缰绳，上前唱个喏，道声：『娘！我来放马的。』那妇人道：『你师父忒弄精细。在我家招了女婿，却不强似做挂搭僧，往西跄路？』八戒笑道：『他们是奉了唐王的旨意，不敢有违君命，不肯干这件事。刚才都在前厅上栽我，我又有些奈上祝下的，只恐娘嫌我嘴长耳大。』那妇人道：『我也不嫌，只是家下无个家长，招一个倒也罢了；但恐小女儿有些儿嫌丑。』八戒道：『娘，你上复令爱，不要这等拣汉。想我那唐僧，人才虽俊，其实不中用。我丑

自丑，有几句口号儿。』妇人道：『你怎的说么？』八戒道：『我

虽然人物丑，勤紧有些功。若言千顷地，不用使牛耕。只消一顿钯，布种及时生。没雨能求雨，无风会唤风。房舍若嫌矮，起上二三层。地下不扫扫一扫，阴沟不通通一通。家长里短诸般事，踢天弄井我皆能。』

那妇人道：『既然干得家事，你再去与你师父商量商量看，不尴尬，便招你罢。』八戒道：『不用商量：他又不是我的生身父母，干与不干，都在于我。』妇人道：『也罢，也罢，等我与小女说。』看他闪进去，扑的掩上后门。八戒也不放马，将马拉向前来。

怎知孙大圣已一一尽知，他转翅飞来，现了本相，先见唐僧道：『师父，悟能牵马来了。』长老道：『马若不牵，恐怕撒欢走了。』行者笑将起来，把那妇人与八戒说的勾当，从头说了一遍。三藏也似信不信的。

少时间，见呆子拉将马来拴下。长老道：『你马放了？』八戒道：『无甚好草，没处放马。』行者道：『没处放马，可有处牵马么？』呆子闻得此言，情知走了消息，也就垂头扭颈，努嘴皱眉，半晌不言。

又听得呀的一声，腰门开了，有两对红灯，一副提壶，香云霭霭，环佩叮叮，那妇人带着三个女儿，走将出来，叫真真、爱爱、怜怜，拜见那取经的人物。那女子排立厅中，朝上礼拜。果然也生得标致。但见他：

一个个蛾眉横翠，粉面生春。妖娆倾国色，窈窕动人心。花钿显现多娇态，绣带飘飖迥绝尘。半含笑处樱桃绽，缓步行时兰麝喷。满头珠翠，颤巍巍无数宝钗簪；遍体幽香，娇滴滴有花金缕细。说甚么楚娃美貌，西子娇容？真个是九天仙女从天降，月里嫦娥出广寒。

那三藏合掌低头，孙大圣佯佯不睬，少沙僧转背回身。你看那猪八戒，眼不转睛，淫心紊乱，色胆纵横，扭捏出悄语，低声道：『有劳仙子下降。娘，请姐姐们去耶。』那三个女子，转入屏风，将一对纱灯留下。妇人道：『四位

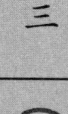

长老，可肯留心，着那个配我小女么？」悟净道：「我们已商议了，着那个姓猪的招赘门下。」八戒道：「兄弟，不要栽我，还从众计较。」行者道：「还计较甚么？你已是在后门首说合的停停当当，「娘」都叫了，又有甚么计较？师父做个男亲家，这婆儿做个女亲家，等老孙做个保亲，沙僧做个媒人。也不必看通书，今朝是个天恩上吉日，你来拜了师父，进去做了女婿罢。」八戒道：「弄不成！弄不成！那里好干这个勾当！」

行者道：「呆子，不要者嚣。你那口里「娘」也不知叫了多少，又是甚么弄不成。快快的应成，带携我们吃些喜酒，也是好处。」他一只手揪着八戒，一只手扯住妇人道：「亲家母，带你女婿进去。」那呆子脚儿趄趄的，要往那里走。那妇人即唤童子：「展抹桌椅，铺排晚斋，管待三位亲家。我领姑夫房里去也。」一壁厢又吩咐庖丁排筵设宴，明晨会亲。那几个童子，又领命讫。他三众吃了斋，急急铺铺，都在客座里安歇不题。

却说那八戒跟着丈母，行入里面，一层层也不知多少房舍，磕磕撞撞，尽都是门槛绊脚。呆子道：「娘，慢些儿走。我这里边路生，你带我带儿。」那妇人道：「这都是仓房、库房、碾房各房，还不曾到那厨房边哩。」八戒道：「好大人家！」磕磕撞撞，转弯抹角，又走了半会，才是内堂房屋。那妇人道：「女婿，你师兄说今朝是天恩上吉日，就教你招进来了；却只是仓卒间，不曾请得个阴阳，拜堂撒帐，你可朝上拜八拜儿罢。」八戒道：「娘，娘说得是。你请上坐，等我也拜几拜，就当拜堂，就当谢亲，两当一儿，却不省事？」他丈母笑道：「也罢，也罢，果然是个省事干家的女婿。我坐着，你拜么。」

咦！满堂中银烛辉煌，这呆子朝上礼拜，拜毕，道：「娘，你把那个姐姐配我哩？」他丈母道：「正是这些儿疑难：我要把大女儿配你，恐二女怪；要把二女配你，恐三女怪；欲将三女配你，又恐大女怪；所以终疑未定。」八戒道：「娘，既怕相争，都与我罢，省得闹闹吵吵，乱了家法。」他丈母道：「岂有此理！你一人就占我三个女儿不成！』八戒道：『你看娘说的话。那个没有三房四妾？就再多几个，你女婿也笑纳了。我幼年间，也曾学得个熬战之法，管情一个个伏侍得他欢喜。』那妇人道：『不好！不好！我这里有一方手帕，你顶在头上，遮了脸，撞个天婚，教我女儿从你跟前走过，你伸开手扯倒那个就把那个配了你罢。』呆子依言，接了手帕，顶在头上。有诗为证。诗曰：

痴愚不识本原由，色剑伤身暗自休。
从来信有周公礼，今日新郎顶盖头。

那呆子顶裹停当。道：『娘，请姐姐们出来么。』他丈母叫：『真真、爱爱、怜怜，都来撞天婚，配与你女婿。』只听得环佩响亮，兰麝馨香，似有仙子来往，那呆子真个伸手去捞人。两边乱扑，左也撞不着，右也撞不着。

四圣试禅心

那呆子真个伸手去捞人。两边乱扑，左也撞不着，右也撞不着。来来往往，不知有多少女子行动，只是莫想捞着一个。东扑抱着柱科，西扑摸着板壁。两头跑晕了，立站不稳，只是打跌。

来来往往，不知有多少女子行动，只是莫想捞着一个。东扑抱着柱科，西扑摸着板壁。两头跑晕了，立站不稳，只是打跌。前来蹬着门扇，后去汤着砖墙。磕磕撞撞，跌得嘴肿头青。坐在地下，喘气呼呼的道：『娘啊，你女儿这等乖滑得紧，捞不着一个，奈何，奈何！』

那妇人与他揭了盖头道：『女婿，不是我女儿乖滑，他们大家谦让，不肯招你。』八戒道：『娘啊，既是他们不肯招我啊，你招了我罢。』那妇人道：『好女婿呀！这等没大没小的，连丈母也都要了！我这三个女儿，心性最巧。他一人结了一个珍珠嵌锦汗衫儿。你若穿得那个的，就教那个招你罢。』八戒道：『好，好，好！把三件儿都拿来我穿了看；若都穿得，就教都招了罢。』那妇人转进房里，止取出一件来，递与八戒。那呆子脱下青锦布直裰，取过衫儿，就穿在身上；还未曾系上带子，扑的一蹻，跌倒在地。原来是几条绳紧紧绷住。那呆子疼痛难禁。这些人早已不见了。

却说三藏、行者、沙僧一觉睡醒，不觉的东方发白。忽睁睛抬头观看，那里得那大厦高堂，也不是雕梁画栋，一个个都睡在松柏林中。慌得那长老忙呼行者。沙僧道：『哥哥，罢了，罢了，我们遇着鬼了！』孙大圣心中明白，微微的笑道：『怎么说？』长老道：『你看我们睡在那里耶！』行者道：『这松林下落得快活，但不知那呆子在那里受罪哩。』长老道：『那个受罪？』行者笑道：『昨日这家子娘女们，不知是那里菩萨，在此显化我等，想是半夜里去了，只苦了猪八戒受罪。』三藏闻言，合掌顶礼。又只见那后边古柏树上，飘飘荡荡的，挂着一张简帖儿。沙僧急去取来与师父看时，却是八句颂子云：

黎山老母不思凡，南海菩萨请下山。
普贤文殊皆是客，化成美女在林间。

圣僧有德还无俗，八戒无禅更有凡。

从此静心须改过，若生怠慢路途难！

那长老、行者、沙僧正然唱念此颂，只听得林深处高声叫道：『师父啊，绷杀我了！救我一救！下次再不敢了！』三藏道：『悟空，那叫唤的可是悟能么？』沙僧道：『正是。』行者道：『兄弟，莫睬他，我们去罢。』三藏道：『那呆子虽是心性愚顽，却只是一味懞直，倒也有些膂力，挑得行李。还看当日菩萨之念，救他随我们去罢。料他以后再不敢了。』那沙和尚却卷起铺盖，收拾了担子；孙大圣解缰牵马，引唐僧入林寻看。咦！这正是：

从正修持须谨慎，扫除爱欲自归真。

毕竟不知那呆子凶吉如何，且听下回分解。

万寿山大仙留故友

那仙童推开格子，请唐僧入殿，只见那壁中间挂着五彩装成的『天地』二大字，设一张朱红雕漆的香几，几上有一副黄金炉瓶，炉边有方便整香。

第二十四回 万寿山大仙留故友 五庄观行者窃人参

却说那三人穿林入里，只见那呆子绷在树上，声声叫喊，痛苦难禁。行者上前笑道：『好女婿呀！这早晚还不起来谢亲，又不到师父处报喜，还在这里卖解儿耍子哩。咄！你娘呢？你老婆呢？好个绷巴吊拷的女婿呀！』那呆子见他来抢白着羞，咬着牙，忍着疼，不敢叫喊。沙僧见了，老大不忍，放下行李，上前解了绳索救下。呆子对他们只是磕头礼拜，其实羞耻难当。有《西江月》为证：

色乃伤身之剑，贪之必定遭殃。佳人二八好容妆，更比夜叉凶壮。
只有一个原本，再无微利添囊。好将资本谨收藏，坚守休教放荡。

那八戒撮土焚香，望空礼拜。行者道：『你可认得那些菩萨么？』八戒道：『我已此晕倒昏迷，眼花缭乱，那认得是谁？』行者把那简帖儿递与八戒。八戒见了是颂子，更加惭愧。沙僧笑道：『二哥有这般好处哩，感得四位菩萨来与你做亲！』八戒道：『兄弟再莫题起。不当人子了！从今后，再也不敢妄为。就是累折骨头，也只是摩肩压担，随师父西域去也。』三藏道：『既如此说才是。』

行者遂领师父上了大路。在路餐风宿水，行罢多时，忽见有高山挡路。三藏勒马停鞭道：『徒弟，前面一山，必须仔细，恐有妖魔作耗，侵害吾党。』行者道：『马前但有我等三人，怕甚妖魔？』因此，长老安心前进。只见那座山，真是好山：

高山峻极，大势峥嵘。根接昆仑脉，顶摩霄汉中。白鹤每来栖桧柏，玄猿时复挂藤萝。日映晴林，叠叠千条红雾绕；风生阴壑，飘飘万道彩云飞。幽鸟乱啼青竹里，锦鸡齐斗野花间。只见那千年峰、五福峰、芙蓉峰，巍巍凛凛放毫光；万岁石、虎牙石、三尖石，突突磷磷生瑞气。崖前草秀，岭上梅香。荆棘密森森，芝兰清淡淡。深林鹰凤聚千禽，古洞麒麟辖万兽。涧水有情，曲曲弯弯多绕顾；峰峦不断，重重叠叠自周回。又见那绿的槐，斑的竹，青的松，依依千载斗秾华；白的李，红的桃，翠的柳，灼灼三春争艳丽。龙吟虎啸，鹤舞猿啼。麋鹿从花出，青鸾对日鸣。乃是仙山真福地，蓬莱阆苑只如然。又见些花开花谢山头景，云去云来岭上峰。

三藏在马上欢喜道：『徒弟，我一向西来，经历许多山水，都是那嵯峨险峻之处，更不似此山好景，果然的幽趣非常。若是相近雷音不远路，我们好整肃端严见世尊。』行者笑道：『早哩，早哩，正好不得到哩！』沙僧道：『师兄，我们到雷音有多少远？』行者道：『十万八千里。十停中还不曾走了一停哩。』八戒道：『哥啊，要走几年才得到？』行者道：『这些路，若论二位贤弟，便十来日也可到；若论我走，一日也好走五十遭，还见日色；若论师父走，莫想，莫想！』唐僧道：『悟空，你说得几时方可到？』行者道：『你自小时走到老，老了再小，老小千番也

还难；只要你见性志诚，念念回首处，即是灵山。』沙僧道：『师兄，此间虽不是雷音，观此景致，必有个好人居止。』行者道：『此言却当。这里决无邪祟，一定是个圣僧、仙辈之乡。我们游玩慢行。』不题。

却说这座山名唤万寿山，山中有一座观，名唤五庄观；观里有一尊仙，道号镇元子，混名与世同君。那观里出一般异宝，乃是混沌初分，鸿蒙始判，天地未开之际，产成这颗灵根。盖天下四大部洲，惟西牛贺洲五庄观出此，唤名『草还丹』，又名『人参果』。三千年一开花，三千年一结果，再三千年才得熟，短头一万年方得吃。似这万年，只结得三十个果子。果子的模样，就如三朝未满的小孩相似，四肢俱全，五官咸备。人若有缘，得那果子闻了一闻，就活三百六十岁；吃一个，就活四万七千年。

当日镇元大仙得元始天尊的简帖，邀他到上清天上弥罗宫中听讲『混元道果』。大仙门下出的散仙，也不计其数，见如今还有四十八个徒弟，都是得道的全真。当日带领四十六个上界去听讲，留下两个绝小的看家：一个唤做清风，一个唤做明月。清风只有一千三百二十岁，明月才交一千二百岁。镇元子吩咐二童道：『不可违了大天尊的简帖，要往弥罗宫听讲，你两个在家仔细。不日有一个故人从此经过，却莫怠慢了他。可将我人参果打两个与他吃，权表旧日之情。』二童道：『师父的故人是谁？望说与弟子，好接待。』大仙道：『他是东土大唐驾下的圣僧，道号三藏，今往西天拜佛求经的和尚。』二童笑道：『孔子云：「道不同，不相为谋。」我等是太乙玄门，怎么与那和尚做甚相识！』大仙道：『你那里得知。那和尚乃金蝉子转生，西方圣老如来佛第二个徒弟。五百年前，我与他在「兰盆会」上相识。他曾亲手传茶，佛子敬我，故此是为故人也。』

二仙童闻言，谨遵师命。那大仙临行，又叮咛嘱咐道：『我那果子有数，只许与他两个，不得多费。』清风道：『开园时，大众共吃了两个，还有二十八个在树，不敢多费。』大仙道：『唐三藏虽是故人，须要防备他手下人罗唣，不可惊动他知。』二童领命讫，那大仙承众徒弟飞升，径朝天界。

却说唐僧四众，在山游玩，忽抬头，见那松篁一簇，楼阁数层。唐僧道：『悟空，你看那里是甚么去处？』行者看了道：『那所在，不是观宇，定是寺院。我们走动些，到那厢方知端的。』不一时，来于门首观看，见那：

松坡冷淡，竹径清幽。往来白鹤送浮云，上下猿猴时献果。那门前池宽树影长，石裂苔花破。宫殿森罗紫极高，楼台缥缈丹霞堕。真个是福地灵区，蓬莱云洞。清虚人事少，寂静道心生。青鸟每传王母信，紫鸾常寄老君经。看不尽那巍巍道德之风，果然漠漠神仙之宅。

三藏离鞍下马。又见那山门左边有一通碑，碑上有十个大字，乃是『万寿山福地，五庄观洞天。』长老道：『徒弟，真个是一座观宇。』沙僧道：『师父，观此景鲜明，观里必有好人居住。我们进去看看，若行满东回，此间也是一景。』行者道：『说得好。』遂都一齐进去。又见那二门上有一对春联：

长生不老神仙府，与天同寿道人家。

行者笑道：『这道士说大话唬人。我老孙五百年前大闹天宫时，在那太上老君门首，也不曾见有此话说。』八戒道：『且莫管他，进去，进去，或者这道士有些德行，未可知也。』

及至二层门里，只见那里面急急忙忙，走出两个小童儿来。看他怎生打扮：

骨清神爽容颜丽，顶结丫髻短发鬅。
道服自然襟绕雾，羽衣偏是袖飘风。
环绦紧束龙头结，芒履轻缠蚕口绒。
丰采异常非俗辈，正是那清风明月二仙童。

万寿山大仙留故友
五庄观行者窃人参

那猴子原来第一会爬树偷果子。他把金击子敲了一下，那果子扑的落将下来。他也随跳下来跟寻，寂然不见；四下里草中找寻，更无踪影。

那童子控背躬身，出来迎接道：『老师父，失迎，请坐。』长老欢喜，遂与二童子上了正殿观看。原来是向南的五间大殿，都是上明下暗的雕花格子。那仙童推开格子，请唐僧入殿，只见那壁中间挂着五彩装成的『天地』二大字，设一张朱红雕漆的香几，几上有一副黄金炉瓶，炉边有方便整香。

唐僧上前，以左手拈香注炉，三匝礼拜。拜毕，回头道：『仙童，你五庄观真是西方仙界，何不供养三清、四帝、罗天诸宰，只将「天地」二字侍奉香火？』童子笑道：『不瞒老师说。这两个字，上头的，礼上还当；下边的，还受不得我们的香火。是家师父谄佞出来的。』三藏道：『何为谄佞？』童子道：『三清是家师的朋友，四帝是家师的故人；九曜是家师的晚辈，元辰是家师的下宾。』

那行者闻言，就笑得打跌。八戒道：『哥啊，你笑怎的？』行者道：『只讲老孙会捣鬼，原来这道童会捆风！』

三藏道：『令师何在？』童子道：『家师元始天尊降简请到上清天弥罗宫听讲「混元道果」去了，不在家。』

行者闻言，忍不住喝了一声道：『这个臊道童！人也不认得，你在那个面前捣鬼，扯甚么空心架子！那弥罗宫有谁是太乙天仙？请你这泼牛蹄子去讲甚么！』三藏见他发怒，恐怕那童子回言，斗起祸来，便道：『悟空，且休争竞。我们既进来就出去，显得没了方情。常言道：「鹭鸶不吃鹭鸶肉。」他师既是不在，搅扰他做甚？你去山门前放马，沙僧看守行李，教八戒解包袱。取些米粮，借他锅灶，做顿饭吃，待临行，送他几文柴钱，便罢了。各依执事，让我在此歇息歇息，饭毕就行。』他三人果各依执事而去。

那明月、清风，暗自夸称不尽道：『好和尚！真个是西方爱圣临凡，真元不昧。师父命我们接待唐僧，将人参果与他吃，以表故旧之情；又教防着他手下人罗唣。果然那三个嘴脸凶顽，性情粗糙。幸得就把他们调开了；若在边前，却不与他人参果见面。』清风道：『兄弟，还不知那和尚可是师父的故人。问他一问看，莫要错了。』二童子又上前道：『启问老师可是大唐往西天取经的唐三藏？』长老回礼道：『贫僧就是。仙童为何知我贱名？』童子道：『我师临行，曾吩咐教弟子远接。不期车驾来促，有失迎迓。老师请坐，待弟子办茶来奉。』三藏道：『不敢。』那明月急转本房，取一杯香茶，献与长老。茶毕，清风道：『兄弟，不可违了师命，我和你去取果子来。』

二童别了三藏，同到房中，一个拿了金击子，一个拿了丹盘，又多将丝帕垫着盘底，径到人参园内。那清风爬上树去，使金击子敲果；明月在树下，以丹盘等接。

须臾，敲下两个果来，接在盘中，径至前殿奉献道：『唐师父，我五庄观土僻山荒，无物可奉，土仪素果二枚，权为解渴。』那长老见了，战战兢兢，远离三尺道：『善哉，善哉！今岁倒也年丰时稔，怎么这观里作荒吃人？这个是三朝未满的孩童，如何与我解渴？』清风暗道：『这和尚在那口舌场中，是非海里，弄得眼肉胎凡，不识我仙家异宝。』明月上前道：『老师，此物叫做「人参果」，吃一个儿不妨。』三藏道：『胡说，胡说！他那父母怀胎，不知受了多少苦楚，方生下。未及三日，怎么就把他拿来当果子？』清风道：『实是树上结的。』长老道：『乱谈，乱谈！树上又会结出人来？拿过去，不当人子！』

那两个童儿，见千推万阻不吃，只得拿着盘子，转回本房。那果子却也跷蹊，久放不得；若放多时，即僵了，不中吃。二人到于房中，一家一个，坐在床边上，只情吃起。

噫，原来有这般事哩！他那道房，与那厨房紧紧的间壁。这边悄悄的言语，那边即便听见。八戒正在厨房里做饭，先前听见说，取金击子，拿丹盘，他已在心；又听见他说，唐僧不认得是人参果，即拿在房里自吃，口里忍不住流涎道：『怎得一个儿尝新！』自家身子又狼犺，不能彀得动，只等行者来，与他计较。他在那锅门前，更无心烧火，不时的伸头探脑，出来观看。

不多时，见行者牵将马来，拴在槐树上，径往后走。那呆子用手乱招道：『这里来！这里来！』行者转身，到于厨房门首，道：『呆子，你嚷甚的？想是饭不够吃。且让老和尚吃饱，我们前边大人家，再化吃去罢。』八戒道：『你进来，不是饭少。这观里有一件宝贝，你可晓得？』行者道：『甚么宝贝？』八戒笑道：『说与你，你不曾见；拿与你，你不认得。』行者道：『这呆子笑话我老孙。老孙五百年前，因访仙道时，也曾云游在海角天涯。那般儿不曾见？』八戒道：『哥啊，人参果你曾见么？』行者惊道：『这个真不曾见。但只常闻得人说，人参果乃是草还丹，人吃了极能延寿。如今那里有得？』八戒道：『他这里有。那童子拿两个与师父吃，那老和尚不认得，道是三朝未满的孩儿，不曾敢吃。那童子老大惫懒，师父既不吃，便该让我们，他就瞒着我们，才自在这隔壁房里，一家一个，的吃了出去，就急得我口里水泱。怎么得一个儿尝新？我想你有些溜撒，去他那园子里偷几个来尝尝，如何？』行者道：『这个容易。老孙去，手到擒来。』急抽身，往前就走。八戒一把扯住道：『哥啊，我听得他在这房里说，要拿甚么金击子去打哩。须是干得停当，不可走露风声。』行者道：『我晓得，我晓得。』

那大圣使一个隐身法，闪进道房看时，原来那两个道童，吃了果子，上殿与唐僧说话，不在房里。行者四下里观看，看有甚么金击子，但只见窗棂上挂着一条赤金，有二尺长短，有指头粗细；底下是一个蒜疙疸的头子，上边有眼，系着一根绿绒绳儿。他道：『想必就是此物叫做金击子。』他却取下来，出了道房，径入后边去，推开两扇门，抬头观看——呀！却是一座花园！但见：

朱栏宝槛，曲砌峰山。奇花与丽日争妍，翠竹共青天斗碧。流杯亭外，一弯绿柳似拖烟；赏月台前，数簇乔松如泼靛。红拂拂，锦巢榴；绿依依，绣墩草。青茸茸，碧砂兰；攸荡荡，临溪水。丹桂映金井梧桐，锦槐傍朱栏玉砌。有或红或白千叶桃，有或香或黄九秋菊。荼蘼架，映着牡丹亭；木槿台，相连芍药圃。看不尽傲霜君子竹，欺雪大夫松。更有那鹤庄鹿宅，方沼圆池；泉流碎玉，地萼堆金；朔风触绽梅花白，春来点破海棠红。诚所谓人间第一仙景，西方魁首花丛。

那行者观看不尽，又见一层门，推开看处，却是一座菜园：

布种四时蔬菜，菠芹莙荙姜苔。笋藷瓜瓠茭白，葱蒜芫荽韭薤。窝蕖童蒿苦荬，葫芦茄子须栽。蔓菁萝卜羊头埋，红苋青菘紫芥。

行者笑道：『他也是个自种自吃的道士。』走过菜园，又见一层门。推开看处，呀！只见那正中间有根大树，真个是青枝馥郁，绿叶阴森，那叶儿却似芭蕉模样，直上去有千尺余高，根下有七八丈围圆。那行者倚在树下，往上一

万寿山大仙留故友

大仙道：『你那里得知。那和尚乃金蝉子转生，西方圣老如来佛第二个徒弟。五百年前，我与他在「兰盆会」上相识。他曾亲手传茶，佛子敬我，故此是为故人也。』

看，只见向南的枝上，露出一个人参果，真个像孩儿一般。原来尾间上是个圪蒂，看他丁在枝头，手脚乱动，点头幌脑，风过处似乎有声。行者欢喜不尽，暗自夸称道：『好东西呀！果然罕见，果然罕见！』他倚着树，飕的一声，撺将上去。

那猴子原来第一会爬树偷果子。他把金击子敲了一下，那果子扑的落将下来。他也随跳下来跟寻，寂然不见；四下里草中找寻，更无踪影。行者道：『跷蹊，跷蹊！想是有脚的会走；就走也跳不出墙去。我知道了，想是花园中土地不许老孙偷他果子，他收了去也。』他就捻着诀，念一口『唵』字咒，拘得那花园土地前来，对行者施礼道：『大圣，呼唤小神，有何吩咐？』行者道：『你不知老孙是盖天下有名的贼头。我当年偷蟠桃、盗御酒、窃灵丹，也不曾有人敢与我分用；怎么今日偷他一个果子，你就抽了我的头分去了！这果子是树上结的，空中过鸟也该有分，老孙就吃他一个，有何大害？怎么刚打下来，你就捞了去？』土地道：『大圣，错怪了小神也。这宝贝乃是地仙之物，小神是个鬼仙，怎么敢拿去？就是闻也无福闻闻。』行者道：『你既不曾拿去，如何打下来就不见了？』土地道：『大圣只知这宝贝延寿，更不知他的出处哩。』

行者道：『有甚出处？』土地道：『这宝贝三千年一开花，三千年一结果，再三千年方得成熟。短头一万年，只结得三十个。有缘的，闻一闻，就活三百六十岁；吃一个，就活四万七千年。却是只与五行相畏。』行者道：『怎么与五行相畏？』土地道：『这果子遇金而落，遇木而枯，遇水而化，遇火而焦，遇土而入。敲时必用金器，方得下来。打下来，却将盘儿用丝帕衬垫方可；若受些木器，就枯了，就吃也不得延寿。吃他须用磁器，清水化开食用，遇火即焦而无用。遇土而入者，大圣方才打落地上，他即钻下土去了。这个土有四万七千年，就是钢钻钻他也钻不动些须，比生铁也还硬三四分。人若吃了，所以长生。大圣不信时，可把这地下打打儿看。』行者即掣金箍棒，筑了一下，响一声，迸起棒来，土上更无痕迹。行者道：『果然！果然！我这棍，打石头如粉碎，撞生铁也有痕。怎么这一下打不伤些儿？这等说，我却错怪了你了，你回去罢。』那土地即回本庙去讫。

大圣却有算计：爬上树，一只手使击子，一只手将锦布直裰的襟儿扯起来做个兜子等住，他却串枝分叶，敲了三个果，兜在襟中。跳下树，一直前来，径到厨房里去。那八戒笑道：『哥哥，可有么？』行者道：『这不是？老孙的手到擒来。这个果子，也莫背了沙僧，可叫他一声。』八戒即招手叫道：『悟净，你来。』那沙僧撇下行李，跑进厨房道：『哥哥，叫我怎的？』行者放开衣兜道：『兄弟，你看这个是甚的东西？』沙僧见了道：『是人参果。』行者道：『好啊！你倒认得。你曾在那里吃过的？』沙僧道：『小弟虽不曾吃，但旧时做卷帘大将，扶侍鸾舆赴蟠桃宴，尝见海外诸仙将此果与王母上寿。见便曾见，却未曾吃。哥哥，可与我些儿尝尝？』行者道：『不消讲，兄弟们一家一个。』

他三人将三个果各各受用。那八戒食肠大，口又大，一则是听见童子吃时，便觉馋虫拱动，却才见了果子，拿过来，张开口，毂辘的囫囵舌咽下肚，却白着眼胡赖，向行者、沙僧道：『你两个吃的是甚么？』沙僧道：『人参果。』八戒道：『甚么味道？』行者道：『悟净，不要睬他！你倒先吃了，又来问谁？』八戒道：『哥哥，吃的忙了些，不像你们细嚼细咽，尝出些滋味。我也不知有核无核，就吞下去了。哥啊，为人为彻；已经调动我这馋虫，再去弄个儿来，老猪细细的吃吃。』行者道：『兄弟，你好不知止足！这个东西，比不得那米食面食，撞着尽饱。像这一万年只结得三十个，我们吃他这一个，也是大有缘法，不等小可。罢罢罢！够了！』他欠起身来，把一个金击子，瞒窗眼儿，丢进他道房里，竟不睬他。

那呆子只管絮絮叨叨的唧哝，不期那两个道童复进房来取茶去献，只听得八戒还嚷甚么『人参果吃得不快活，再得一个儿吃吃才好』。清风听见，心疑道：『明月，你听那长嘴和尚讲「人参果还要个吃吃」。师父别时叮咛，教防他手下人罗唣，莫敢是他偷了我们宝贝么？』明月回头道：『哥耶，不好了！不好了！金击子如何落在地下！我们去园里看看来！』

他两个急急忙忙的走去，只见花园开了。清风道：『这门是我关的，如何开了？』又急转过花园，只见菜园门也开了。忙入人参园里，倚在树下，望上查数；颠倒来往，只得二十二个。明月道：『你可会算账？』清风说：『我会，你说将来。』明月道：『果子原是三十个。师父开园，分吃了两个，还有二十八个；适才打两个与唐僧吃，还有二十六个；如今止剩得二十二个，却不少了四个？不消讲，不消讲，定是那伙恶人偷了，我们只骂唐僧去来。』

两个出了园门，径来殿上，指着唐僧，秃前秃后，秽语污言，不绝口的乱骂；贼头鼠脑，臭短臊长，没好气的胡嚷。唐僧听不过道：『仙童啊，你闹的是甚么？消停些儿；有话慢说不妨，不要胡说散道的。』清风说：『你的耳聋？我是蛮话，你不省得？你偷吃了人参果，怎么不容我说？』唐僧道：『人参果怎么模样？』明月道：『才拿来与你吃，你说像孩童的不是？』唐僧道：『阿弥陀佛！那东西一见，我就心惊胆战，还敢偷他吃哩！就是害了馋痞，也不敢干这贼事。不要错怪了人。』清风道：『你虽不曾吃，还有手下人要偷吃的哩。』三藏道：『这等也说得是，你且莫嚷，等我问他们看。果若是偷了，教他赔你。』明月道：『赔呀！就有钱那里去买！』三藏道：『纵有钱没处买呵，常言道：「仁义值千金。」教他赔你个礼，便罢了。也还不知是他不是他哩。』明月道：『怎的不是他？他那里分不均，还在那里嚷哩。』三藏叫声：『徒弟，且都来。』沙僧听见道：『不好了！决撒了！老师父叫我们，小道童

五庄观行者窃人参

大圣却有算计：爬上树，一只手使击子，一只手将锦布直裰的襟儿扯起来做个兜子等住，他却串枝分叶，敲了三个果，兜在襟中。

胡厮骂，不是旧话儿走了风，却是甚的！』行者道：『活羞杀人！这个不过是饮食之类，若说出来，就是我们偷嘴了，只是莫认。』八戒道：『正是，正是，昧了罢。』他三人只得出了厨房，走上殿去。咦！毕竟不知怎么与他抵赖，且听下回分解。

镇元仙赶捉取经僧

他两个倒在尘埃，语言颠倒，只叫：『怎的好，怎的好！害了我五庄观里的丹头，断绝我仙家的苗裔！师父来家，我两个怎的回话？』

第二十五回　镇元仙赶捉取经僧　孙行者大闹五庄观

却说他兄弟三众，到了殿上，对师父道：『饭将熟了，叫我们怎的？』三藏道：『徒弟，不是问饭。他这观里，有甚么人参果，似孩子一般的东西，你们是那一个偷他的吃了？』八戒道：『我老实。不晓得，不曾见。』清风道：『笑的就是他，笑的就是他！』行者喝道：『我老孙生的是这个笑容儿，莫成为你不见了甚么果子，就不容我笑？』三藏道：『徒弟息怒。我们是出家人，休打诳语，莫吃昧心食。果然吃了他的，陪他个礼罢。何苦这般抵赖？』

行者见师父说得有理，他就实说道：『师父，不干我事。是八戒隔壁听见那两个道童吃甚么人参果，他想一个儿尝新，着老孙去打了三个，我兄弟各人吃了一个。如今吃也吃了，待要怎么？』明月道：『偷了我四个，这和尚还说不是贼哩！』八戒道：『阿弥陀佛！既是偷了四个，怎么只拿出三个来分，预先就打起一个偏手？』那呆子倒转胡嚷。

二仙童问得是实，越加毁骂。就恨得个大圣钢牙咬响，火眼睁圆，把条金箍棒揝了又揝，忍了又忍道：『这童子这样可恶，只说当面打人，也罢，受他些气儿，等我送他一个绝后计，教他大家都吃不成！』好行者，把脑后的毫毛拔了一根，吹口仙气，叫：『变！』变做个假行者，跟定唐僧，陪着悟能、悟净，忍受着道童嚷骂；他的真身，出一个神，纵云头，跳将起去，径到人参园里，掣金箍棒往树上乒乓一下，又使个推山移岭的神力，把树一推推倒。可怜叶落桠开根出土，道人断绝草还丹！那大圣推倒树，却在枝儿上寻果子，那里得有半个。原来这宝贝遇金而落，他的棒刃头却是金裹之物，况铁又是五金之类，所以敲着就振下来；既下来，又遇土而入，因此上边再没一个果子。他道：『好，好，好，大家散火！』他收了铁棒，径往前来，把毫毛一抖，收上身来。那些人肉眼凡胎，看不明白。

却说那仙童骂毂多时，清风道：『明月，这些和尚也受得气哩，我们就像骂鸡一般，骂了这半会，通没个招声。想必他不曾偷吃。倘或树高叶密，数得不明，不要诳骂了他。我和你再去查查。』明月道：『也说得是。』他两个果又到园中，只见那树倒桠开，果无叶落。唬得清风脚软跌跟头，明月腰酥打骸垢。那两个魂飞魄散。有诗为证。诗曰：

三藏西临万寿山，悟空断送草还丹。
桠开叶落仙根露，明月清风心胆寒。

他两个倒在尘埃，语言颠倒，只叫：『怎的好，怎的好！害了我五庄观里的丹头，断绝我仙家的苗裔！师父来家，我两个怎的回话？』明月道：『师兄莫嚷。我们且整了衣冠，莫要惊张了这几个和尚。这个没有别人，定是那个毛脸雷公嘴的那厮，他来出神弄法，坏了我们的宝贝。若是与他分说，那厮毕竟抵赖，定要与他相争，争起来，就要

交手相打，你想我们两个，怎么敌得过他四个？且不如去哄他一哄，只说果子不少，我们错数了，转与他陪个不是。他们的饭已熟了，等他吃饭时，再贴他些儿小菜。他一家拿着一个碗，你却站在门左，我却站在门右，扑的把门关倒，把锁锁住，将这几层门都锁了，不要放他。待师父来家，凭他怎的处置。他又是师父的故人，饶了他，也是师父的人情；不饶他，我们也拿住个贼在，庶几可以免我等之罪。』清风闻言道：『有理，有理。』

他两个强打精神，勉生欢喜，从后园中径来殿上，对唐僧控背躬身道：『师父，适间言语粗俗，多有冲撞，莫怪，莫怪。』三藏问道：『怎么说？』清风道：『果子不少，只因树高叶密，不曾看得明白；才然又去查查，还是原数。』那八戒就趁脚儿跷道：『你这个童儿，年幼不知事体，就来乱骂，白口咀咒，枉赖了我们也！不当人子！』行者心上明白，口里不言，心中暗想道：『是谎，是谎，果子已了了账，怎的说这般话？想必有起死回生之法？……』三藏道：『既如此，盛将饭来，我们吃了去罢。』

那八戒便去盛饭，沙僧安放桌椅。二童忙取小菜，却是些酱瓜、酱茄、糟萝卜、醋豆角、腌窝蕖、绰芥菜，共排了七八碟儿，与师徒们吃饭；又提一壶好茶，两个茶锺，伺候左右。那师徒四众，却才拿起碗来，这童儿一边一个，扑的把门关上，插上一把两镄铜锁。八戒笑道：『这童子差了。你这里风俗不好，却怎的关了门里吃饭？』明月道：『正是，正是，好歹吃了饭儿开门。』清风骂道：『我把你这个害馋劳、偷嘴的秃贼！你偷吃了我的仙果，已该一个擅食田园瓜果之罪，却又把我的仙树推倒，坏了我五庄观里仙根，你还要说嘴哩！——若能够到得西方参佛面，只除是转背摇车再托生！』三藏闻言，丢下饭碗，把个石头放在心上。那童子将那前山门、二山门，通都上了锁。却又来正殿门首，恶语恶言，贼前贼后，只骂到天色将晚，才去吃饭。饭毕，归房去了。

唐僧埋怨行者道：『你这个猴头，番番撞祸！你偷吃了他的果子，就受他些气儿，让他骂几句便也罢了，怎么

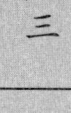

又推倒他的树？若论这般情由，告起状来，就是你老子做官，也说不通。』行者道：『师父莫闹。那童儿都睡去了，只等他睡着了，我们连夜起身。』沙僧道：『哥啊，几层门都上了锁，闭得甚紧，如何走么！』行者笑道：『莫管！莫管！老孙自有法儿。』八戒道：『愁你没有法儿哩！你一变，变甚么虫蛭儿，瞒格子眼里就飞将出去，只苦了我们不会变的，便在此顶缸受罪哩！』唐僧道：『他若干出这个勾当，不同你我出去啊，我就念起旧话经儿，他却怎生消受！』八戒闻言，又愁又笑道：『师父，你说的那里话？我只听得佛教中有卷《楞严经》、《法华经》、《孔雀经》、《观音经》、《金刚经》，不曾听见个甚那「旧话儿经」啊。』行者道：『兄弟，你不知道。我顶上戴的这个箍儿，是观音菩萨赐与我师父的；师父哄我戴了，就如生根的一般，莫想拿得下来；——叫做紧箍儿咒，又叫做紧箍儿经。他「旧话儿经」，即此是也。但若念动，我就头疼，故有这个法儿难我。师父，你莫念，我决不负你，管情大家一齐出去。』

说话后，都已天昏，不觉东方月上。行者道：『此时万籁无声，冰轮明显，正好走了去罢。』八戒道：『哥啊，不要捣鬼。门俱锁闭，往那里走？』行者道：『你看手段！』好行者，把金箍棒捻在手中，使一个『解锁法』，往门上一指，只听得突蹡的一声响，几层门双鐄俱落，唿喇的开了门扇。八戒笑道：『好本事！就是叫小炉儿匠使掭子，便也不像这等爽利。』行者道：『这个门儿，有甚稀罕！就是南天门，指一指也开了。』却请师父出了门，上了马，八戒挑着担，沙僧拢着马，径投西路而去。行者道：『你们且慢行。等老孙去照顾那两个童儿睡一个月。』三藏道：『徒弟，不可伤他性命；不然，又一个得财伤人的罪了。』行者道：『我晓得。』行者复进去，来到那童儿睡的房门外。他腰里有带的瞌睡虫儿，原来在东天门与增长天王猜枚耍子赢的。他摸出两个来，瞒窗眼儿弹将进去，径奔到那童子脸上，鼾鼾沉睡，再莫想得醒。他才拽开云步，赶上唐僧，顺大路一直西奔。

这一夜马不停蹄，只行到天晓。三藏道：『这个猴头弄杀我也！你因为嘴，带累我一夜无眠！』行者道：『不要只管埋怨。天色明了，你且在这路旁边树林中将就歇歇，养养精神再走。』那长老只得下马，倚松根权作禅床坐下。沙僧歇了担子打盹。八戒枕着石睡觉。孙大圣偏有心肠，你看他跳树扳枝顽耍。四众歇息不题。

却说那大仙自元始宫散会，领众小仙出离兜率，径下瑶天，坠祥云，早来到万寿山五庄观门首。看时，只见观门大开，地上干净。大仙道：『清风、明月，却也中用。常时节日高三丈，腰也不伸；今日我们不在，他倒肯起早，开门扫地。』众小仙俱悦。行至殿上，香火全无，人踪俱寂，那里有明月、清风！众仙道：『他两个想是因我们不在，拐了东西走了。』大仙道：『岂有此理！修仙的人，敢有这般坏心的事！想是昨晚忘却关门，就去睡了，今早还未醒哩。』众仙到他房门首看处，真个关着房门，齁齁沉睡；这外边打门乱叫，那里叫得醒来。众仙撬开门板，着手扯下床来，也只是不醒。大仙笑道：『好仙童啊！成仙的人，神满再不思睡，却怎么这般困倦？莫不是有人做弄了他也？快取水来。』一童急取水半盏递与大仙。大仙念动咒语，噀一口水，喷在脸上，随即解了睡魔。

二人方醒，忽睁睛，抹抹脸，抬头观看，认得是仙师与世同君和仙兄等众，慌得那清风顿首，明月叩头道：『师父啊！你的故人，原是东来的和尚——一伙强盗，十分凶狠！』大仙笑道：『莫惊恐，慢慢的说来。』

清风道：『师父啊，当日别后不久，果有个东土唐僧，一行有四个和尚，连马五口。弟子不敢违了师命，问及来因，将人参果取了两个奉上。那长老俗眼愚心，不识我们仙家的宝贝。他说是三朝未满的孩童，再三不吃，是弟子各吃了一个。不期他那手下有三个徒弟，有一个姓孙的，名悟空行者，先偷四个果子吃了。是弟子们向伊理说，实实的言语了几句，他却不容，暗自里弄了个出神的手段——苦啊！……』二童子说到此处，止不住腮边泪落。众仙道：『那和尚打你来？』明月道：『不曾打，只是把我们人参树打倒了。』大仙闻言，更不恼怒，道：『莫哭，莫哭，你

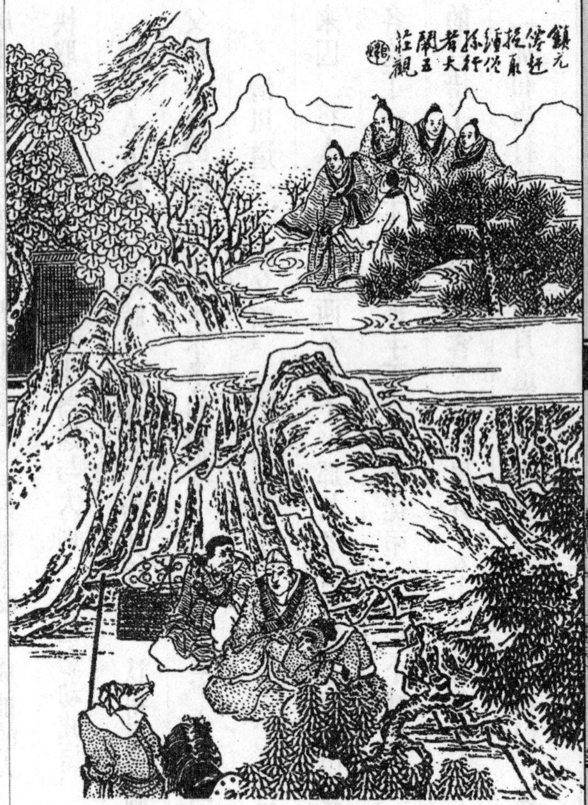

镇元仙赶捉取经僧
孙行者大闹五庄观

大仙与明月、清风纵起祥光，来赶三藏。顷刻间就有千里之遥。大仙在云端里平西观看，不见唐僧；及转头向东看时，倒多赶了九百余里。

不知那姓孙的，也是个太乙散仙，也曾大闹天宫，神通广大。既然打倒了宝树，你可认得那些和尚？』清风道：『都认得。』大仙道：『既认得，都跟我来。众徒弟们，都收拾下刑具，等我回来打他。』众仙领命。

大仙与明月、清风纵起祥光，来赶三藏。顷刻间就有千里之遥。大仙在云端里平西观看，不见唐僧；及转头向东看时，倒多赶了九百余里。原来那长老一夜马不停蹄，只行了一百二十里路；大仙的云头一纵，赶过了九百余里。仙童道：『师父，那路旁树下坐的是唐僧。』大仙道：『我已见了。你两个回去安排下绳索，等我自家拿他。』清风、明月先回不题。

那大仙按落云头，摇身一变，变作个行脚全真。你道他怎生模样：

穿一领百衲袍，系一条吕公绦。手摇麈尾，渔鼓轻敲。三耳草鞋登脚下，九阳巾子把头包。飘飘风满袖，口

唱月儿高。

径直来到树下，对唐僧高叫道：『长老，贫道起手了。』那长老忙忙答礼道：『失瞻，失瞻！』大仙问：『长老是那方来的？为何在途中打坐？』三藏道：『贫僧乃东土大唐差往西天取经者。路过此间，权为一歇。』大仙佯讶道：『长老东来，可曾在荒山经过？』长老道：『不知仙官是何宝山？』大仙道：『万寿山五庄观，便是贫道栖止处。』行者闻言，他心中有物的人，忙答道：『不曾，不曾！我们是打上路来的。』那大仙指定笑道：『我把你这个泼猴！你瞒谁哩？你倒在我观里，把我人参果树打倒，你连夜走在此间，还不招认，遮饰甚么！不要走，趁早去还我树来！』那行者闻言，心中恼怒，掣铁棒不容分说，望大仙劈头就打。大仙侧身躲过，踏祥光，径到空中。行者也腾云，急赶上去。

大仙在半空现了本相，你看他怎生打扮：

头戴紫金冠，无忧鹤氅穿。履鞋登足下，丝带束腰间。体如童子貌，面似美人颜。三须飘颔下，鸦翎叠鬓边。相迎行者无兵器，止将玉麈手中拈。

那行者没高没低的，棍子乱打。大仙把玉麈左遮右挡，奈了他两三回合，使一个『袖里乾坤』的手段，在云端里，把袍袖迎风轻轻的一展，刷地前来，把四僧连马一袖子笼住。八戒道：『不好了！我们都装在褡裢里了！』行者道：『呆子，不是褡裢，我们被他笼在衣袖中哩。』八戒道：『这个不打紧；等我一顿钉钯，筑他个窟窿，脱将下去，只说他不小心，笼不牢，吊的了罢！』那呆子使钯乱筑，那里筑得动：手捻着虽然是个软的，筑起来就比铁还硬。

那大仙转祥云，径落五庄观坐下，叫徒弟拿绳来。众小仙一一伺候。你看他从袖子里，却像撮傀儡一般，把唐僧拿出，缚在正殿檐柱上；又拿出他三个，每一根柱上，绑了一个；将马也拿出拴在庭下，与他些草料；行李抛在廊下；又道：『徒弟，这和尚是出家人，不可用刀枪，不可加铁钺，且与我取出皮鞭来，打他一顿，与我人参果出气！』众仙即忙取出一条鞭——不是甚么牛皮、羊皮、麂皮、犊皮的，原来是龙皮做的七星鞭，着水浸在那里。令一个有力量的小仙，把鞭执定道：『师父，先打那个？』大仙道：『唐三藏做大不尊，先打他。』

行者闻言，心中暗道：『我那老和尚不禁打；假若一顿鞭打坏了啊，却不是我造的业？』他忍不住，开言道：『先生差了。偷果子是我，吃果子是我，推倒树也是我，怎么不先打我，打他做甚？』大仙笑道：『这泼猴倒言语膂烈。这等便先打他。』小仙问：『打多少？』大仙道：『照依果数，打三十鞭。』那小仙轮鞭就打。行者恐仙家法大，睁圆眼瞅定，看他打那里。原来打腿。行者就把腰扭一扭，叫声『变！』变作两条熟铁腿，看他怎么打。那小仙一下一下的，打了三十，天早向午了。

大仙又吩咐道：『还该打三藏训教不严，纵放顽徒撒泼。』那仙又轮鞭来打。行者道：『先生又差了。偷果子时，我师父不知，他在殿上与你二童讲话，是我兄弟们做的勾当。纵是有教训不严之罪，我为弟子的，也当替打。再打我罢。』大仙笑道：『这泼猴，虽是狡猾奸顽，却倒也有些孝意。既这等，还打他罢。』小仙又打了三十。行者低头看看，两只腿似明镜一般，通打亮了，更不知些疼痒。此时天色将晚。大仙道：『且把鞭子浸在水里，待明朝再拷打他。』小仙且收鞭去浸，各各归房。晚斋已毕，尽皆安寝不题。

那长老泪眼双垂，怨他三个徒弟道：『你等闯出祸来，却带累我在此受罪，这是怎的起？』行者道：『且休报怨，打便先打我。你又不曾吃打，倒转嗟呀怎的？』唐僧道：『虽然不曾打，却也绑得身上疼哩。』沙僧道：『师父，还有陪绑的在这里哩。』行者道：『都莫要嚷，再停会儿走路。』八戒道：『哥哥又弄虚头了。这里麻绳喷水，紧紧的绑着，还比关在殿上，被你使解锁法搠开门走哩！』行者道：『不是夸口说，那怕他三股的麻绳喷上了水就是碗粗的棕缆，也只好当秋风！』

正话处，早已万籁无声，正是天街人静。好行者，把身子小一小，脱下索来道：『师父去哑！』沙僧慌了道：『哥哥，也救我们一救！』行者道：『悄言，悄言！』他却解了三藏，放下八戒、沙僧，整束了偏衫，扣背了马匹，廊下拿了行李，一齐出了观门。又教八戒：『你去把那崖边柳树伐四颗来。』八戒道：『要他怎的？』行者道：『有用处。快快取来！』

那呆子有些夯力，走了去，一嘴一颗，就拱了四颗，一抱抱来。行者将枝梢折了，教兄弟二人复进去，将原绳照旧绑在柱上。那大圣念动咒语，咬破舌尖，将血喷在树上，叫『变！』一根变作长老，一根变作自身，那两根变作沙僧、八戒；都变得容貌一般，相貌皆同，问他也就说话，叫名也就答应。他两个却才放开步，赶上师父。这一夜依旧马不停蹄，躲离了五庄观。

只走到天明，那长老在马上摇桩打盹。行者见了，叫道：『师父不济！出家人怎的这般辛苦？我老孙千夜不眠，也不晓得困倦。且下马来，莫教走路的人，看见笑你。权在山坡下藏风聚气处，歇歇再走。』

不说他师徒在路暂住。且说那大仙，天明起来，吃了早斋，出在殿上。教拿鞭来：『今日却该打唐三藏了。』那小仙轮着鞭，望唐僧道：『打你哩。』那柳树也应道：『打么。』乒乓打了三十。轮过鞭来，对八戒道：『打你哩。』那柳树也应道：『打么。』及打沙僧，也应道：『打么。』及打到行者，那行者在路，偶然打个寒噤道：『不好了！』三藏问道：『怎么说？』行者道：『我将四颗柳树变作我师徒四众，我只说他昨日打了我两顿，今日想不打了；却又打我的化身，所以我真身打噤。收了法罢。』那行者慌忙念咒收法。

你看那些道童害怕，丢了皮鞭，报道：『师父啊，为头打的是大唐和尚，这一会打的都是柳树之根！』大仙闻

言，呵呵冷笑，夸不尽道：『孙行者，真是一个好猴王！曾闻他大闹天宫，布地网天罗，拿他不住，果有此理。你走了便也罢，却怎么绑些柳树在此，冒名顶替？决莫饶他！赶去来！』

那大仙说声赶，纵起云头，往西一望，只见那和尚挑包策马，正然走路。大仙低下云头，叫声『孙行者，往那里走！还我人参树来！』八戒听见道：『罢了，对头又来了！』行者道：『师父，且把善字儿包起，让我们使些凶恶，一发结果了他，脱身去罢。』唐僧闻言，战战兢兢，未曾答应，沙僧掣宝杖，八戒举钉钯，大圣使铁棒，一齐上前，把大仙围住在空中，乱打乱筑。这场恶斗，有诗为证。诗曰：

悟空不识镇元仙，与世同君妙更玄。
三件神兵施猛烈，一根麈尾自飘然。
左遮右挡随来往，后架前迎任转旋。
夜去朝来难脱体，淹留何日到西天！

他兄弟三众，各举神兵，一齐攻打，那大仙只把蝇帚儿演架。那里有半个时辰，他将袍袖一展，依然将四僧一马并行李，一袖笼去。返云头，又到观里。众仙接着，仙师坐于殿上。却又在袖儿里一个个搬出，将唐僧绑在阶下矮槐树上；八戒、沙僧各绑在两边树上；将行者捆倒，行者道：『想是调问哩。』不一时，捆绑停当，教把长头布取十匹来。行者笑道：『八戒！这先生好意思，拿出布来与我们做中袖哩！减省些儿，做个一口中罢了。』那小仙将家机布搬将出来。大仙道：『把唐三藏、猪八戒、沙和尚都使布裹了！』众仙一齐上前裹了。行者笑道：『好，好，好！夹活儿就大殓了！』须臾，缠裹已毕。又教拿出漆来。众仙即忙取了些自收自晒的生熟漆，把他三个布裹漆漆了，浑身俱裹漆，上留着头脸在外。八戒道：『先生，上头倒不打紧，只是下面还留孔儿，我们好出恭。』那大仙又教把大锅抬出来。行者笑道：『八戒，造化！抬出锅来，想是煮饭我们吃哩。』八戒道：『也罢了，让我们吃些饭儿，做个饱死的鬼也好看。』众仙果抬出一口大锅支在阶下。大仙叫架起干柴，发起烈火，教：『把清油拗上一锅，烧得滚了，将孙行者下油锅扎他一扎，与我人参树报仇！』

行者闻言，暗喜道：『正可老孙之意。这一向不曾洗澡，有些儿皮肤燥痒，好歹荡荡，足感盛情。』顷刻间，那油锅将滚。大圣却又留心：恐他仙法难参，油锅里难做手脚，急回头四顾，只见那台下东边是一座日规台，西边是一个石狮子。行者将身一纵，滚到西边，咬破舌尖，把石狮子喷了一口，叫声：『变！』变作他本身模样，也这般捆作一团；他却出了元神，起在云端里，低头看着道士。

只见那小仙报道：『师父，油锅滚透了。』大仙教：『把孙行者抬下去！』四个仙童抬不动；八个来，也抬不

孙行者大闹五庄观

大仙道：『且把鞭子浸在水里，待明朝再拷打他。』小仙且收鞭去浸，各各归房。晚斋已毕，尽皆安寝不题。

动；又加四个，也抬不动。众仙道：『这猴子恋土难移，小自小，倒也结实。』却教二十个小仙，扛将起来，往锅里一掼，烹的响了一声，溅起些滚油点子，把那小道士们脸上烫了几个燎浆大泡！只听得烧火的小童喊道：『锅漏了！锅漏了！』说不了，油漏得罄尽，锅底打破。原来是一个石狮子放在里面。

大仙大怒道：『这个泼猴，着然无礼！教他当面做了手脚！你走了便罢，怎么又捣了我的灶？这泼猴枉自也拿他不住；就拿住他，也似抟砂弄汞，捉影捕风。罢，罢，罢！饶他去罢。且将唐三藏解下，另换新锅，把他扎一扎，与人参树报报仇罢。』那小仙真个动手，拆解布漆。

行者在半空里听得明白。他想着：『师父不济：他若到了油锅里，一滚就死，二滚就焦，到三五滚，他就弄做个稀烂的和尚了！我还去救他一救。』

好大圣，按落云头，上前叉手道：『莫要拆坏了布漆，我来下油锅了。』那大仙惊骂道：『你这猢猴！怎么弄手段捣了我的灶？』行者笑道：『你遇着我就该倒灶，干我甚事？我才自也要领你些油汤油水之爱，但只是大小便急了，若在锅里开风，恐怕污了你的熟油，不好调菜吃；如今大小便通干净了，才好下锅。不要扎我师父，还来扎我。』那大仙闻言，呵呵冷笑，走出殿来，一把扯住。

毕竟不知有何话说，端的怎么脱身，且听下回分解。

孙悟空三岛求方

那行者看不尽仙景，径入蓬莱。正然走处，见白云洞外，松阴之下，有三个老儿围棋：观局者是寿星，对局者是福星、禄星。

第二十六回　孙悟空三岛求方　观世音甘泉活树

诗曰：

处世须存心上刃，修身切记寸边而。
常言刃字为生意，但要三思戒怒欺。
上士无争传亘古，圣人怀德继当时。
刚强更有刚强辈，究竟终成空与非。

却说那镇元大仙用手搀着行者道：『我也知道你的本事，我也闻得你的英名，只是你今番越理欺心，纵有腾那，脱不得我手。我就和你讲到西天，见了你那佛祖，也少不得还我人参果树。你莫弄神通。』行者笑道：『你这先

生，好小家子样！若要树活，有甚疑难！早说这话，可不省了一场争竞？」大仙道：「不争竞，我肯善自饶你！」行者道：「你解了我师父，我还你一颗活树如何？」大仙道：「你若有此神通，医得树活，我与你八拜为交，结为兄弟。」行者道：「不打紧。放了他们，老孙管教还你活树。」

大仙谅他走不脱，即命解放了三藏、八戒、沙僧。沙僧道：「师父啊，不知师兄捣得是甚么鬼哩。」八戒道：「甚么鬼，这叫做『当面人情鬼』！树死了，又可医得活！他弄个光皮散儿好看，者着求医治树，单单了脱身走路，还顾得你和我哩！」三藏道：「他决不敢撒了我们。我们问他那里求医去。」遂叫道：「悟空，你怎么哄了仙长，解放我等？」行者道：「老孙是真言实语，怎么哄他？」三藏道：「你往何处去求方？」行者道：「古人云：『方从海上来。』我今要上东洋大海，遍游三岛十洲，访问仙翁圣老，求一个起死回生之法，管教医得他树活。」三藏道：「此去几时可回？」行者道：「只消三日。」三藏道：「既如此，就依你说，与你三日之限。三日里来便罢；若三日之外不来，我就念那话儿经了。」行者道：「遵命，遵命。」

你看他急整虎皮裙，出门来对大仙道：「先生放心，我就去就来。你却要好生伏侍我师父，逐日家三茶六饭，不可欠缺。若少了些儿，老孙回来和你算账，先捣塌你的锅底。衣服禳了，与他浆洗浆洗。脸儿黄了些儿，我不要；若瘦了些儿，不出门。」那大仙道：「你去，你去，定不教他忍饿。」

好猴王，急纵筋斗云，别了五庄观，径上东洋大海。在半空中，快如掣电，疾如流星，早到蓬莱仙境。按云头，仔细观看。真个好去处！有诗为证，诗曰：

大地仙乡列圣曹，蓬莱分合镇波涛。
瑶台影蘸天心冷，巨阙光浮海面高。

五色烟霞含玉籁，九霄星月射金鳌。
西池王母常来此，奉祝三仙几次桃。

那行者看不尽仙景，径入蓬莱。正然走处，见白云洞外，松阴之下，有三个老儿围棋：观局者是寿星，对局者是福星、禄星。行者上前叫道：『老弟们，作揖了。』那三星见了，拂退棋枰，回礼道：『大圣何来？』行者道：『特来寻你们耍子。』寿星道：『我闻大圣弃道从释，脱性命保护唐僧往西天取经，逐日奔波山路，那些儿得闲，却来耍子？』行者道：『实不瞒列位说，老孙因往西方，行在半路，有些儿阻滞，特来小事欲干，不知肯否？』福星道：『是甚地方？是何阻滞？乞为明示，吾好裁处。』行者道：『因路过万寿山五庄观有阻。』三老惊讶道：『五庄观是镇元大仙的仙宫。你莫不是把他人参果偷吃了？』行者笑道：『偷吃了能值甚么？』三老道：『你这猴子，不知好歹。那果子闻一闻，活三百六十岁；吃一个，活四万七千年：叫做「万寿草还丹」。我们的道，不及他多矣！他得之甚易，就可与天齐寿；我们还要养精、炼气、存神，调和龙虎，捉坎填离，不知费多少工夫。你怎么说他的能值甚紧？天下只有此种灵根！』行者道：『灵根，灵根，我已弄了他个断根哩！』三老惊道：『怎的断根？』行者道：『我们前日在他观里，那大仙不在家，只有两个小童，接待了我师父，却将两个人参果奉与我师。我师不认得，只说是三朝未满的孩童，再三不吃。那童子就拿去吃了，不曾让得我们。是老孙就去偷了他三个，我三兄弟吃了。那童子不知高低，贼前贼后的骂个不住。是老孙恼了，把他树打了一棍，推倒在地，树上果子全无，桠开叶落，根出枝伤，已枯死了。不想那童子关住我们，又被老孙扭开锁走了。次日清晨，那先生回家赶来，问答间，语言不和，遂与他赌斗；被他闪一闪，把袍袖展开，一袖子都笼去了。绳缠索绑，拷问鞭敲，就打了一日。是夜又逃了，他又赶上，依旧笼去。他身无寸铁，只是把个麈尾遮架。我兄弟这等三般兵器，莫想打得着他。这一番仍旧摆布，将布裹漆了我师父与两师弟，却将我下油锅。我又做了个脱身本事走了，把他锅都打破。他见拿我不住，尽有几分醋我。是我又与他好讲，教他放了我师父、师弟，我与他医树管活，两家才得安宁。我想着「方从海上来」，故此特游仙境，访三位老弟。有甚医树的方儿，传我一个，急救唐僧脱苦。』

三星闻言，心中也闷，道：『你这猴儿，全不识人。那镇元子乃地仙之祖；我等乃神仙之宗，你虽得了天仙，还是太乙散数，未入真流，你怎么脱得他手？若是大圣打杀了走兽飞禽，蜾虫鳞长，只用我黍米之丹，可以救活；那人参果乃仙木之根，如何医治？没方，没方！』那行者见说无方，却就眉峰双锁，额蹙千痕。

福星道：『大圣，此处无方，他处或有，怎么就生烦恼？』行者道：『无方别访，果然容易；就是游遍海角天涯，转透三十六天，亦是小可；只是我那唐长老法严量窄，止与了我三日期限。三日以外不到，他就要念那紧箍儿咒哩。』三星笑道：『好，好，好！若不是这个法儿拘束你，你又钻天了。』寿星道：『大圣放心，不须烦恼。那大仙虽称上辈，却也与我等有识。一则久别，不曾拜望；二来是大圣的人情：如今我三人同去望他一望，就与你道达此情，教那唐和尚莫念紧箍儿咒，休说三日五日，只等你求得方来，我们才别。』行者道：『感激，感激！就请三位老弟行行，我去也。』大圣辞别三星不题。

却说这三星驾起祥光，即往五庄观而来。那观中合众人等，忽听得长天鹤唳，原来是三老光临。但见那：

盈空蔼蔼祥光簇，霄汉纷纷香馥郁。
彩雾千条护羽衣，轻云一朵擎仙足。
青鸾飞丹凤肃羽，袖引香风满地扑。
拄杖悬龙喜笑生，皓髯垂玉胸前拂。

童颜欢悦更无忧，壮体雄威多有福。
执星筹，添海屋，腰挂葫芦并宝箓。
万纪千旬福寿长，十洲三岛随缘宿。
常来世上送千祥，每向人间增百福。
概乾坤，荣福禄，福寿无疆今喜得。
三老乘祥谒大仙，福堂和气皆无极。

那仙童看见，即忙报道：『师父，海上三星来了。』镇元子正与唐僧师弟闲叙，闻报，即降阶奉迎。那八戒见了寿星，近前扯住，笑道：『你这肉头老儿，许久不见，还是这般脱洒，帽儿也不带个来。』遂把自家一个僧帽，扑的套在他头上，扑着手呵呵大笑道：『好！好！好！真是「加冠进禄」也！』那寿星将帽子掼了，骂道：『你这个夯货，老大不知高低！』八戒道：『我不是夯货，你等真是奴才！』福星道：『你倒是个夯货，反敢骂人是奴才！』八戒又笑道：『既不是人家奴才，好道叫做「添寿」、「添福」、「添禄」？』

那三藏喝退了八戒，急整衣拜了三星。那三星以晚辈之礼见了大仙，方才叙坐。坐定，禄星道：『我们一向久阔尊颜，有失恭敬。今因孙大圣搅扰仙山，特来相见。』大仙道：『孙行者到蓬莱去的？』寿星道：『是，因为伤了大仙的丹树，他来我处求方医治。我辈无方，他又到别处求访；但恐违了圣僧三日之限，要念紧箍儿咒。我辈一来奉拜，二来讨个宽限。』三藏闻言，连声应道：『不敢念，不敢念。』

正说处，八戒又跑进来，扯住福星，要讨果子吃。他去袖里乱摸，腰里乱吞，不住的揭他衣服搜检。三藏笑道：『那八戒是甚么规矩！』八戒道：『不是没规矩，此叫做「番番是福」。』三藏又叱令出去。那呆子蹤出门，瞅着

孙悟空三岛求方　观世音甘泉活树

人参果树灵根折，大圣访仙求妙诀。
缭绕丹霞出宝林，瀛洲九老来相接。

福星，眼不转睛的发狠。福星道：『夯货！我那里恼了你来，你这等恨我？』八戒道：『不是恨你，这叫「回头望福」。』那呆子出得门来，只见一个小童，拿了四把茶匙，方去寻锺取果看茶，被他一把夺过，跑上殿，拿着小磬儿，用手乱敲乱打，两头玩耍。大仙道：『这个和尚，越发不尊重了！』八戒笑道：『不是不尊重，这叫做「四时吉庆」。』

且不说八戒打诨乱缠。却表行者纵祥云离了蓬莱，又早到方丈仙山。这山真好去处。有诗为证，诗曰：

方丈巍峨别是天，太元宫府会神仙。
紫台光照三清路，花木香浮五色烟。
金凤自多槃蕊阙，玉膏谁逼灌芝田？

碧桃紫李新成熟，又换仙人信万年。

那行者按落云头，无心玩景。正走处，只闻得香风馥馥，玄鹤声鸣，那壁厢有个神仙。但见：

盈空万道霞光现，彩雾飘飖光不断。丹凤衔花也更鲜，青鸾飞舞声娇艳。福如东海寿如山，貌似小童身体健。壶隐洞天不老丹，腰悬与日长生篆。人间数次降祯祥，世上几番消厄愿。武帝曾宣加寿龄，瑶池每赴蟠桃宴。教化众僧脱俗缘，指开大道明如电。也曾跨海祝千秋，常去灵山参佛面。圣号东华大帝君，烟霞第一神仙眷。

孙行者觌面相迎，叫声：『帝君，起手了。』那帝君慌忙回礼道：『大圣，失迎。请荒居奉茶。』遂与行者搀手而入。果然是贝阙仙宫，看不尽瑶池琼阁。方坐待茶，只见翠屏后转出一个童儿。他怎生打扮：

身穿道服飘霞烁，腰束丝绦光错落。头戴纶巾布斗星，足登芒履游仙岳。炼元真，脱本壳，功行成时遂意乐。识破原流精气神，主人认得无虚错。逃名今喜寿无疆，甲子周天管不着。转回廊，登宝阁，天上蟠桃三度摸。缥缈香云出翠屏，小仙乃是东方朔。

行者见了，笑道：『这个小贼在这里哩！帝君处没有桃子你偷吃！』东方朔朝上进礼，答道：『老贼，你来这里怎的？我师父没有仙丹你偷吃。』帝君叫道：『曼倩休乱言，看茶来也。』

曼倩原是东方朔的道名。他急入里取茶二杯，饮讫。行者道：『老孙此来，有一事奉干，未知允否？』帝君道：『何事？自当领教。』行者道：『近因保唐僧西行，路过万寿山五庄观，因他那小童无状，是我一时发怒，把他人参果树推倒，因此阻滞，唐僧不得脱身，特来尊处求赐一方医治，万望慨然。』

帝君道：『你这猴子，不管一二，到处里闯祸。那五庄观镇元子，圣号与世同君，乃地仙之祖。你怎么就冲撞出他？他那人参果树，乃草还丹。你偷吃了，尚说有罪；却又连树推倒，他肯干休？』行者道：『正是呢。我们走脱了，被他赶上，把我们就当汗巾儿一般，一袖子都笼了去；所以阁气。没奈何，许他求方医治，故此拜求。』帝君道：『我有一粒「九转太乙还丹」，但能治世间生灵，却不能医树。树乃水土之灵，天滋地润。若是凡间的果木，医治还可；这万寿山乃先天福地，五庄观乃贺洲洞天，人参果又是天开地辟之灵根，如何可治？无方，无方！』行者道：『既然无方，老孙告别。』帝君仍欲留奉玉液一杯，行者道：『急救事紧，不敢久滞。』遂驾云复至瀛洲海岛。也好去处。有诗为证，诗曰：

珠树玲珑照紫烟，瀛洲宫阙接诸天。
青山绿水琪花艳，玉液锟鋘铁石坚。
五色碧鸡啼海日，千年丹凤吸朱烟。
世人罔究壶中景，象外春光亿万年。

那大圣至瀛洲，只见那丹崖珠树之下，有几个皓发皤髯之辈，童颜鹤鬓之仙，在那里着棋饮酒，谈笑讴歌。真个是：

祥云光满，瑞霭香浮。彩鸾鸣洞口，玄鹤舞山头。碧藕水桃为按酒，交梨火枣寿千秋。一个个丹诏无闻，仙符有籍；逍遥随浪荡，散淡任清幽。周天甲子难拘管，大地乾坤只自由。献果玄猿，对对参随多美爱；衔花白鹿，双双拱伏甚绸缪。

那些老儿，正然洒乐。这行者厉声高叫道：『带我耍耍儿便怎的！』众仙见了，急忙趋步相迎。有诗为证，诗曰：

人参果树灵根折，大圣访仙求妙诀。

缭绕丹霞出宝林，瀛洲九老来相接。

行者认得是九老，笑道：『老兄弟们自在哩！』九老道：『大圣当年若存正，不闹天宫，比我们还自在哩。如今好了，闻你归真向西拜佛，如何得暇至此？』行者将那医树求方之事，具陈了一遍。九老也大惊道：『你也忒惹祸！惹祸！我等实是无方。』行者道：『既是无方，我且奉别。』

九老又留他饮琼浆，食碧藕。行者定不肯坐，止立饮了他一杯浆，吃了一块藕，急急离了瀛洲，径转东洋大海。早望见落伽山不远，遂落下云头，直到普陀岩上。见观音菩萨在紫竹林中与诸天大神、木叉、龙女，讲经说法。有诗为证，诗曰：

海主城高瑞气浓，更观奇异事无穷。
须知隐约千般外，尽出希微一品中。
四圣授时成正果，六凡听后脱樊笼。
少林别有真滋味，花果馨香满树红。

那菩萨早已看见行者来到，即命守山大神去迎。那大神出林来，叫声：『孙悟空，那里去？』行者抬头喝道：『你这个熊罴，我是你叫的悟空！当初不是老孙饶了你，你已此做了黑风山的尸鬼矣。今日跟了菩萨，受了善果，居此仙山，常听法教，你叫不得我一声「老爷」？』那黑熊真个得了正果，在菩萨处镇守普陀，称为大神，是也亏了行者。他只得陪笑道：『大圣，古人云：「君子不念旧恶。」只管题他怎的！菩萨着我来迎你哩。』这行者就端肃尊诚，与大神到了紫竹林里，参拜菩萨。

菩萨道：『悟空，唐僧行到何处也？』行者道：『行到西牛贺洲万寿山了。』菩萨道：『那万寿山有座五庄观。』

镇元大仙，你曾会他么？』行者顿首道：『因是在五庄观，弟子不识镇元大仙，毁伤了他的人参果树，冲撞了他，他就困滞了我师父，不得前进。』那菩萨情知，怪道：『你这泼猴，不知好歹！他那人参果树，乃天开地辟的灵根；镇元子乃地仙之祖，我也让他三分；你怎么就打伤他树！』行者再拜道：『弟子实是不知。那一日，他不在家，只有两个仙童，候待我等。是猪悟能晓得他有果子，要一个尝新，弟子委偷了他三个，兄弟们分吃了。那童子知觉，骂我等无已，是弟子发怒，遂将他树推倒。他次日回来赶上，将我等一袖子笼去，绳绑鞭抽，拷打了一日。我等当夜走脱，又被他赶上，依然笼了。三番两次，其实难逃，已允了与他医树。却才自海上求方，遍游三岛，众神仙都没有本事。弟子因此志心朝礼，特拜告菩萨。伏望慈悯，俯赐一方，以救唐僧早早西去。』菩萨道：『你怎么不早来见我，却往岛上去寻找？』

行者闻得此言，心中暗喜道：『造化了，造化了，菩萨一定有方也！』他又上前恳求。菩萨道：『我这净瓶底的「甘露水」，善治得仙树灵苗。』行者道：『可曾经验过么？』菩萨道：『经验过的。』行者问：『有何经验？』菩萨道：『当年太上老君曾与我赌胜：他把我的杨柳枝拔了去，放在炼丹炉里，炙得焦干，送来还我。是我拿了插在瓶中，一昼夜，复得青枝绿叶，与旧相同。』行者笑道：『真造化了！真造化了！烘焦了的尚能医活，况此推倒的，有何难哉！』菩萨吩咐大众：『看守林中，我去去来。』遂手托净瓶，白鹦哥前边巧啭，孙大圣随后相从。有诗为证，诗曰：

玉毫金象世能论，正是慈悲救苦尊。
过去劫逢无垢佛，至今成得有为身。
几生欲海澄清浪，一片心田绝点尘。

甘露久经真妙法，管教宝树永长春。

却说那观里大仙与三老正然清话，忽见孙大圣按落云头，叫道：『菩萨来了，快接，快接！』慌得那三星与镇元子共三藏师徒，一齐迎出宝殿。菩萨才住了祥云，先与镇元子陪了话；后与三星作礼。礼毕上坐。那阶前，行者引唐僧、八戒、沙僧都拜了。那观中诸仙，也来拜见。行者道：『大仙不必迟疑，趁早儿陈设香案，请菩萨替你治那甚么果树去。』大仙躬身谢菩萨道：『小可的勾当，怎么敢劳菩萨下降？』菩萨道：『唐僧乃我之弟子，孙悟空冲撞了先生，理当赔偿宝树。』三老道：『既如此，不须谦讲了。请菩萨都到园中去看看。』

那大仙即命设具香案，打扫后园，请菩萨先行。三老随后。三藏师徒与本观众仙，都到园内观看时，那棵树倒在地下，土开根现，叶落枝枯。菩萨叫：『悟空，伸手来。』那行者将左手伸开。菩萨将杨柳枝，蘸出瓶中甘露，把

观世音甘泉活树

行者、八戒、沙僧，扛起树来，扶得周正，拥上土，将玉器内甘泉，一瓯瓯捧与菩萨。菩萨将杨柳枝细细洒上，口中又念着经咒。

行者手心里画了一道起死回生的符字，教他放在树根之下，但看水出为度。那行者捏着拳头，往那树根底下揣着，须臾，有清泉一汪。菩萨道：『那个水不许犯五行之器，须用玉瓢舀出，扶起树来，从头浇下，自然根皮相合，叶长芽生，枝青果出。』行者道：『小道士们，快取玉瓢来。』镇元子道：『贫道荒山，没有玉瓢，只有玉茶盏、玉酒杯，可用得么？』菩萨道：『但是玉器，可舀得水的便罢，取将来看。』大仙即命小童子取出有二三十个茶盏，四五十个酒盏，却将那根下清泉舀出。行者、八戒、沙僧，扛起树来，扶得周正，拥上土，将玉器内甘泉，一瓯瓯捧与菩萨。菩萨将杨柳枝细细洒上，口中又念着经咒。不多时，洒净那舀出之水，只见那树果然依旧青绿叶阴森，上有二十三个人参果。清风、明月二童子道：『前日不见了果子时，颠倒只数得二十二个；今日回生，怎么又多了一个？』行者道：『「日久见人心。」前日老孙只偷了三个，那一个落下地来，土地说这宝遇土而入，八戒只嚷我打了偏手，故走了风信，只缠到如今，才见明白。』

菩萨道：『我方才不用五行之器者，知道此物与五行相畏故耳。』那大仙十分欢喜，急令取金击子来，把果子敲下十个，请菩萨与三老复回宝殿，一则谢劳，二来做个『人参果会』。众小仙遂调开桌椅，铺设丹盘，请菩萨坐了上面正席，三老左席，唐僧右席，镇元子前席相陪，各食了一个。有诗为证，诗曰：

万寿山中古洞天，人参一熟九千年。
灵根现出芽枝损，甘露滋生果叶全。
三老喜逢皆旧契，四僧幸遇是前缘。
自今会服人参果，尽是长生不老仙。

此时菩萨与三老各吃了一个，唐僧始知是仙家宝贝，也吃了一个。悟空三人，亦各吃一个。镇元子陪了一个。本观仙众分吃了一个。行者才谢了菩萨回上普陀岩，送三星径转蓬莱岛。镇元子却又安排蔬酒，与行者结为兄弟。这才是不打不成相识，两家合了一家。师徒四众，喜喜欢欢，天晚歇了。那长老才是：

有缘吃得草还丹，长寿苦捱妖怪难。

毕竟到明日如何作别，且听下回分解。

尸魔三戏唐三藏

好妖精，停下阴风，在那山凹里，摇身一变，变做个月貌花容的女儿，说不尽那眉清目秀，齿白唇红，左手提着一个青砂罐儿，右手提着一个绿磁瓶儿，从西向东，径奔唐僧。

第二十七回　尸魔三戏唐三藏　圣僧恨逐美猴王

却说三藏师徒，次日天明，收拾前进。那镇元子与行者结为兄弟，两人情投意合，决不肯放；又安排管待，一连住了五六日。那长老自服了草还丹，真似脱胎换骨，神爽体健。他取经心重，那里肯淹留，无已，遂行。

师徒别了上路，早见一座高山。三藏道：『徒弟，前面有山险峻，恐马不能前，大家须仔细仔细。』行者道：『师父放心，我等自然理会。』好猴王，他在那马前，横担着棒，剖开山路，上了高崖，看不尽：

峰岩重叠，涧壑湾环。虎狼成阵走，麂鹿作群行。无数獐豝钻簇簇，满山狐兔聚丛丛。千尺大蟒，万丈长蛇；大蟒喷愁雾，长蛇吐怪风。道旁荆棘牵漫，岭上松楠秀丽。薜萝满目，芳草连天。影落沧溟北，云开斗柄南。万古常含元气老，千峰巍列日光寒。

那长老马上心惊，孙大圣布施手段，舞着铁棒，哮吼一声，唬得那狼虫颠窜，虎豹奔逃。

师徒们入此山，正行到嵯峨之处，三藏道：『悟空，我这一日，肚中饥了，你去那里化些斋吃。』行者陪笑道：『师父好不聪明。这等半山之中，前不巴村，后不着店，有钱也没买处，教往那里寻斋？』三藏心中不快，口里骂道：『你这猴子！想你在两界山，被如来压在石匣之内，口能言，足不能行；也亏我救你性命，摩顶受戒，做了我的徒弟。怎么不肯努力，常怀懒惰之心！』行者道：『弟子亦颇殷勤，何尝懒惰？』三藏道：『你既殷勤，何不化斋我吃？我肚饥怎行？况此地山岚瘴气，怎么得上雷音？』行者道：『师父休怪，少要言语。我知你尊性高傲，十分违慢了你，便要念那话儿咒。你下马稳坐，等我寻那里有人家处化斋去。』

行者将身一纵，跳上云端里，手搭凉篷，睁眼观看。可怜西方路甚是寂寞，更无庄堡人家；正是多逢树木，少见人烟去处。看多时，只见正南上有一座高山。那山向阳处，有一片鲜红的点子。行者按下云头道：『师父，有吃的了。』那长老问甚东西。行者道：『这里没人家化饭，那南山有一片红的，想必是熟透了的山桃，我去摘几个来你充饥。』三藏喜道：『出家人若有桃子吃，就为上分了。快去！』行者取了钵盂，纵起祥光，你看他筋斗幌幌，冷气飕飕，须臾间，奔南山摘桃不题。

却说常言有云：『山高必有怪，岭峻却生精。』果然这山上有一个妖精。孙大圣去时，惊动那怪。他在云端里，踏着阴风，看见长老坐在地下，就不胜欢喜道：『造化，造化！几年家人都讲东土的唐和尚取「大乘」，他本是金蝉子化身，十世修行的原体。有人吃他一块肉，长寿长生。真个今日到了。』那妖精上前就要拿他，只见长老左右手下有两员大将护持，不敢拢身。他说两员大将是谁？说是八戒、沙僧。八戒、沙僧，虽没甚么大本事，然八戒是天蓬元帅，沙僧是卷帘大将。他的威气尚不曾泄，故不敢拢身。妖精说：『等我且戏他戏，看怎么说。』

好妖精，停下阴风，在那山凹里，摇身一变，变做个月貌花容的女儿，说不尽那眉清目秀，齿白唇红，左手提着一个青砂罐儿，右手提着一个绿磁瓶儿，从西向东，径奔唐僧：

圣僧歇马在山岩，忽见裙钗女近前。
翠袖轻摇笼玉笋，湘裙斜拽显金莲。
汗流粉面花含露，尘拂蛾眉柳带烟。
仔细定睛观看处，看看行至到身边。

三藏见了，叫：『八戒，沙僧，悟空才说这里旷野无人，你看那里不走出一个人来了？』八戒道：『师父，你与沙僧坐着，等老猪去看看来。』那呆子放下钉钯，整整直裰，摆摆摇摇，充作个斯文气象，一直的觌面相迎。真个是远看未实，近看分明。那女子生得：

冰肌藏玉骨，衫领露酥胸。柳眉积翠黛，杏眼闪银星。月样容仪俏，天然性格清。体似燕藏柳，声如莺啭林。半放海棠笼晓日，才开芍药弄春晴。

那八戒见他生得俊俏，呆子就动了凡心，忍不住胡言乱语，叫道：『女菩萨，往那里去？手里提着是甚么东西？』——分明是个妖怪，他却不能认得。——那女子连声答应道：『长老，我这青罐里是香米饭，绿瓶里是炒面筋。特来此处无他故，因还誓愿要斋僧。』

八戒闻言，满心欢喜。急抽身，就跑了个猪颠风，报与三藏道：『师父！「吉人自有天报！」师父饿了，教师兄去化斋，那猴子不知那里摘桃儿耍子去了。桃子吃多了，也有些嘈人，又有些下坠。你看那不是个斋僧的来了？』唐僧不信道：『你这个夯货胡缠！我们走了这向，好人也不曾遇着一个，斋僧的从何而来！』八戒道：『师父，这不到了？』

三藏一见，连忙跳起身来，合掌当胸道：『女菩萨，你府上在何处住？是甚人家？有甚愿心，来此斋僧？』分明是个妖精，那长老也不认得。那妖精见唐僧问他来历，他立地就起个虚情，花言巧语，来赚哄道：『师父，此山叫做蛇回兽怕的白虎岭。正西下面是我家。我父母在堂，看经好善，广斋方上远近僧人。只因无子，求神作福；生了奴奴，欲扳门第，配嫁他人，又恐老来无倚，只得将奴招了一个女婿，养老送终。』三藏闻言道：『女菩萨，你语言差了。圣经云：「父母在，不远游；游必有方。」你既有父母在堂，又与你招了女婿，有愿心，教你男子还，便也罢，怎么自家在山行走？又没个侍儿随从。这个是不遵妇道了。』

那女子笑吟吟，忙陪俏语道：『师父，我丈夫在山北凹里，带几个客子锄田。这是奴奴煮的午饭，送与那些人吃的。只为五黄六月，无人使唤，父母又年老，所以亲身来送。忽遇三位远来，却思父母好善，故将此饭斋僧。如不弃嫌，愿表芹献。』三藏道：『善哉！善哉！我有徒弟摘果子去了，就来，我不敢吃；假如我和尚吃了你饭，你丈夫晓得骂你，却不罪坐贫僧也？』

那女子见唐僧不肯吃，却又满面春生道：『师父啊，我父母斋僧，还是小可；我丈夫更是个善人，一生好的是修桥补路，爱老怜贫。但听见说这饭送与师父吃了，他与我夫妻情上，比寻常更是不同。』三藏也只是不吃。旁边子恼坏了八戒。那呆子努着嘴，口里埋怨道：『天下和尚也无数，不曾像我这个老和尚罢软！现成的饭，三分儿，倒不吃，只等那猴子来，做四分才吃！』他不容分说，一嘴把个罐子拱倒，就要动口。

只见那行者自南山顶上，摘了几个桃子，托着钵盂，一筋斗，点将回来；睁火眼金睛观看，认得那女子是个妖精，放下钵盂，掣铁棒，当头就打。唬得个长老用手扯住道：『悟空！你走将来打谁？』行者道：『师父，你面前这个女子，莫当做个好人，他是个妖精，要来骗你哩！』三藏道：『你这猴头，当时倒也有些眼力，今日如何乱道！这女菩萨有此善心，将这饭要斋我等，你怎么说他是个妖精？』行者笑道：『师父，你那里认得。老孙在水帘洞里做妖魔时，若想人肉吃，便是这等：或变金银，或变庄台，或变醉人，或变女色。有那等痴心的，爱上我，我就迷他到洞里，尽意随心，或蒸或煮受用。吃不了，还要晒干了防天阴哩！师父，我若来迟，你定入他套子，遭他毒手！』那唐僧那里肯信，只说是个好人。行者道：『师父，我知道你了。你见他那等容貌，必然动了凡心。若果有此意，叫八戒伐几颗树来，沙僧寻些草来，我做木匠，就在这里搭个窝铺，你与他圆房成事，我们大家散了，却不是件事业？何必又跋涉，取甚经去！』那长老原是个软善的人，那里吃得他这句言语，羞得个光头彻耳通红。

三藏正在此羞惭，行者又发起性来，掣铁棒，望妖精劈脸一下。那怪物有些手段，使个『解尸法』，见行者棍子来时，他却抖擞精神，预先走了，把一个假尸首打死在地下。唬得个长老战战兢兢，口中作念道：『这猴着然无礼！屡劝不从，无故伤人性命。』行者道：『师父莫怪，你且来看看这罐子里是甚东西。』沙僧搀着长老，近前看时，那里是甚香米饭，却是一罐子拖尾巴的长蛆；也不是面筋，却是几个青蛙、癞虾蟆，满地乱跳。长老才有三分儿信了。怎禁猪八戒气不忿，在旁漏八分儿唆嘴道：『师父，说起这个女子，他是此间农妇，因为送饭下田，路遇我等，却怎么栽他是个妖怪？哥哥的棍重，走将来试手打他一下，不期就打杀了；怕你念甚么紧箍儿咒，故意的使个障眼法儿，变做这等样东西，演幌你眼，使不念咒哩。』

三藏自此一言，就是晦气到了：果然信那呆子撺唆，手中捻诀，口里念咒。行者就叫：『头疼，头疼！莫念，莫念！有话便说。』唐僧道：『有甚话说！出家人时时常要方便，念念不离善心，扫地恐伤蝼蚁命，爱惜飞蛾纱罩灯。你怎么步步行凶？打死这个无故平人，取将经来何用？你回去罢！』行者道：『师父，你教我回那里去？』唐僧道：

『我不要你做徒弟。』行者道：『你不要我做徒弟，只怕你西天路去不成。』唐僧道：『我命在天，该那个妖精蒸了吃，就是煮了，也算不过。终不然你救得我的大限？你快回去！』行者道：『师父，我回去便也罢了，只是不曾报得你的恩哩。』唐僧道：『我与你有甚恩？』那大圣闻言，连忙跪下叩头道：『老孙因大闹天宫，致下了伤身之难，被我佛压在两界山；幸观音菩萨与我受了戒行，幸师父救脱吾身；若不与你同上西天，显得我「知恩不报非君子，万古千秋作骂名」。』原来这唐僧是个慈悯的圣僧。他见行者哀告，却也回心转意道：『既如此说，且饶你这一次。再休无礼。如若仍前作恶，这咒语颠倒就念二十遍！』行者道：『三十遍也由你，只是我不打人了。』却才伏侍唐僧上马，又将摘来桃子奉上。唐僧在马上也吃了几个，权且充饥。

却说那妖精，脱命升空。原来行者那一棒不曾打杀妖精，妖精出神去了。他在那云端里，咬牙切齿，暗恨行者

尸魔三戏唐三藏
圣僧恨逐美猴王

唐僧见他言言语语，越添恼怒，滚鞍下马来，叫沙僧包袱内取出纸笔，即于涧下取水，石上磨墨，写了一纸贬书。

道：『几年只闻得讲他手段，今日果然话不虚传。那唐僧已此不认得我，将要吃饭。若低头闻一闻儿，我就一把捞住，却不是我的人了。不期被他走来，弄破我这勾当，又几乎被他打了一棒。若饶了这个和尚，诚然是劳而无功也。我还下去戏他一戏。』

好妖精，按落阴云，在那前山坡下，摇身一变，变作个老妇人，年满八旬，手拄着一根弯头竹杖，一步一声的哭着走来。八戒见了，大惊道：『师父！不好了！那妈妈儿来寻人了！』唐僧道：『寻甚人？』八戒道：『师兄打杀的，定是他女儿。这个定是他娘寻将来了。』行者道：『兄弟莫要胡说！那女子十八岁，这老妇有八十岁，怎么六十多岁还生产？断乎是个假的，等老孙去看来。』好行者，拽开步，走近前观看，那怪物：

假变一婆婆，两鬓如冰雪。走路慢腾腾，行步虚怯怯。弱体瘦伶仃，脸如枯菜叶。颧骨望上翘，嘴唇往下别。老年不比少年时，满脸都是荷叶摺。

行者认得他是妖精，更不理论，举棒照头便打。那怪见棍子起时，依然抖擞，又出化了元神，脱真儿去了；把个假尸首又打死在山路之下。

唐僧一见，惊下马来，睡在路旁，更无二话，只是把紧箍儿咒颠倒足足念了二十遍。可怜把个行者头，勒得似个亚腰儿葫芦，十分疼痛难忍，滚将来哀告道：『师父，莫念了！有甚话说了罢！』唐僧道：『有甚话说，出家人耳听善言，不堕地狱。我这般劝化你，你怎么只是行凶，把平人打死一个，又打死一个，此是何说？』行者道：『他是妖精。』唐僧道：『这个猴子胡说！就有这许多妖怪！你是个无心向善之辈，有意作恶之人，你去罢！』行者道：『师父又教我去？回去便也回去了，只是一件不相应。』唐僧道：『你有甚么不相应处？』八戒道：『师父，他要和你分行李哩。跟着你做了这几年和尚，不成空着手回去？你把那包袱里的甚么旧褊衫，破帽子，分两件与他罢。』

行者闻言，气得暴跳道：『我把你这个尖嘴的夯货！老孙一向秉教沙门，更无一毫嫉妒之意，贪恋之心，怎么要分甚么行李？』唐僧道：『你既不嫉妒贪恋，如何不去？』行者道：『实不瞒师父说。老孙五百年前，居花果山水帘洞大展英雄之际，收降七十二洞邪魔，手下有四万七千群怪，头戴的是紫金冠，身穿的是赭黄袍，腰系的是蓝田带，足踏的是步云履，手执的是如意金箍棒，着实也曾为人。自从涅槃罪度，削发秉正沙门，跟你做了徒弟，把这个「金箍儿」勒在我头上，若回去，却也难见故乡人。师父果若不要我，把那个松箍儿咒念一念，退下这个箍子，交付与你，套在别人头上，我就快活相应了。也是跟你一场。莫不成这些人意儿也没有了？』唐僧大惊道：『悟空，我当时只是菩萨暗受一卷紧箍儿咒，却没有甚么松箍儿咒。』行者道：『若无松箍儿咒，你还带我去走走罢。』长老又没奈何道：『你且起来，我再饶你这一次，却不可再行凶了。』行者道：『再不敢了，再不敢了。』又伏侍师父上马，剖路前进。

却说那妖精，原来行者第二棍也不曾打杀他。那怪物在半空中，夸奖不尽道：『好个猴王，着然有眼！我那般变了去，他也还认得我。这些和尚，他去得快，若过此山，西下四十里，就不伏我所管了。若是被别处妖魔捞了去，好道就笑破他人口，使碎自家心。我还下去戏他一戏。』好妖怪，按耸阴风，在山坡下摇身一变，变做一个老公公，真个是：

白发如彭祖，苍髯赛寿星。
耳中鸣玉磬，眼里幌金星。
手拄龙头拐，身穿鹤氅轻。
数珠掐在手，口诵南无经。

唐僧在马上见了，心中欢喜道：『阿弥陀佛，西方真是福地！那公公路也走不上来，逼法的还念经哩。』八戒道：『师父，你且莫要夸奖。那个是祸的根哩。』唐僧道：『怎么是祸根？』八戒道：『行者打杀他的女儿，又打杀他的婆子，这个正是他的老儿寻将来了。我们若撞在他的怀里呵，师父，你便偿命，该个死罪；把老猪为从，问个充军；沙僧喝令，问个摆站；那行者使个遁法走了，却不苦了我们三个顶缸？』行者听见道：『这个呆根，这等胡说，可不唬了师父？等老孙再去看看。』

他把棍藏在身边，走上前，迎着怪物，叫声：『老官儿，往那里去？怎么又走路又念经？』那妖精错认了定盘星，把孙大圣也当做个等闲的，遂答道：『长老啊，我老汉祖居此地，一生好善斋僧，看经念佛。命里无儿，止生得一个小女，招了个女婿。今早送饭下田，想是遭逢虎口。老妻先来找寻，也不见回去。全然不知下落，老汉特来寻看。果然是伤残他命，也没奈何，将他骸骨收拾回去，安葬茔中。』行者笑道：『我是个做女齿可虎的祖宗，你怎么袖子里笼了个鬼儿来哄我？你瞒了诸人，瞒不过我，我认得你是个妖精！』那妖精唬得顿口无言。行者掣出棒来，自忖思道：『若要不打他，显得他倒弄个风儿；若要打他，又怕师父念那话儿咒语。』又思量道：『不打杀他，他一时间抄空儿把师父捞了去，却不又费心劳力去救他？还打的是！就一棍子打杀他，师父念起那咒，常言道：「虎毒不吃儿。」凭着我巧言花语，嘴伶舌便，哄他一哄，好道也罢了。』

好大圣，念动咒语，叫当坊土地、本处山神道：『这妖精三番来戏弄我师父，这一番却要打杀他。你与我在半空中作证，不许走了。』众神听令，谁敢不从，都在云端里照应。那大圣棍起处，打倒妖魔，才断绝了灵光。

那唐僧在马上，又唬得战战兢兢，口不能言。八戒在旁边又笑道：『好行者！风发了！只行了半日路，倒打死三个人！』唐僧正要念咒，行者急到马前，叫道：『师父，莫念，莫念！你且来看看他的模样。』却是一堆粉骷髅在

那里。唐僧大惊道：『悟空，这个人才死了，怎么就化作一堆骷髅？』行者道：『他是个潜灵作怪的僵尸，在此迷人败本；被我打杀，他就现了本相。他那脊梁上有一行字，叫做「白骨夫人」。』唐僧闻说，倒也信了；怎禁那八戒旁边唆嘴道：『师父，他的手重棍凶，把人打死，只怕你念那话儿，故意变化这个模样，掩你的眼泪哩！』唐僧果然耳软，又信了他，随复念起。行者禁不得疼痛，跪于路旁，只叫『莫念！莫念！有话快说了罢！』唐僧道：『猴头，还有甚说话！出家人行善，如春园之草，不见其长，日有所增，行恶之人，如磨刀之石，不见其损，日有所亏。你在这荒郊野外，一连打死三人，还是无人检举，没有对头；倘到城市之中，人烟凑集之所，你拿了那哭丧棒，一时不知好歹，乱打起人来，撞出大祸，教我怎的脱身？你回去罢！』行者道：『师父错怪了我也。这厮分明是个妖魔，他实有心害你。我倒打死他，替你除了害，你却不认得，反信了那呆子谗言冷语，屡次逐我。常言道：「事不过三。」我若不去，真是个下流无耻之徒。我去，我去，去便去了，只是你手下无人。』唐僧发怒道：『这泼猴越发无礼！看起来，只你是人，那悟能、悟净，就不是人？』

那大圣一闻得说他两个是人，止不住伤情凄惨，对唐僧道声：『苦啊！你那时节，出了长安，有刘伯钦送你上路；到两界山，救我出来，投拜你为师，我曾穿古洞，入深林，擒魔捉怪，收八戒，得沙僧，吃尽千辛万苦；今日昧着惺惺使糊涂，只教我回去：这才是「鸟尽弓藏，兔死狗烹」！罢，罢，罢！但只是多了那紧箍儿咒。』唐僧道：『我再不念了。』行者道：『这个难说：若到那毒魔苦难处不得脱身，八戒、沙僧救不得你，那时节，想起我来，忍不住又念诵起来，就是十万里路，我的头也是疼的；假如再来见你，不如不作此意。』

唐僧见他言言语语，越添恼怒，滚鞍下马来，叫沙僧包袱内取出纸笔，即于涧下取水，石上磨墨，写了一纸贬书，递于行者道：『猴头，执此为照！再不要你做徒弟了！如再与你相见，我就堕了阿鼻地狱！』行者连忙接了贬书

圣僧恨逐美猴王

噙泪叩头辞长老，含悲留意嘱沙僧。
一头拭迸坡前草，两脚蹬翻地上藤。
上天下地如轮转，跨海飞山第一能。
顷刻之间不见影，霎时疾返旧途程。

道：『师父，不消发誓，老孙去罢。』他将书折了，留在袖中，却又软款唐僧道：『师父，我也是跟你一场，又蒙菩萨指教，今日半途而废，不曾成得功果，你请坐，受我一拜，我也去得放心。』唐僧转回身不睬，口里唧唧哝哝的道：『我是个好和尚，不受你歹人的礼！』大圣见他不睬，又使个身外法，把脑后毫毛拔了三根，吹口仙气，叫：『变！』即变了三个行者，连本身四个，四面围住师父下拜。那长老左右躲不脱，好道也受了一拜。

大圣跳起来，把身一抖，收上毫毛，却又吩咐沙僧道：『贤弟，你是个好人，却只要留心防着八戒诂言诂语，途中更要仔细。倘一时有妖精拿住师父，你就说老孙是他大徒弟，西方毛怪，闻我的手段，不敢伤我师父。』唐僧道：『我是个好和尚，不题你这歹人的名字。你回去罢。』那大圣见长老三番两覆，不肯转意回心，没奈何才去。你看他：

噙泪叩头辞长老，含悲留意嘱沙僧。
一头拭迸坡前草，两脚蹬翻地上藤。
上天下地如轮转，跨海飞山第一能。
顷刻之间不见影，霎时疾返旧途程。

你看他忍气别了师父，纵筋斗云，径回花果山水帘洞去了。独自个凄凄惨惨，忽闻得水声聒耳。大圣在那半空里看时，原来是东洋大海潮发的声响。一见了，又想起唐僧，止不住腮边泪坠，停云住步，良久方去。

毕竟不知此去反复何如，且听下回分解。

花果山群妖聚义

石打乌头粉碎，沙飞海马俱伤。人参官桂岭前忙，血染朱砂地上。附子难归故里，槟榔怎得还乡？尸骸轻粉卧山场，红娘子家中盼望。

第二十八回　花果山群妖聚义　黑松林三藏逢魔

却说那大圣虽被唐僧逐赶，然犹思念，感叹不已，早望见东洋大海。道：『我不走此路者，已五百年矣！』只见那海水：

烟波荡荡，巨浪悠悠：烟波荡荡接天河，巨浪悠悠通地脉。潮来汹涌，水浸湾环：潮来汹涌，犹如霹雳吼三春；水浸湾环，却似狂风吹九夏。乘龙福老，往来必定皱眉行；跨鹤仙童，反复果然忧虑过。近岸无村社，傍水少渔舟。浪卷千年雪，风生六月秋。野禽凭出没，沙岛任沉浮。眼前无钓客，耳畔只闻鸥。海底游鱼乐，天边过雁愁。

那行者将身一纵，跳过了东洋大海，早至花果山。按落云头，睁睛观看，那山上花草俱无，烟霞尽绝；峰岩倒塌，林树焦枯。你道怎么这等？只因他闹了天宫，拿上界去。此山被显圣二郎神，率领那梅山七弟兄，放火烧坏了。这大圣倍加凄惨。有一篇败山颓景的古风为证。古风云：

回顾仙山两泪垂，对山凄惨更伤悲。当时只道山无损，今日方知地有亏。可恨二郎将我灭，堪嗔小圣把人欺。行凶掘你先灵墓，无干破尔祖坟基。满天霞雾皆消荡，遍地风云尽散稀。东岭不闻斑虎啸，西山那见白猿啼。北溪狐兔无踪迹，南谷獐犯没影遗。青石烧成千块土，碧砂化作一堆泥。洞外乔松皆倚倒，崖前翠柏尽稀少。椿杉槐桧栗檀焦，桃杏李梅梨枣了。柘绝桑无怎养蚕？柳稀竹少难栖鸟。峰头巧石化为尘，洞底泉干都是草。崖前土黑没芝兰，路畔泥红藤薜攀。往日飞禽飞那处？当时走兽走何山？豹嫌蟒恶倾颓所，鹤避蛇回败坏间。想是日前行恶念，致令目下受艰难。

那大圣正当悲切，只听得那芳草坡前，曼荆凹里，响一声，跳出七八个小猴，一拥上前，围住叩头，高叫道：『大圣爷爷，今日来家了？』美猴王道：『你们因何不要不顽，一个个都潜踪隐迹？我来多时了，不见你们形影，何也？』群猴听说，一个个垂泪告道：『自大圣擒拿上界，我们被猎人之苦，着实难捱！怎禁他硬弩强弓，黄鹰劣犬，网扣枪钩，故此各惜性命，不敢出头顽耍；只是深潜洞府，远避窝巢。饥去坡前偷草食，渴来涧下吸清泉。却才听得大圣爷爷声音，特来接见，伏望扶持。』那大圣闻得此言，愈加凄惨，便问：『你们还有多少在此山上？』群猴道：『老者，小者，只有千把。』大圣道：『我当时共有四万七千群猴，如今都往那里去了？』群猴道：『自从爷爷去后，这山被二郎菩萨点上火，烧杀了大半。我们蹲在井里，钻在涧内，藏于铁板桥下，得了性命。及至火灭烟消，出来时，又没花果养赡，难以存活，别处又去了一半。我们这一半，捱苦的住在山中。这两年，又被些打猎的抢了一半去也。』行者道：『他抢你去何干？』群猴道：『说起这猎户，可恨！他把我们中箭着枪的，中毒打死的，拿了去剥皮剔骨，酱煮醋蒸，油煎盐炒，当做下饭食用。或有那遭网的，遇扣的，夹活儿拿去了，教他跳圈做戏，翻筋斗，竖蜻蜓，当街上筛锣擂鼓，无所不为的顽耍。』大圣闻此言，更十分恼怒道：『洞中有甚么人执事？』群妖道：『还有马、流二元帅，奔、芭二将军管着哩。』大圣道：『你们去报他知道，说我来了。』那些小妖，撞入门里报道：『大圣爷爷来家了。』那马、流、奔、芭闻报，忙出门叩头，迎接进洞。

大圣坐在中间，群怪罗拜于前，启道：『大圣爷爷，近闻得你得了性命，保唐僧往西天取经，如何不走西方，却回本山？』大圣道：『小的们，你不知道。那唐三藏不识贤愚：我为他一路上捉怪擒魔，使尽了平生的手段，几番家打杀妖精；他说我行凶作恶，不要我做徒弟，把我逐赶回来，写立贬书为照，永不听用了。』

众猴鼓掌大笑道：『造化！造化！做甚么和尚，且家来，带携我们耍子几年罢！』叫：『快安排椰子酒来，与爷爷接风。』大圣道：『且莫饮酒。我问你：那打猎的人，几时来我山上一度？』马、流道：『大圣，不论甚么时度，他逐日家在这里缠扰。』大圣道：『他怎么今日不来？』马、流道：『看待来耶。』大圣吩咐：『小的们，都出去把那山上烧酥了的碎石头与我搬将起来堆着。或二三十个一堆，或五六十个一堆，堆着，我有用处。』那些小猴，都是一窝蜂，一个个跳天搠地，乱搬了许多堆集。大圣看了，教：『小的们，都往洞内藏躲，让老孙作法。』

那大圣上了山巅看处，只见那南半边冬冬鼓响，当当锣鸣，闪上有千余人马，都架着鹰犬，持着刀枪。猴王仔细看那些人，来得凶险。好男子，真个骁勇！但见：

狐皮苫肩顶，锦绮裹腰胸。袋插狼牙箭，胯挂宝雕弓。人似搜山虎，马如跳涧龙。成群引着犬，满膀架其鹰。荆筐抬火炮，带定海东青。粘竿百十擔，兔叉有千根。牛头拦路网，阎王扣子绳。一齐乱吆喝，散撒满天星。

大圣见那些人布上他的山来，心中大怒。手里捻诀，口内念念有词，往那巽地上吸了一口气，嘑的吹将去，便是一阵狂风。好风！但见：

扬尘播土，倒树摧林。海浪如山耸，浑波万叠侵。乾坤昏荡荡，日月暗沉沉。一阵摇松如虎啸，忽然入竹似龙吟。万窍怒号天噫气，飞砂走石乱伤人。

大圣作起这大风，将那碎石，乘风乱飞乱舞，可怜把那些千余人马，一个个：

石打乌头粉碎，沙飞海马俱伤。人参官桂岭前忙，血染朱砂地上。附子难归故里，槟榔怎得还乡？尸骸轻粉卧山场，红娘子家中盼望。

诗曰：

人亡马死怎归家？野鬼孤魂乱似麻。可怜抖擞英雄将，不辨贤愚血染沙。

大圣按落云头，鼓掌大笑道：『造化，造化！自从归顺唐僧，做了和尚，他每每劝我话道：「千日行善，善犹不足；一日行恶，恶自有余。」真有此话！我跟着他，打杀几个妖精，他就怪我行凶；今日来家，却结果了这许多猎户。』叫：『小的们，出来！』那群猴，狂风过去，听得大圣呼唤，一个个跳将出来。大圣道：『你们去南山下，把那打死的猎户衣服，剥得来家，洗净血迹，穿了遮寒；把死人的尸首，都推在那万丈深潭里；把死倒的马，拖将来，剥了皮，做靴穿，将肉腌着，慢慢的食用；把那些弓箭枪刀，与你们操演武艺；将那杂色旗号，收来我用。』群猴一个个领诺。

那大圣把旗拆洗，总斗做一面杂彩花旗，上写着『重修花果山，复整水帘洞，齐天大圣』十四字。竖起杆子，将旗挂于洞外，逐日招魔聚兽，积草屯粮，不题『和尚』二字。他的人情又大，手段又高，便去四海龙王，借些甘霖仙水，把山洗青了。前栽榆柳，后种松楠，桃李枣梅，无所不备，逍遥自在，乐业安居不题。

却说唐僧听信狡性，纵放心猿。攀鞍上马，八戒前边开路，沙僧挑着行李西行。过了白虎岭，忽见一带林丘，真个是藤攀葛绕，柏翠松青。三藏叫道：『徒弟呀，山路崎岖，甚是难走，却又松林丛簇，树木森罗，切须仔细！恐有妖邪妖兽。』你看那呆子，抖擞精神，叫沙僧带着马，他使钉钯开路，领唐僧径入松林之内。正行处，那长老兜住马道：『八戒，我这一日其实饥了，那里寻些斋饭我吃？』八戒道：『师父请下马，在此等老猪去寻。』长老下了马，沙僧歇了担，取出钵盂，递与八戒。八戒道：『我去也。』长老问：『那里去？』八戒道：『莫管，我这一去，钻冰取火寻斋至，压雪求油化饭来。』

你看他出了松林，往西行经十余里，更不曾撞着一个人家，真是有狼虎无人烟的去处。那呆子走得辛苦，心内沉吟道：『当年行者在日，老和尚要的就有；今日轮到我的身上，诚所谓「当家才知柴米价，养子方晓父娘恩」。公道没去化处。』却又走得瞌睡上来，思道：『我若就回去，对老和尚说没处化斋，他也不信我走了这许多路。须是再多幌个时辰，才好去回话。也罢，也罢，且往这草科里睡睡。』呆子就把头拱在草里睡下。当时也只说朦胧朦胧就起来，岂知走路辛苦的人，丢倒头，只管齁齁睡起。

且不言八戒在此睡觉。却说长老在那林间，耳热眼跳，身心不安。急回叫沙僧道：『悟能去化斋，怎么这早晚还不回？』沙僧道：『师父，你还不晓得哩。他见这西方上人家斋僧的多，他肚子又大，他管你？只等他吃饱了才来哩。』三藏道：『正是呀；倘或他在那里贪着吃斋，我们那里会他？天色晚了，此间不是个住处，须要寻个下处方好哩。』沙僧道：『不打紧，师父，你且坐在这里，等我去寻他来。』三藏道：『正是，正是。有斋没斋罢了，只是寻下处要紧。』沙僧绰了宝杖，径出松林来找八戒。

长老独坐林中，十分闷倦。只得强打精神，跳将起来，把行李攒在一处，将马拴在树上，束下戴的斗笠，插定了锡杖，整一整缁衣，徐步幽林，权为散闷。那长老看遍了野草山花，听不得归巢鸟噪。原来那林子内都是些草深路小的去处。只因他情思紊乱，却走错了。他一来也是要散散闷，二来也是要寻八戒、沙僧；不期他两个走的是直西路，长老转了一会，却走向南边去了。

出得松林，忽抬头，见那壁厢金光闪烁，彩气腾腾。仔细看处，原来是一座宝塔，金顶放光。这是那西落的日色，映着那金顶放亮。他道：『我弟子却没缘法哩！自离东土，发愿逢庙烧香，见佛拜佛，遇塔扫塔。那放光的不是一座黄金宝塔？怎么就不曾走那条路？塔下必有寺院，院内必有僧家，且等我走走。这行李、白马，料此处无人行

花果山群妖聚义
黑松林三藏逢魔

那大圣把旗拆洗，总斗做一面杂彩花旗，上写着『重修花果山，复整水帘洞，齐天大圣』十四字。竖起杆子，将旗挂于洞外，逐日招魔聚兽，积草屯粮，不题『和尚』二字。

走，却也无事。那里若有方便处，待徒弟们来，一同借歇。』

噫！长老一时晦气到了。你看他拽开步，竟至塔边。但见那：

石崖高万丈，山大接青霄。根连地厚，峰插天高。两边杂树数千科，前后藤缠百余里。花映草梢风有影，水流云窦月无根。倒木横担深涧，枯藤结挂光峰。石桥下，流滚滚清泉；台座上，长明明白粉。远观一似三岛天堂，近看有如蓬莱胜境。香松紫竹绕山溪，鸦鹊猿猴穿峻岭。洞门外，有一来一往的走兽成行；树林里，有或出或入的飞禽作队。青青香草秀，艳艳野花开。这所在分明是恶境，那长老晦气撞将来。

那长老举步进前，才来到塔门之下，只见一个斑竹帘儿，挂在里面。他破步入门，揭起来，往里就进，猛抬头，见那石床上，侧睡着一个妖魔。你道他怎生模样：

青靛脸，白獠牙，一张大口呀呀。两边乱蓬蓬的鬓毛，却都是些胭脂染色；三四紫巍巍的髭髯，恍疑是那荔枝排芽。鹦嘴般的鼻儿拱拱，曙星样的眼儿巴巴。两个拳头，和尚钵盂模样；一双蓝脚，悬崖榾柮桠槎。斜披着淡黄袍帐，赛过那织锦袈裟。拿的一口刀，精光耀映；眠的一块石，细润无瑕。他也曾小妖排蚁阵，他也曾老怪坐蜂衙。你看他威风凛凛，大家吆喝，叫一声爷，他也曾月作三人壶酌酒，他也曾风生两腋盏倾茶。你看他神通浩浩，霎着下眼，游遍天涯。荒林喧鸟雀，深莽宿龙蛇。仙子种田生白玉，道人伏火养丹砂。小小洞门，虽到不得那阿鼻地狱；楞楞妖怪，却就是一个牛头夜叉。

那长老看见他这般模样，唬得打了一个倒退，遍体酥麻，两腿酸软，即忙的抽身便走。刚刚转了一个身，那妖魔，他的灵性着实是强。大撑开着一双金睛鬼眼，叫声『小的们，你看门外是甚么人！』一个小妖就伸头望门外一看，看见是个光头的长老，连忙跑将进去，报道：『大王，外面是个和尚哩。团头大面，两耳垂肩；嫩刮刮的一身肉，细娇娇的一张皮：且是好个和尚！』那妖闻言，呵声笑道：『这叫做个「蛇头上苍蝇，自来的衣食。」你众小的们！疾忙赶上也，与我拿将来！我这里重重有赏。』那些小妖，就是一窝蜂，齐齐拥上。三藏见了，虽则是一心忙似箭，两脚走如飞；终是心惊胆颤，腿软脚麻。况且是山路崎岖，林深日暮，步儿那里移得动？被那些小妖，平抬将去。正是：

龙游浅水遭虾戏，虎落平原被犬欺。
纵然好事多磨障，谁像唐僧西向时？

你看那众小妖，抬得长老，放在那竹帘儿外，欢欢喜喜，报声道：『大王，拿得和尚进来了。』那老妖，他也偷眼瞧一瞧。只见三藏头直上，貌堂堂，果然好一个和尚。他便心中想道：『这等好和尚，必是上方人物，不当小可的；若不做个威风，他怎肯服降哩？』陡然间，就狐假虎威，红须倒竖，血发朝天，眼睛迸裂。大喝一声道：『带那和尚进来！』众妖们，大家响响的答应了一声：『是』！就把三藏望里面只是一推。这是『既在矮檐下，怎敢不低头！』三藏只得双手合着，与他见个礼。

那妖道：『你是那里和尚？从那里来？到那里去？快快说明！』三藏道：『我本是唐朝僧人，奉大唐皇帝敕命，前往西方访求经偈。经过贵山，特来塔下谒圣，不期惊动威严，望乞恕罪。待往西方取得经回东土，永注高名也。』那妖闻言，呵呵大笑道：『我说是上邦人物，果然是你。正要吃你哩！却来的甚好，甚好！不然，却不错放过了？你该是我口里的食，自然要撞将来，就放也放不去，就走也走不脱！』叫小妖：『把那和尚拿去绑了！』果然那些小妖，一拥上前，把个长老绳缠索绑，缚在那定魂桩上。

老妖持刀又问道：『和尚，你一行有几人？终不然一人敢上西天？』三藏见他持刀，又老实说道：『大王，我有两个徒弟，叫做猪八戒、沙和尚，都出松林化斋去了。还有一担行李，一匹白马，都在松林里放着哩。』老妖道：『又造化了！两个徒弟，连你三个，连马四个，彀吃一顿了！』小妖道：『我们去捉他来。』老妖道：『不要出去，把前门关了。他两个化斋来，一定寻师父吃；寻不着，一定寻着我门上。常言道：「上门的买卖好做。」且等慢慢的捉他。』众小妖把前门闭了。

且不言三藏逢灾。却说那沙僧出林找八戒，直有十余里远近，不曾见个庄村。他却站在高埠上正然观看，只听得草中有人言语，急使杖拨开深草看时，原来是呆子在里面说梦话哩。被沙僧揪着耳朵，方叫醒了。道：『好呆子啊！师父教你化斋，许你在此睡觉的？』那呆子冒冒失失的醒来道：『兄弟，有甚时候了？』沙僧道：『快起来！师父说有斋没斋也罢，教你我那里寻下住处去哩。』呆子懵懵懂懂的，托着钵盂，拑着钉钯，与沙僧径直回来。到林中看时，不见了师父。沙僧埋怨道：『都是你这呆子化斋不来，必有妖精拿师父也。』八戒笑道：『兄弟，莫要胡说。那林子里是个清雅的去处，决然没有妖精。想是老和尚坐不住，往那里观风去了。我们寻他去来。』二人只得牵马挑担，收拾了斗篷、锡杖，出松林寻找师父。

这一回，也是唐僧不该死。他两个寻一会不见，忽见那正南下有金光闪灼。八戒道：『兄弟啊，有福的只是有福。你看师父往他家去了。那放光的是座宝塔。谁敢怠慢？一定要安排斋饭，留他在那里受用。我们还不走动些，也赶上去吃些斋儿。』沙僧道：『哥啊，定不得吉凶哩。我们且去看来。』

二人雄纠纠的到了门前，——呀！闭着门哩。——只见那门上横安了一块白玉石板，上镌着六个大字：『碗子山波月洞』。沙僧道：『哥啊，这不是甚么寺院，是一座妖精洞府也。我师父在这里，也见不得哩。』八戒道：『兄弟莫怕。你且拴下马匹，守着行李，待我问他的信看。』

那呆子举着钯，上前高叫：『开门，开门！』那洞内有把门的小妖，开了门。忽见他两个的模样，急抽身，跑入里面报道：『大王！买卖来了！』老妖道：『那里买卖？』小妖道：『洞门外有一个长嘴大耳的和尚，与一个晦气色的和尚，来叫门了！』老妖大喜道：『是猪八戒与沙僧寻将来也！噫，他也会寻哩！怎么就寻到我这门上？既然嘴脸凶顽，却莫要怠慢了他。』叫：『取披挂来！』小妖抬来，就结束了，绰刀在手，径出门来。

却说那八戒、沙僧，在门前正等，只见妖魔来得凶险。你道他怎生打扮：

青脸红须赤发飘，黄金铠甲亮光饶。

裹肚衬腰磲石带，攀胸勒甲步云绦。

闲立山前风吼吼，闷游海外浪滔滔。

黑松林三藏逢魔

那长老看见他这般模样，唬得打了一个倒退，遍体酥麻，两腿酸软，即忙的抽身便走。刚刚转了一个身，那妖魔，他的灵性着实是强。

一双蓝靛焦筋手，执定追魂取命刀。
要知此物名和姓，声扬二字唤黄袍。

那黄袍老怪，出得门来，便问：『你是那方和尚，在我门首吆喝？』八戒道：『我儿子，你不认得？我是你老爷！我是大唐差往西天去的！我师父是那御弟三藏。若在你家里，趁早送出来，省了我钉钯筑进去！』那怪笑道：『是，是，是有一个唐僧在我家。我也不曾怠慢他，安排些人肉包儿与他吃哩。你们也进去吃一个儿，何如？』这呆子认真就要进去。沙僧一把扯住道：『哥啊，他哄你哩。你几时又吃人肉哩？』呆子却才省悟。掣钉钯，望妖怪劈脸就筑。那怪物侧身躲过，使钢刀急架相迎。两个都显神通，纵云头，跳在空中厮杀。沙僧撇了行李、白马，举宝杖，急急帮攻。此时两个狠和尚，一个泼妖魔，在云端里，这一场好杀，正是那：

杖起刀迎，钯来刀架。一员魔将施威，两个神僧显化。九齿钯真个英雄，降妖杖诚然凶咤。没前后左右齐来，那黄袍公然不怕。你看他蘸钢刀晃亮如银，其实的那神通也为广大。只杀得满空中，雾绕云迷；半山里，崖崩岭咋。一个为声名，怎肯干休？一个为师父，断然不怕。

他三个在半空中，往往来来，战经数十回合，不分胜负。各因性命要紧，其实难解难分。毕竟不知怎救出唐僧，且听下回分解。

脱难江流来国土

把三藏宣至金阶，舞蹈山呼礼毕。两边文武多官，无不叹道：『上邦人物，礼乐雍容如此！』

第二十九回　脱难江流来国土　承恩八戒转山林

诗曰：

妄想不复强灭，真如何必希求？本原自性佛前修，迷悟岂居前后？
悟即刹那成正，迷而万劫沉流。若能一念合真修，灭尽恒沙罪垢。

却说那八戒、沙僧与怪斗经个三十回合，不分胜负。你道怎么不分胜负？若论赌手段，莫说两个和尚，就是二十个，也敌不过那妖精。只为唐僧命不该死，暗中有那护法神祇保着他；空中又有那六丁六甲、五方揭谛、四值功曹、一十八位护教伽蓝，助着八戒、沙僧。

且不言他三人战斗。却说那长老在洞里悲啼，思量他那徒弟，眼中流泪道：『悟能啊，不知你在那个村中逢了善友，贪着斋供；悟净啊，你又不知在那里寻他，可能得会？岂知我遇妖魔，在此受难！几时得会你们，脱了大难，早赴灵山！』

正当悲啼烦恼，忽见那洞里走出一个妇人来，扶着定魂桩，叫道：『那长老，你从何来？为何被他缚在此处？』长老闻言，泪眼偷看，那妇人约有三十年纪，遂道：『女菩萨，不消问了。我已是该死的，走进你家门来也。要吃就吃了罢，又问怎的？』那妇人道：『我不是吃人的。我家离此西下，有三百余里。那里有座城，叫做宝象国。我是那国王的第三个公主，乳名叫做百花羞。只因十三年前，八月十五日夜，玩月中间，被这妖魔，一阵狂风摄将来，与他做了十三年夫妻。在此生儿育女，杳无音信回朝。思量我那父母，不能相见。你从何来，被他拿住？』唐僧道：『贫僧乃是差往西天取经者。不期闲步，误撞在此。如今要拿住我两个徒弟，一齐蒸吃哩。』那公主陪笑道：『长老宽心。你既是取经的，我救得你。那宝象国是你西方去的大路。你与我捎一封书儿去，拜上我那父母，我就教他饶了你罢。』三藏点头道：『女菩萨，若还救得贫僧命，愿做捎书寄信人。』

那公主急转后面，即修了一纸家书，封固停当；到桩前解放了唐僧，将书付与。唐僧得解脱，捧书在手道：『女菩萨，多谢你活命之恩。贫僧这一去，过贵处，定送国王处。只恐日久年深，你父母不肯相认，奈何？切莫怪我贫僧打了诳语。』公主道：『不妨，我父王无子，止生我三个姊妹，若见此书，必有相看之意。』三藏紧紧袖了家书，谢了公主，就往外走。被公主扯住道：『前门里你出不去！那些大小妖精，都在门外摇旗呐喊，擂鼓筛锣，助着大王，与你徒弟厮杀哩。你往后门里去罢。若是大王拿住，还审问审问，只恐小妖儿捉了，不分好歹，挟生儿伤了你的性命。等我去他面前，说个方便。若是大王放了你啊，待你徒弟讨个示下，寻着你一同好走。』三藏闻言，磕了头，谨依吩咐，辞别公主，躲离后门之外，不敢自行，将身藏在荆棘丛中。

却说公主娘娘，心生巧计，急往前来，出门外，分开了大小群妖；只听得丁丁当当，兵刃乱响。原来是八戒、沙僧与那怪在半空里厮杀哩。这公主厉声高叫道：『黄袍郎！』那妖王听得公主叫唤，即丢了八戒、沙僧，按落云头，揪了钢刀，搀着公主道：『浑家，有甚话说？』公主道：『郎君啊，我才时睡在罗帏之内，梦魂中，忽见个金甲神人。』妖魔道：『那个金甲神？上我门怎的？』公主道：『是我幼时，在宫里，对神暗许下一桩心愿：若得招个贤郎驸马，上名山，拜仙府，斋僧布施。自从配了你，夫妻们欢会，到今不曾题起。那金甲神人来讨誓愿，喝我醒来，却是南柯一梦。因此，急整容来郎君处诉知，不期那桩上绑着一个僧人，万望郎君慈悯，看我薄意，饶了那个和尚罢。只当与我斋僧还愿。不知郎君肯否？』那怪道：『浑家，你却多心呐！甚么打紧之事。我要吃人，那里不捞几个吃吃。这个把和尚，到得那里，放他去罢。』公主道：『郎君，放他从后门里去罢。』妖魔道：『奈烦哩。放他去便罢，又管他甚么后门前门哩。』他遂绰了钢刀，高叫道：『那猪八戒，你过来。我不是怕你，不与你战；看着我浑家的分上，饶了你师父也。趁早去后门首，寻着他，往西方去罢。若再来犯我境界，断乎不饶！』

那八戒与沙僧闻得此言，就如鬼门关上放回来的一般。即忙牵马挑担，鼠窜而行。转过那波月洞，后门之外，叫声：『师父！』那长老认得声音，就在那荆棘中答应。沙僧就剖开草径，搀着师父，慌忙的上马。这里：

狠毒险遭青面鬼，殷勤幸有百花羞。
鳌鱼脱却金钩钓，摆尾摇头逐浪游。

八戒当头领路，沙僧后随，出了那松林，上了大路。你看他两个哜哜嘈嘈，埋埋怨怨，三藏只是解和。遇晚先投宿，鸡鸣早看天。一程一程，长亭短亭，不觉的就走了二百九十九里。猛抬头，只见一座好城，就是宝象国。真好个处所也：

云渺渺，路迢迢；地虽千里外，景物一般饶。瑞霭祥烟笼罩，清风明月招摇。嵂嵂崒崒的远山，大开图画；潺潺湲湲的流水，碎溅琼瑶。可耕的连阡带陌，足食的密蕙新苗。渔钓的几家三涧曲，樵采的一担两峰椒。廓的廓，城的城，金汤巩固；家的家，户的户，只斗逍遥。九重的高阁如殿宇，万丈的层台似锦标。也有那太极殿、华盖殿、烧香殿、观文殿、宣政殿、延英殿：一殿殿的玉陛金阶，摆列着文冠武弁；也有那大明宫、昭阳宫、长乐宫、华清宫、建章宫、未央宫：一宫宫的钟鼓管籥，撒抹了闺怨春愁。也有禁苑的，露花匀嫩脸；也有御沟的，风柳舞纤腰。通衢上，也有个顶冠束带的，盛仪容，乘五马；幽僻中，也有个持弓挟矢的，拨云雾，贯双雕。花柳的巷，管弦的楼，春风不让洛阳桥。取经的长老，回首大唐肝胆裂；伴师的徒弟，息肩小驿梦魂消。

看不尽宝象国的景致。师徒三众，收拾行李、马匹，安歇馆驿中。

唐僧步行至朝门外，对阁门大使道：『有唐朝僧人，特来面驾，倒换文牒。乞为转奏转奏。』那黄门奏事官，连忙走至白玉阶前奏道：『万岁，唐朝有个高僧，欲求见驾，倒换文牒。』那国王闻知是唐朝大国，且又说是个方上圣僧，心中甚喜，即时准奏，叫：『宣他进来。』把三藏宣至金阶，舞蹈山呼礼毕。两边文武多官，无不叹道：『上邦人物，礼乐雍容如此！』那国王道：『长老，你到我国中何事？』三藏道：『小僧是唐朝释子。承我天子敕旨，前往西方取经；原领有文牒，到陛下上国，理合倒换。故此不识进退，惊动龙颜。』国王道：『既有唐天子文牒，取上来看。』三藏双手捧上去，展开放在御案上。牒云：

南赡部洲大唐国奉天承运唐天子牒行：切惟朕以凉德，嗣续丕基，事神治民，临深履薄，朝夕是惴。前者，失救泾河老龙，获谴于我皇皇后帝，三魂七魄，倏忽阴司，已作无常之客。因有阳寿未绝，感冥君放送回生，广陈善会，修建度亡道场。感蒙救苦观世音菩萨，金身出现，指示西方有佛有经，可度幽亡，超脱孤魂。特着法师玄奘，远历千山，询求经偈。倘到西邦诸国，不灭善缘，照牒放行。须至牒者。大唐贞观一十三年，秋吉日，御前文牒。(上有宝印九颗)国王见了，取本国玉宝，用了花押，递与三藏。

三藏谢了恩，收了文牒。又奏道：『贫僧一来倒换文牒，二来与陛下寄有家书。』国王大喜道：『有甚书？』

三藏道：『陛下第三位公主娘娘，被碗子山波月洞黄袍妖摄将去，贫僧偶尔相遇，故寄书来也。』国王闻言，满眼垂泪道：『自十三年前，不见了公主，两班文武官，也不知贬退了多少；宫内宫外，大小婢子、太监，也不知打死了多少。只说是走出皇宫，迷失路径，无处找寻；满城中百姓人家，也盘诘了无数，更无下落。怎知道是妖怪摄了去！今日乍听得这句话，故此伤情流泪。』三藏袖中取出书来献上。国王接了，见有『平安』二字，一发手软，拆不开书。传旨宣翰林院大学士上殿读书。学士随即上殿。殿前有文武多官，殿后有后妃宫女，俱侧耳听书。学士拆开朗诵。上

脱难江流来国土
承恩八戒转山林

那学士读罢家书，国王大哭，三宫滴泪，文武伤情，前前后后，无不哀念。

国王哭之许久，便问两班文武：『那个敢兴兵领将，与寡人捉获妖魔，救我百花公主？』

写着：

不孝女百花羞顿首百拜大德父王万岁龙凤殿前暨三宫母后昭阳宫下，及举朝文武贤卿台次：拙女幸托坤宫，感激劬劳万种。不能竭力怡颜，尽心奉孝。乃于十三年前，八月十五日，良夜佳辰，蒙父王恩旨，着各宫排宴，赏玩月华，共乐清霄盛会。正欢娱之间，不觉一阵香风，闪出个金睛蓝面青发魔王，将女擒住，驾祥光，直带至半野山中无人处。难分难辨，被妖倚强，霸占为妻，是以无奈捱了一十三年。产下两个妖儿，尽是妖魔之种。论此真是败坏人伦，有伤风化，不当传书玷辱；但恐女死之后，不显分明。正含怨思忆父母，不期唐朝圣僧，亦被魔王擒住。是女滴泪修书，大胆放脱，特托寄此片楮，以表寸心。伏望父王垂悯，遣上将早至碗子山波月洞捉获黄袍怪，救女回朝，深为恩念。草草欠恭，面听不一。

逆女百花羞再顿首顿首

那学士读罢家书，国王大哭，三宫滴泪，文武伤情，前前后后，无不哀念。

国王哭之许久，便问两班文武：『那个敢兴兵领将，与寡人捉获妖魔，救我百花公主？』连问数声，更无一人敢答。真是木雕成的武将，泥塑就的文官。那国王心生烦恼，泪若涌泉。只见那多官齐俯伏奏道：『陛下且休烦恼。公主已失，至今一十三载无音，偶遇唐朝圣僧，寄书来此，未知的否。况臣等俱是凡人凡马，习学兵书武略，止可布阵安营，保国家无侵陵之患。那妖精乃云来雾去之辈，不得与他觌面相见，何以征救？想东土取经者，乃上邦圣僧。这和尚「道高龙虎伏，德重鬼神钦」，必有降妖之术。自古道：「来说是非者，就是是非人。」可就请这长老降妖邪，救公主，庶为万全之策。』

那国王闻言，急回头，便请三藏道：『长老若有手段，放法力，捉了妖魔，救我孩儿回朝，也不须上西方拜佛，长发留头，朕与你结为兄弟，同坐龙床，共享富贵如何？』三藏慌忙启上道：『贫僧粗知念佛，其实不会降妖。』国王道：『你既不会降妖，怎么敢上西天拜佛？』那长老瞒不过，说出两个徒弟来了。奏道：『陛下，贫僧一人，实难到此。贫僧有两个徒弟，善能逢山开路，遇水叠桥，保贫僧到此。』国王怪道：『你这和尚大没理。既有徒弟，怎么不与他一同进来见朕？若到朝中，虽无中意赏赐，必有随分斋供。』三藏道：『贫僧那徒弟丑陋，不敢擅自入朝，但恐惊伤了陛下的龙体。』国王笑道：『你看你这和尚说话，终不然朕当怕他？』三藏道：『不敢说。我那大徒弟姓猪，法名悟能八戒。他生得长嘴獠牙，刚鬃扇耳，身粗肚大，行路生风。第二个徒弟姓沙，法名悟净和尚。他生得身长丈二，臂阔三停，脸如蓝靛，口似血盆，眼光闪灼，牙齿排钉。他都是这等个模样，所以不敢擅领入朝。』国王道：『你既这等样说了一遍，寡人怕他怎的？宣进来。』随即着金牌至馆驿相请。

那呆子听见来请，对沙僧道：『兄弟，你还不教下书哩。这才见了下书的好处。想是师父下了书，国王道：捎书人不可怠慢，一定整治筵宴待他；他的食肠不济，有你我之心，举出名来，故此着金牌来请。大家吃一顿，明日好行。』沙僧道：『哥啊，知道是甚缘故，我们且去来。』遂将行李、马匹俱交付驿丞。各带随身兵器，随金牌入朝。早行到白玉阶前，左右立下，朝上唱个喏，再也不动。那文武多官，无人不怕，都说道：『这两个和尚，貌丑也罢，只是粗俗太甚！怎么见我王更不下拜，喏毕平身，挺然而立？可怪！可怪！』八戒听见道：『列位，莫要议论。我们是这般。乍看果有些丑，只是看下些时来，却也耐看。』

那国王见他丑陋，已是心惊；及听得那呆子说出话来，越发胆颤，就坐不稳，跌下龙床。幸有近侍官员扶起。慌得个唐僧，跪在殿前，不住的叩头道：『陛下，贫僧该万死！万死！我说徒弟丑陋，不敢朝见，恐伤龙体，果然惊了驾也。』那国王战兢兢，走近前，搀起道：『长老，还亏你先说过了；若未说，猛然见他，寡人一定唬杀了也！』

国王定性多时，便问：『猪长老、沙长老，是那一位善于降妖？』那呆子不知好歹，答道：『老猪会降。』国王道：『怎么家降？』八戒道：『我乃是天蓬元帅；只因罪犯天条，堕落下世，幸今皈正为僧。自从东土来此，第一会降妖的是我。』国王道：『既是天将临凡，必然善能变化。』八戒道：『不敢，不敢，也将就晓得几个变化儿。』国王道：『你试变一个我看看。』八戒道：『请出题目，照依样子好变。』国王道：『变一个大的罢。』

那八戒他也有三十六般变化，就在阶前，卖弄手段，却便捻诀念咒，喝一声叫『长！』把腰一躬，就长了有八九丈长，却似个开路神一般。吓得那两班文武，战战兢兢；一国君臣，呆呆挣挣。时有镇殿将军问道：『长老，似这等变得身高，必定长到甚么去处，才有止极？』那呆子又说出呆话来道：『看风。东风犹可，西风也将就；若是南风起，把青天也拱个大窟窿！』那国王大惊道：『收了神通罢。晓得是这般变化了。』八戒把身一矬，依然现了本相，侍立阶前。

国王又问道：『长老此去，有何兵器与他交战？』八戒腰里掣出钯来道：『老猪使的是钉钯。』国王笑道：『可败坏门面！我这里有的是鞭、简、瓜、锤、刀、枪、钺、斧、剑、戟、矛、镰，随你选称手的拿一件去。那钯算做甚么兵器？』八戒道：『陛下不知。我这钯，虽然粗夯，实是自幼随身之器。曾在天河水府为帅，辖押八万水兵，全仗此钯之力。今临凡世，保护吾师，逢山筑破虎狼窝，遇水掀翻龙蜃穴，皆是此钯。』

国王闻得此言，十分欢喜心信，即命九嫔妃子：『将朕亲用的御酒，整瓶取来，权与长老送行。』遂满斟一爵，奉与八戒道：『长老，这杯酒，聊引奉劳之意，待捉得妖魔，救回小女，自有大宴相酬，千金重谢。』那呆子接杯在手，人物虽是粗鲁，行事倒有斯文，对三藏唱个大喏道：『师父，这酒本该从你饮起；但君王赐我，不敢违背，让老猪先吃了，助助兴头，好捉妖怪。』那呆子一饮而干，才斟一爵，递与师父。三藏道：『我不饮酒，你兄弟们吃罢。』沙僧近前接了。八戒就足下生云，直上空里。国王见了道：『猪长老又会腾云！』呆子去了，沙僧将酒亦一饮而干，道：『师父！那黄袍怪拿住你时，我两个与他交战，只战个手平；今二哥独去，恐战不过他。』三藏道：『正是，徒弟啊，你可去与他帮帮功。』沙僧闻言，也纵云跳将起去。那国王慌了，扯住唐僧道：『长老，你且陪寡人坐坐，也莫腾云去了。』唐僧道：『可怜，可怜！我半步儿也去不得！』此时二人在殿上叙话不题。

却说那沙僧赶上八戒道：『哥哥，我来了。』八戒道：『兄弟，你来怎的？』沙僧道：『师父叫我来帮帮功的。』八戒大喜道：『说得是，来得好。我两个努力齐心，去捉那怪物；虽不怎的，也在此国扬扬姓名。』你看他：

叆叇祥光辞国界，氤氲瑞气出京城。

承恩八戒转山林

那老怪闻言，十分发怒。你看他屹迸迸，咬响钢牙；滴溜溜，睁圆环眼；雄纠纠，举起刀来；赤淋淋，拦头便砍。

领王旨意来山洞，努力齐心捉怪灵。

他两个不多时，到了洞口，按落云头。八戒掣钯，往那波月洞的门上，尽力气一筑，把他那石门筑了斗来大小的个窟窿。吓得那把门的小妖开门，看见是他两个，急跑进去报道：『大王，不好了！那长嘴大耳的和尚，与那晦气脸的和尚，又来把门都打破了！』那怪惊道：『这个还是猪八戒、沙和尚二人。我饶了他师父，怎么又敢复来打我的门！』小妖道：『想是忘了甚么物件，来取的。』老怪咄的一声道：『胡缠！忘了物件，就敢打上门来？必有缘故！』急整束了披挂，绰了钢刀，走出来问道：『那和尚，我既饶了你师父，你怎么又敢来打上我门？』八戒道：『你这泼怪干得好事儿！』老魔道：『甚么事？』八戒道：『你把宝象国三公主骗来洞内，倚强霸占为妻，住了一十三载，也该还他了。我奉国王旨意，特来擒你。你快快进去，自家把绳子绑缚出来，还免得老猪动手！』那老怪闻言，十分发怒。你看他屹迸迸，咬响钢牙；滴溜溜，睁圆环眼；雄纠纠，举起刀来；赤淋淋，拦头便砍。八戒侧身躲过，使钉钯劈面迎来；随后又有沙僧举宝杖赶上前齐打。这一场在山头上赌斗，比前不同。真个是：

言差语错招人恼，意毒情伤怒气生。这魔王大钢刀，着头便砍；那八戒九齿钯，对面来迎。沙悟净丢开宝杖，那魔王抵架神兵。一猛怪，二神僧，来来往往甚消停。这个说：『你骗国理该死罪！』那个说：『你罗闲事报不平！』这个说：『你强婚公主伤国体！』那个说：『不干你事莫闲争！』算来只为捎书故，致使僧魔两不宁。

他们在那山坡前，战经八九个回合，八戒渐渐不济将来，钉钯难举，气力不加。你道如何这等战他不过？当时初相战斗，有那护法诸神，为唐僧在洞，暗助八戒、沙僧，故仅得个手平；此时诸神都在宝象国护定唐僧，所以二人难敌。

那呆子道：『沙僧，你且上前来与他斗着，让老猪出恭来。』他就顾不得沙僧，一溜往那蒿草薜萝、荆棘葛藤里，不分好歹，一顿钻进，那管刮破头皮，搠伤嘴脸，一毂辘睡倒，再也不敢出来。但留半边耳朵，听着梆声。

那怪见八戒走了，就奔沙僧。沙僧措手不及，被怪一把抓住，捉进洞去。小妖将沙僧四马攒蹄捆住。毕竟不知端的性命如何，且听下回分解。

邪魔侵正法

国王一见，魄散魂飞。唬得那多官尽皆躲避。有几个大胆的武将，领着将军、校尉一拥上前，使各项兵器乱砍。这一番，不是唐僧该有命不死，就是二十个僧人，也打为肉酱。此时幸有丁甲、揭谛、功曹、护教诸神，暗在半空中护佑，所以那些人，兵器皆不能打伤。

第三十回　邪魔侵正法　意马忆心猿

却说那怪把沙僧捆住，也不来杀他，也不曾打他，骂也不曾骂他一句。绰起钢刀，心中暗想道：『唐僧乃上邦人物，必知礼义；终不然我饶了他性命，又着他徒弟拿我不成？噫！这多是我浑家有甚么书信到他那国里，走了风汛！等我去问他一问。』那怪陡起凶性，要杀公主。

却说那公主不知，梳妆方毕，移步前来。只见那怪怒目攒眉，咬牙切齿。那公主还陪笑脸迎道：『郎君有何事这等烦恼？』那怪咄的一声骂道：『你这狗心贱妇，全没人伦！我当初带你到此，更无半点儿说话。你穿的锦，戴的金，缺少东西我去寻。四时受用，每日情深。你怎么只想你父母，更无一点夫妇心？』那公主闻说，吓得跪倒在地。道：『郎君啊，你怎么今日说起这分离的话？』那怪道：『不知是我分离，是你分离哩！我把那唐僧拿来，算计要他

受用，你怎么不先告过我，就放了他？原来是你暗地里修了书信，教他替你传寄；不然，怎么这两个和尚又来打上我门，教还你回去？这不是你干的事？』公主道：『郎君，你差怪我了。我何尝有甚书去？』老怪道：『你还强嘴哩！现拿住一个对头在此，却不是证见？』公主道：『是谁？』老妖道：『是唐僧第二个徒弟沙和尚。』原来人到了死处，谁肯认死，只得与他放赖。公主道：『郎君且息怒，我和你去问他一声。果然有书，就打死了，我也甘心；假若无书，却不枉杀了奴奴也？』那怪闻言，不容分说，轮开一只簸箕大小的蓝靛手，抓住那金枝玉叶的发万根，把公主揪上前，捽在地下，执着钢刀，却来审沙僧；咄的一声道：『沙和尚！你两个辄敢擅打上我们门来，可是这女子有书到他那国，国王教你们来的？』

沙僧已捆在那里，见妖精凶恶之甚，把公主掼倒在地，持刀要杀。他心中暗想道：『分明是他有书去——救了我师父。此是莫大之恩。我若一口说出，他就把公主杀了，此却不是恩将仇报？罢，罢，罢！想老沙跟我师父一场，也没寸功报效；今日已此被缚，就将此性命与师父报了恩罢。』遂喝道：『那妖怪不要无礼！他有甚么书来，你这等枉他，要害他性命！我们来此问你要公主，有个缘故。只因你把我师父捉在洞中，我师父曾看见公主的模样动静。及至宝象国，倒换关文，那皇帝将公主画影图形，前后访问。因将公主的形影，问我师父沿途可曾看见，我师父遂将公主说起，他故知是他儿女，赐了我等御酒，教我们来拿你，要他公主还宫。此情是实，何尝有甚书信？你要杀就杀了我老沙，不可枉害平人，大亏天理！』

那妖见沙僧说得雄壮，遂丢了刀，双手抱起公主道：『是我一时粗卤，多有冲撞，莫怪，莫怪。』遂与他挽了青丝，扶上宝髻。软款温柔，怡颜悦色，撮哄着他进去了。又请上坐陪礼，那公主是妇人家水性，见他错敬，遂回心转意道：『郎君啊，你若念夫妇的恩爱，可把那沙僧的绳子略放松些儿。』老妖闻言，即命小的们把沙僧解了绳子，锁在那里。沙僧见解缚锁住，立起来，心中暗喜道：『古人云：「与人方便，自己方便。」我若不方便了他，他怎肯教把我松放松放？』

那老妖又教安排酒席，与公主陪礼压惊。吃酒到半酣，老妖忽的又换了一件鲜明的衣服，取了一口宝刀，佩在腰里。转过手，摸着公主道：『浑家，你且在家吃酒，看着两个孩儿，不要放了沙和尚。趁那唐僧在那国里，我也赶早儿去认认亲也。』公主道：『你认甚亲？』老妖道：『认你父王。我是他驸马，他是我丈人，怎么不去认认？』公主道：『你去不得。』老妖道：『怎么去不得？』公主道：『我父王不是马挣力战的江山，他本是祖宗遗留的社稷。自幼儿是太子登基，城门也不曾远出，没有见你这等凶汉。你这嘴脸相貌，生得丑陋，若见了他，恐怕吓了他，反为不美；却不如不去认的还好。』老妖道：『既如此说，我变个俊的儿去便罢。』公主道：『你试变来我看看。』

好怪物，他在那酒席间，摇身一变，就变做一个俊俏之人。真个生得：

形容典雅，体段峥嵘。言语多官样，行藏正妙龄。才如子建成诗易，貌似潘安掷果轻。头上戴一顶鹊尾冠，乌云敛伏，身上穿一件玉罗褶，广袖飘迎。足下乌靴花摺，腰间鸾带光明。丰神真是奇男子，耸壑轩昂美俊英。

公主见了，十分欢喜。那妖笑道：『浑家，可是变得好么？』公主道：『变得好，变得好！你这一进朝啊，我父王是亲不灭，一定着文武多官留你饮宴。倘吃酒中间，千千仔细，万万个小心，却莫要现出原嘴脸来，露出马脚，走了风汛，就不斯文了。』老妖道：『不消吩咐，自有道理。』

你看他纵云头，早到了宝象国。按落云光，行至朝门之外，对阁门大使道：『三驸马特来见驾，乞为转奏转奏。』那黄门奏事官来至白玉阶前，奏道：『万岁，有三驸马来见驾，现在朝门外听宣。』那国王正与唐僧叙话，忽听得三驸马，便问多官道：『寡人只有两个驸马，怎么又有个三驸马？』多官道：『三驸马，必定是妖怪来了。』国王道：『可好宣他进来？』那长老心惊道：『陛下，妖精啊，不精者不灵。他能知过去未来，他能腾云驾雾，宣他也进来，不宣他也进来，倒不如宣他进来，还省些口面。』

国王准奏，叫宣，把怪宣至金阶。他一般的也舞蹈山呼的行礼。多官见他生得俊丽，也不敢认他是妖精。他都是些肉眼凡胎，却当做好人。那国王见他耸壑昂霄，以为济世之梁栋。便问他：『驸马，你家在那里居住？是何方人氏？几时得我公主配合？怎么今日才来认亲？』那老妖叩头道：『主公，臣是城东碗子山波月庄人家。』国王道：『你那山离此处多远？』老妖道：『不远，只有三百里。』国王道：『三百里路，我公主如何得到那里，与你匹配？』那妖精巧语花言，虚情假意的答道：『主公，微臣自幼儿好习弓马，采猎为生。那十三年前，带领家童数十，放鹰逐犬，忽见一只斑斓猛虎，身驮着一个女子，往山坡下走。是微臣兜弓一箭，射倒猛虎，将女子带上本庄，把温水温汤灌醒，救了他性命。因问他是那里人家，他更不曾题「公主」二字。早说是万岁的三公主，怎敢欺心，擅自配合？当得进上金殿，大小讨一个官职荣身。只因他说是民家之女，才被微臣留在庄所。女貌郎才，两相情愿，故配合至此多年。当时配合之后，欲将那虎宰了，邀请诸亲，却是公主娘娘教且莫杀。其不杀之故，有几句言词，道得甚好。说道：

托天托地成夫妇，无媒无证配婚姻。
前世赤绳曾系足，今将老虎做媒人。

臣因此言，故将虎解了索子，饶了他性命。那虎带着箭伤，跑蹄剪尾而去。不知他得了性命，在那山中，修了这几年，炼体成精，专一迷人害人。臣闻得昔年也有几次取经的，都说是大唐来的唐僧；想是这虎害了唐僧，得了他文引，变作那取经的模样，今在朝中哄骗主公。主公啊，那绣墩上坐的，正是那十三年前驮公主的猛虎，不是真正取经之人！』

你看那水性的君王，愚迷肉眼，不识妖精，转把他一片虚词，当了真实。道：『贤驸马，你怎的认得这和尚是驮公主的老虎？』那妖道：『主公，臣在山中，吃的是老虎，穿的也是老虎，与他同眠同起，怎么不认得？』国王道：『你既认得，可教他现出本相来看。』怪物道：『借半盏净水，臣就教他现了本相。』国王命官取水，递与驸马。那怪接水在手，纵起身来，走上前，使个『黑眼定身法』，念了咒语，将一口水望唐僧喷去，叫声：『变！』那长老的真身，隐在殿上，真个变作一只斑斓猛虎。此时君臣同眼观看，那只虎生得：

白额圆头，花身电目。四只蹄，挺直峥嵘；二十爪，钩弯锋利。锯牙包口，尖耳连眉。狞狰壮若大猫形，猛烈雄如黄犊样。刚须直直插银条，刺舌骍骍喷恶气。果然是只猛斑斓，阵阵威风吹宝殿。

国王一见，魄散魂飞。唬得那多官尽皆躲避。有几个大胆的武将，领着将军、校尉一拥上前，使各项兵器乱砍。这一番，不是唐僧该有命不死，就是二十个僧人，也打为肉酱。此时幸有丁甲、揭谛、功曹、护教诸神，暗在半空中护佑，所以那些人，兵器皆不能打伤。众臣嚷到天晚，才把那虎活活的捉了。用铁绳锁了，放在铁笼里；收于朝房之内。

那国王却传旨，教光禄寺大排筵宴，谢驸马救拔之恩。不然，险被那和尚害了。当晚众臣朝散，那妖魔进了银安殿。又选十八个宫娥彩女，吹弹歌舞，劝妖魔饮酒作乐。那怪物独坐上席，左右排列的，都是那艳质娇姿。你看他受用。饮酒至二更时分，醉将上来，忍不住胡为。跳起身，大笑一声，现了本相。陡发凶心，伸开簸箕大手，把一个弹琵琶的女子，抓将过来，扢咋的把头咬了一口。吓得那十七个宫娥，没命的前后乱跑乱藏。你看那：

宫娥悚惧，彩女忙惊。宫娥悚惧，一似雨打芙蓉笼夜雨；彩女忙惊，就如风吹芍药舞春风。摔碎琵琶顾命，跌伤琴瑟逃生。出门那分南北，离殿不管西东。磕损玉面，撞破娇容。人人逃命走，各各奔残生。

那些人出去，又不敢吆喝。夜深了，又不敢惊驾。都躲在那短墙檐下，战战兢兢不题。

却说那怪物坐在上面，自斟自酌。喝一盏，扳过人来，血淋淋的啃上两口。他在里面受用，外面人尽传道：『唐僧是个虎精！』乱传乱嚷，嚷到金亭馆驿。此时驿里无人，止有白马在槽上吃草吃料。他本是西海小龙王，因犯天条，锯角退鳞，变白马，驮唐僧往西方取经。忽闻人讲唐僧是个虎精，他也心中暗想道：『我师父分明是个好人，必然被怪把他变做虎精，害了师父。怎的好！怎的好！大师兄去得久了；八戒、沙僧，又无音信！』他只捱到二更时分，万籁无声，却才跳将起来道：『我今若不救唐僧，这功果休矣！休矣！』他忍不住，顿绝缰绳，抖松鞍辔，急纵身，忙显化，依然化作龙。驾起乌云，直上九霄空里观看。有诗为证。诗曰：

三藏西来拜世尊，途中偏有恶妖氛。
今宵化虎灾难脱，白马垂缰救主人。

小龙王在半空里，只见银安殿内，灯烛辉煌。原来那八个满堂红上，点着八根蜡烛。低下云头，仔细看处，那妖魔独自个在上面，逼法的饮酒吃人肉哩。小龙笑道：『这厮不济！走了马脚，识破风汛，蕴匾秤铊了。吃人可是个长进的！却不知我师父下落何如，倒遇着这个泼怪。且等我去戏他一戏。若得手，拿住妖精再救师父不迟。』

好龙王，他就摇身一变，也变做个宫娥。真个身体轻盈，仪容娇媚，忙移步走入里面，对妖魔道声万福：『驸马啊，你莫伤我性命，我来替你把盏。』那妖道：『斟酒来。』小龙接过壶来，将酒斟在他盏中，酒比锺高出三五分来，更不漫出。这是小龙使的『逼水法』。那怪见了不识，心中喜道：『你有这般手段？』小龙道：『还斟得有几分高哩。』那怪道：『再斟上！再斟上！』他举着壶，只情斟，那酒只情高，就如十三层宝塔一般，尖尖满满，更不漫

邪魔侵正法 意马忆心猿

八戒道：『你挣得动，便挣下海去罢。把行李等老猪挑去高老庄上，回炉做女婿去呀。』小龙闻说，一口咬住他直裰子，那里肯放。止不住眼中滴泪道：『师兄啊！你千万休生懒惰！』八戒道：『不懒惰便怎么？沙兄弟已被他拿住，我是战不过他，不趁此散火，还等甚么？』

出些须。那怪物伸过嘴来，吃了一锺；扳着死人，吃了一口。道：『会唱么？』小龙道：『也略晓得些儿。』依腔韵唱了一个小曲，又奉了一锺。那怪道：『你会舞么？』小龙道：『也略晓得些儿；但只是素手，舞得不好看。』那怪揭起衣服，解下腰间所佩宝剑，掣出鞘来，递与小龙。小龙接了刀，就留心，在那酒席前，上三下四，左五右六，丢开了花刀法。

那怪看得眼咤，小龙丢了花字，望妖精劈一刀来。好怪物，侧身躲过，慌了手脚，举起一根满堂红，架住宝刀。那满堂红原是熟铁打造的，连柄有八九十斤。两个出了银安殿，小龙现了本相，却驾起云头，与那妖魔在那半空中相杀。这一场，黑地里好杀！怎见得：

那一个是碗子山生成的怪物，这一个是西洋海罚下的真龙。一个放毫光，如喷白电；一个生锐气，如迸红云。一个好似白牙老象走人间，一个就如金爪狸猫飞下界。一个是擎天玉柱，一个是架海金梁。银龙飞舞，黄鬼翻腾。左右宝刀无怠慢，往来不歇满堂红。

他两个在云端里，战够八九回合，小龙的手软筋麻，老魔的身强力壮。小龙抵敌不住，飞起刀去，砍那妖怪，妖怪有接刀之法，一只手接了宝刀，一只手抛下满堂红便打，小龙措手不及，被他把后腿上着了一下。急慌慌按落云头，多亏了御水河救了性命。小龙一头钻下水去。那妖魔赶来寻他不见，执了宝刀，拿了满堂红，回上银安殿，照旧吃酒睡觉不题。

却说那小龙潜于水底，半个时辰听不见声息，方才咬着牙，忍着腿疼跳将起去，踏着乌云，径转馆驿。还变作依旧马匹，伏于槽下。可怜浑身是水，腿有伤痕。那时节：

意马心猿都失散，金公木母尽雕零。
黄婆伤损通分别，道义消疏怎得成！

且不言三藏逢灾，小龙败战。却说那猪八戒，从离了沙僧，一头藏在草科里，拱了一个猪浑塘。这一觉，直睡到半夜时候才醒。醒来时，又不知是甚么去处，摸摸眼，定了神思，侧耳才听，噫！正是那山深无犬吠，野旷少鸡鸣。他见那星移斗转，约莫有三更时分，心中想道：「我要回救沙僧，诚然是「单丝不线，孤掌难鸣。」……罢，罢，罢！我且进城去见了师父，奏准当今，再选些骁勇人马，助着老猪明日来救沙僧罢。」

那呆子急纵云头，径回城里。半霎时，到了馆驿。此时人静月明。两廊下寻不见师父。只见白马睡在那厢，浑身水湿，后腿有盘子大小一点青痕。八戒失惊道：「双晦气了！这亡人又不曾走路，怎么身上有汗，腿有青痕？想是歹人打劫师父，把马打坏了。」

那白马认得是八戒，忽然口吐人言，叫声『师兄！』这呆子吓了一跌。扒起来，往外要走，被那马探探身，一口咬住皂衣，道：『哥啊，你莫怕我。』八戒战兢兢的道：『兄弟，你怎么今日说起话来了？你但说话，必有大不祥之事。』小龙道：『你知师父有难么？』八戒道：『我不知。』小龙道：『你是不知！你与沙僧在皇帝面前弄了本事，思量拿倒妖魔，请功求赏，不想妖魔本领大，你们手段不济，禁他不过。好道着一个回来，说个信息是，却更不闻音。那妖精变做一个俊俏文人，撞入朝中，与皇帝认了亲眷。把我师父变作一个斑斓猛虎，见被众臣捉住，锁在朝房铁笼里面。我听得这般苦恼，心如刀割。你两日又不在不知，恐一时伤了性命。只得化龙身去救，不期到朝里，又寻不见师父。及到银安殿外，遇见妖精，我又变做个宫娥模样，哄那怪物。那怪叫我舞刀他看，遂尔留心，砍他一刀，早被他闪过，双手举个满堂红，把我战败。我又飞刀砍去，他又把刀接了，捽下满堂红，把我后腿上着了一下；故此钻在御水河，逃得性命。腿上青是他满堂红打的。』

八戒闻言道：『真个有这样事？』小龙道：『莫成我哄你了！』八戒道：『怎的好，怎的好！你可挣得动么？』小龙道：『我挣得动便怎的？』八戒道：『你挣得动，便挣下海去罢。把行李等老猪挑去高老庄上，回炉做女婿去呀。』小龙闻说，一口咬住他直裰子，那里肯放。止不住眼中滴泪道：『师兄啊！你千万休生懒惰！』八戒道：『不懒惰便怎么？沙兄弟已被他拿住，我是战不过他，不趁此散火，还等甚么？』

小龙沉吟半晌，又滴泪道：『师兄啊，莫说散火的话。若要救得师父，你只去请个人来。』八戒道：『教我请谁么？』小龙道：『你趁早儿驾云回上花果山，请大师兄孙行者来。他还有降妖的大法力，管情救了师父，也与你我报得这败阵之仇。』八戒道：『兄弟，另请一个儿便罢了。那猴子与我有些不睦。前者在白虎岭上，打杀了那白骨夫人，他怪我撺掇师父念紧箍儿咒。我也只当耍子，不想那老和尚当真的念起来，就把他赶逐回去。他不知怎么样的恼我。他也决不肯来。倘或言语上略不相对，他那哭丧棒又重，假若不知高低，捞上几下，我怎的活得成么？』小龙道：『他决不打你。他是个有仁有义的猴王。你见了他，且莫说师父有难，只说：「师父想你哩。」把他哄将来，到此处，见这样个情节，他必然不忿，断乎要与那妖精比并，管情拿得那妖精，救得我师父。』八戒道：『也罢，也罢。你倒这等尽心，我若不去，显得我不尽心了。我这一去，果然行者肯来，我就与他一路来了；他若不来，你却也不要望我，我也不来了。』小龙道：『你去，你去；管情他来也。』

真个呆子收拾了钉钯，整束了直裰，跳将起去，踏着云，径往东来。这一回，也是唐僧有命。那呆子正遇顺风，撑起两个耳朵，好便似风篷一般，早过了东洋大海，按落云头。不觉的太阳星上，他却入山寻路。

正行之际，忽闻得有人言语。八戒仔细看时，原来是行者在山凹里，聚集群妖。他坐在一块石头崖上，面前有一千二百多猴子，分序排班，口称：『万岁！大圣爷爷！』八戒道：『且是好受用！且是好受用！怪道他不肯做和尚，只要来家哩！原来有这些好处，许大的家业，又有这多的小猴伏侍！若是老猪有这一座山场，也不做甚么和尚了。如今既到这里，却怎么好？必定要见他一见是。』那呆子有些怕他，又不敢明明的见他；却往草崖边，溜阿溜的，溜在那一千二三百猴子当中挤着，也跟那些猴子磕头。

不知孙大圣坐得高，眼又乖滑，看得他明白，便问：『那班部中乱拜的是个夷人。是那里来的？拿上来！』说不了，那些小猴，一窝蜂，把个八戒推将上来，按倒在地。行者道：『你是那里来的夷人？』八戒低着头道：『不敢，承问了；不是夷人，是熟人，熟人。』行者道：『我这大圣部下的群猴，都是一般模样。你这嘴脸生得各样，相貌有些雷堆，定是别处来的妖魔。既是别处来的，若要投我部下，先来递个脚色手本，报了名字，我好留你在这随班点扎。若不留你，你敢在这里乱拜！』八戒低着头，拱着嘴道：『不羞！就拿出这副嘴脸来了！我和你兄弟也做了几

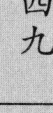

年，又推认不得，说是甚么夷人！』行者笑道：『抬起头来我看。』那呆子把嘴往上一伸道：『你看么！你认不得我，好道认得嘴耶！』行者忍不住笑道：『猪八戒。』他听见一声叫，就一毂辘跳将起来道：『正是，正是！我是猪八戒！』他又思量道：『认得就好说话了。』

行者道：『你不跟唐僧取经去，却来这里怎的？想是你冲撞了师父，师父也贬你回来了？有甚贬书，拿来我看。』八戒道：『不曾冲撞他。他也没甚么贬书，也不曾赶我。』行者道：『既无贬书，又不曾赶你，你来我这里怎的？』八戒道：『师父想你，着我来请你的。』行者道：『他也不请我，他也不想我。他那日对天发誓，亲笔写了贬书，怎么又肯想我，又肯着你远来请我？我断然也是不好去的。』八戒就地扯个谎，忙道：『委是想你，委是想你！』行者道：『他怎的想我来？』八戒道：『师父在马上正行，叫声「徒弟」，我不曾听见，沙僧又推耳聋；师父就想起你来，说我们不济，说你还是个聪明伶俐之人，常时声叫声应，问一答十。因这般想你，专专教我来请你的。万望你去走走，一则不孤他仰望之心，二来也不负我远来之意。』

行者闻言，跳下崖来，用手搀住八戒道：『贤弟，累你远来，且和我耍耍儿去。』八戒道：『哥啊，这个所在路远，恐师父盼望去迟，我不耍子了。』行者道：『你也是到此一场，看看我的山景何如。』那呆子不敢苦辞，只得随他走走。二人携手相搀，概众小妖随后，上那花果山极巅之处。好山！自是那大圣回家，这几日，收拾得复旧如新。但见那：

青如削翠，高似摩云。周围有虎踞龙蟠，四面多猿啼鹤唳。朝出云封山顶，暮观日挂林间。流水潺潺鸣玉佩，涧泉滴滴奏瑶琴。山前有崖峰峭壁，山后有花木秾华。上连玉女洗头盆，下接天河分派水。乾坤结秀赛蓬莱，清浊育成真洞府。丹青妙笔画时难，仙子天机描不就。玲珑怪石石玲珑，玲珑结彩岭头峰。日影动千条紫艳，瑞气摇万道红霞。洞天福地人间有，遍山新树与新花。

八戒观之不尽，满心欢喜道：『哥啊，好去处！果然是天下第一名山！』行者道：『贤弟，可过得日子么？』八戒笑道：『你看师兄说的话。宝山乃洞天福地之处，怎么说度日之言也？』二人谈笑多时，下了山。只见路旁有几个小猴，捧着紫巍巍的葡萄，香喷喷的梨枣，黄森森的枇杷，红艳艳的杨梅，跪在路旁，叫道：『大圣爷爷，请进早膳。』行者笑道：『我猪弟食肠大，却不是以果子作膳的。也罢，也罢，莫嫌菲薄，将就吃个儿当点心罢。』八戒道：『我虽食肠大，却也随乡入乡是。拿来，拿来，我也吃几个儿尝新。』

二人吃了果子，渐渐日高。那呆子恐怕误了救唐僧，只管催促道：『哥哥，师父在那里盼望我和你哩。望你和我早早儿去罢。』行者道：『贤弟，请你往水帘洞里去耍耍。』八戒坚辞道：『多感老兄盛意。奈何师父久等，不劳进洞罢。』行者道：『既如此，不敢久留，请就此处奉别。』八戒道：『哥哥，你不去了？』行者道：『我往那里去？我这里，天不收，地不管，自由自在，不耍子儿，做甚么和尚？我是不去，你自去罢。但上复唐僧：既赶退了，再莫想我。』呆子闻言，不敢苦逼，只恐逼发他性子，一时打上两棍。无奈，只得喏喏告辞，找路而去。

行者见他去了，即差两个溜撒的小猴，跟着八戒，听他说些甚么。真个那呆子下了山，不上三四里路，回头指着行者，口里骂道：『这个猴子，不做和尚，倒做妖怪！这个猢狲！我好意来请他，他却不去！你不去便罢！』走几步，又骂几声。那两个小猴，急跑回来报道：『大圣爷爷，那猪八戒不大老实，他走走儿，骂几声。』行者大怒，叫：『拿将来！』那众猴满地飞来赶上，把个八戒，扛翻倒了，抓鬃扯耳，拉尾揪毛，捉将回去。

毕竟不知怎么处治，性命死活若何，且听下回分解。

猪八戒义激猴王

行者叫：『小的们，选大棍来！先打二十个见面孤拐，再打二十个背花，然后等我使铁棒与他送行！』八戒慌得磕头道：『哥哥，千万看师父面上，饶了我罢！』行者道：『我想那师父好仁义儿哩！』八戒又道：『哥哥，不看师父啊，请看海上菩萨之面，饶了我罢！』

第三十一回　猪八戒义激猴王　孙行者智降妖怪

义结孔怀，法归本性。金顺木驯成正果，心猿木母合丹元。共登极乐世界，同来不二法门。经乃修行之总径，佛配自己之元神。兄和弟会成三契，妖与魔色应五行。剪除六门趣，即赴大雷音。

却说那呆子被一窝猴子捉住了，扛抬扯拉，把一件直裰子揪破。口里劳劳叨叨的，自家念诵道：『罢了，罢了！这一去有个打杀的情了！』不一时，到洞口。那大圣坐在石崖之上，骂道：『你这馕糠的夯货！你去便罢了，怎么骂我？』八戒跪在地下道：『哥啊，我不曾骂你；若骂你，就嚼了舌头根。我只说哥哥不去，我自去报师父便了。怎敢骂你？』行者道：『你怎么瞒得过我？我这左耳往上一扯，晓得三十三天人说话；我这右耳往下一扯，晓得十代阎王与判官算账。你今走路把我骂，我岂不听见？』八戒道：『哥啊，我晓得。你贼头鼠脑的，一定又变作个甚么东西儿，跟着我听的。』行者叫：『小的们，选大棍来！先打二十个见面孤拐，再打二十个背花，然后等我使铁棒与他送行！』八戒慌得磕头道：『哥哥，千万看师父面上，饶了我罢！』行者道：『我想那师父好仁义儿哩！』八戒又道：『哥哥，不看师父啊，请看海上菩萨之面，饶了我罢！』

行者见说起菩萨，却有三分儿转意道：『兄弟，既这等说，我且不打你。你却老实说，不要瞒我。那唐僧在那里有难，你却来此哄我？』八戒道：『哥哥，没甚难处，实是想你。』行者骂道：『这个好打的夯货！你怎么还要者嚣？我老孙身回水帘洞，心逐取经僧。那师父步步有难，处处该灾。你趁早儿告诵我，免打！』八戒闻得此言，叩头上告道：『哥啊，分明要瞒着你，请你去的；不期你这等样灵。饶我打，放我起来说罢。』行者道：『也罢，起来说。』众猴撒开手，那呆子跳得起来，两边乱张。行者道：『你张甚么？』八戒道：『看看那条路儿空阔，好跑。』行者道：『你跑到那里？我就让你先走三日，老孙自有本事赶转你来！快早说来！这一恼发我的性子，断不饶你！』

八戒道：『实不瞒哥哥说。自你回后，我与沙僧，保师父前行。只见一座黑松林，师父下马，教我化斋。我因许远，无一个人家，辛苦了，略在草里睡睡。不想沙僧别了师父，又来寻我。你晓得师父没有坐性；他独步林间玩景，出得林，见一座黄金宝塔放光，他只当寺院，不期塔下有个妖精，名唤黄袍，被他拿住。后边我与沙僧回寻，止见白马、行囊，不见师父，随寻至洞口，与那怪厮杀。师父在洞，幸亏了一个救星。原是宝象国王第三个公主，被那怪摄来者。他修了一封家书，托师父寄去，遂说方便，解放了师父。到了国中，递了书子，那国王就请师父降妖，取回公主。哥啊，你晓得，那老和尚可会降妖？我二人复去与战。不知那怪神通广大，将沙僧又捉了。我败阵而走，伏在草中。那怪变做个俊俏文人入朝，与国王认亲，把师父变作老虎。又亏了白龙马夜现龙身，去寻师父。师父倒不曾寻见，却遇着那怪在银安殿饮酒。他变一宫娥，与他巡酒、舞刀，欲乘机而砍，反被他用满堂红打伤马腿。就是他教我来请师兄的，说道：「师兄是个有仁有义的君子。君子不念旧恶，一定肯来救师父一难。」万望哥哥念「一日为师，终身为父」之情，千万救他一救！』

行者道：『你这个呆子！我临别之时，曾叮咛又叮咛，说道：「若有妖魔捉住师父，你就说老孙是他大徒弟。」怎么却不说我？』八戒又思量道：『请将不如激将，等我激他一激。』道：『哥啊，不说你还好哩；只为说你，他一发无状！』行者道：『怎么说？』八戒道：『我说：「妖精，你不要无礼，莫害我师父！我还有个大师兄，叫做孙行者。他神通广大，善能降妖。他来时教你死无葬身之地！」那怪闻言，越加忿怒，骂道：「是个甚么孙行者，我可怕他！他若来，我剥了他皮，抽了他筋，啃了他骨，吃了他心！饶他猴子瘦，我也把他剁鲊着油烹！」』行者闻言，就气得抓耳挠腮，暴躁乱跳道：『是那个敢这等骂我！』八戒道：『哥哥息怒，是那黄袍怪这等骂来，我故学与你听也。』行者道：『贤弟，你起来。不是我去不成，既是妖精敢骂我，我就不能不降他。我和你去。老孙五百年前大闹天宫，普天的神将看见我，一个个控背躬身，口口称呼大圣。这妖怪无礼，他敢背前面后骂我！我这去，把他拿住，碎尸万段，以报骂我之仇！报毕，我即回来。』八戒道：『哥哥，正是。你只去拿了妖精，报了你仇，那时来与不来，任从尊命。』

那猴才跳下崖，撞入洞里，脱了妖衣，整一整锦直裰，束一束虎皮裙，执了铁棒，径出门来。慌得那群猴拦住道：『大圣爷爷，你往那里去？带挈我们耍子几年也好。』行者道：『小的们，你说那里话！我保唐僧的这桩事，天上地下，都晓得孙悟空是唐僧的徒弟。他倒不是赶我回来，倒是教我来家看看，送我来家自在耍子。如今只因这件事，你们却都要仔细看守家业，依时插柳栽松，毋得废坠。待我还去保唐僧，取经回东土。功成之后，仍回来与你们共乐天真。』众猴各各领命。

那大圣才和八戒携手驾云，离了洞，过了东洋大海，至西岸，住云光，叫道：『兄弟，你且在此慢行，等我下海去净净身子。』八戒道：『忙忙的走路，且净甚么身子？』行者道：『你那里知道。我自从回来，这几日弄得身上有些妖精气了。师父是个爱干净的，恐怕嫌我。』八戒于此始识得行者是片真心，更无他意。

须臾洗毕，复驾云西进。只见那金塔放光。八戒指道：『那不是黄袍怪家？沙僧还在他家里。』行者道：『你在空中，等我下去看看那门前如何，好与妖精见阵。』八戒道：『不要去，妖精不在家。』行者道：『我晓得。』

好猴王，按落祥光，径至洞门外观看。只见有两个小孩子，在那里使弯头棍，打毛球，抢窝耍子哩。一个有十来岁，一个有八九岁了。正戏处，被行者赶上前，也不管他是张家李家的，一把抓着顶搭子，提将过来。那孩子吃了唬，口里夹骂带哭的乱嚷，惊动那波月洞的小妖，急报与公主道：『奶奶，不知甚人把二位公子抢去也！』原来那两个孩子是公主与那怪生的。

公主闻言，忙忙走出洞门来。只见行者提着两个孩子，站在那高崖之上，意欲往下掼。慌得那公主厉声高叫道：『那汉子，我与你没甚相干，怎么把我儿子拿去？他老子利害，有些差错，决不与你干休！』行者道：『你不认得我？我是那唐僧的大徒弟孙悟空行者。我有个师弟沙和尚在你洞里。你去放他出来，我把这两个孩儿还你。似这般两个换一个，还是你便宜。』

那公主闻言，急往里面，喝退那几个把门的小妖，亲动手，把沙僧解了。沙僧道：『公主，你莫解我：恐你那怪来家，问你要人，带累你受气。』公主道：『长老啊，你是我的恩人，你替我折辩了家书，救了我一命，我也留心放你；不期洞门之外，你有个大师兄孙悟空来了，叫我放你哩。』

噫！那沙僧一闻孙悟空的三个字，好便似醍醐灌顶，甘露滋心。一面天生喜，满腔都是春。也不似闻得个人来，就如拾着一方金玉一般。你看他捽手拂衣，走出门来，对行者施礼道：『哥哥，你真是从天而降也！万乞救我一救！』行者笑道：『你这个沙尼！师父念紧箍儿咒，可肯替我方便一声？都弄嘴施展！要保师父，如何不走西方路，却在这里「蹲」甚么？』沙僧道：『哥哥，不必说了。君子人既往不咎。我等是个败军之将，不可语勇，救我救儿罢！』行者道：『你上来。』沙僧才纵身跳上石崖。

却说那八戒停立空中，看见沙僧出洞，即按下云头，叫声：『沙兄弟，心忍，心忍！』沙僧见身道：『二哥，你从那里来？』八戒道：『我昨日败阵，夜间进城，会了白马，知师父有难，被黄袍使法，变做个老虎。那白马与我商议，请师兄来的。』行者道：『呆子，且休叙阔，把这两个孩子，你抱着一个，先进那宝象城去激那怪来，等我在这里打他。』沙僧道：『哥啊，怎么样激他？』行者道：『你两个驾起云，站在那金銮殿上，莫分好歹，把那孩子往那白玉阶前一掼。有人问你是甚人，你便说是黄袍妖精的儿子。被我两个拿将来也。那怪听见，管情回来，我却不须进城与他斗了。若在城上厮杀，必要喷云嗳雾，播土扬尘，惊扰那朝廷与多官黎庶，俱不安也。』八戒笑道：『哥哥，你但干事，就左我们。』行者道：『如何为左你？』八戒道：『这两个孩子，被你抓来，已此唬破胆了；这一会声都哭哑，再一会必死无疑；我们拿他往下一掼，掼做个肉胚子，那怪赶上肯放？定要我两个偿命。你却还不是个干净人？连见证也没你，你却不是左我们？』行者道：『他若扯你，你两个就与他打将这里来。这里有战场宽阔，我在此等候打他。』沙僧道：『正是，正是。大哥说得有理。我们去来。』他两个才倚仗威风，将孩子拿去。

行者即跳下石崖，到他塔门之下。那公主道：『你这和尚，全无信义：你说放了你师弟，就与我孩儿，怎么你师弟放去，把我孩儿又留，反来我门首做甚？』行者陪笑道：『公主休怪。你来的日子已久，带你令郎去认他外公去哩。』公主道：『和尚莫无礼。我那黄袍郎比众不同。你若唬了我的孩儿，与他柳柳惊是。』

行者笑道：『公主啊，为人生在天地之间，怎么便是得罪？』公主道：『我晓得。』行者道：『你女流家，晓得甚么？』公主道：『我自幼在宫，曾受父母教训。记得古书云：「五刑之属三千，而罪莫大于不孝。」』行者道：『你正是个不孝之人。盖「父兮生我，母兮鞠我。哀哀父母，生我劬劳！」故孝者，百行之原，万善之本，却怎么将身陪伴妖精，更不思念父母？非得不孝之罪，如何？』公主闻此正言，半晌家耳红面赤，惭愧无地，忽失口道：『长老之言最善。我岂不思念父母？只因这妖精将我摄骗在此，他的法令又谨，我的步履又难，路远山遥，无人可传音信。欲要自尽，又恐父母疑我逃走，事终不明。故没奈何，苟延残喘，诚为天地间一大罪人也！』说罢，泪如泉涌。行者道：『公主不必伤悲。猪八戒曾告诉我，说你有一封书，曾救了我师父一命，你书上也有思念父母之意。老孙来，管与你拿了妖精，带你回朝见驾，别寻个佳偶，侍奉双亲到老。你意如何？』公主道：『和尚啊，你莫要寻死。昨者你两个师弟，那样好汉，也不曾打得过我黄袍郎。你这般一个筋多骨少的瘦鬼，一似个螃蟹模样，骨头都长在外面，有甚本事，你敢说拿妖魔之话？』行者笑道：『你原来没眼色，认不得人。俗语云：「尿泡虽大无斤两，秤铊虽小压千斤。」他们相貌：空大无用，走路抗风；穿衣费布，种火心空；顶门腰软，吃食无功。咱老孙小自小，筋节。』那公主道：『你真个有手段么？』行者道：『我的手段，你是也不曾看见。绝会降妖，极能伏怪。』公主道：『你却莫误了我耶。』行者道：『决然误你不得。』公主道：『你既会降妖伏怪，如今却怎样拿他？』行者说：『你且回避回避，莫在我这眼前：倘他来时，不好动手脚，只恐你与他情浓了，舍不得他。』公主道：『我怎的舍不得他？其稽留于此者，不得已耳！』行者道：『你与他做了十三年夫妻，岂无情意？我若见了他，不与他儿戏，一棍便是一棍，一拳便是一拳，须要打倒他，才得你回朝见驾。』

那公主果然依行者之言，往僻静处躲避。也是他姻缘该尽，故遇着大圣来临。那猴王把公主藏了，他却摇身一

猪八戒义激猴王 孙行者智降妖怪

行者即跳下石崖，到他塔门之下。那公主道：『你这和尚，全无信义：你说放了你师弟，就与我孩儿，怎么你师弟放去，把我孩儿又留，反来我门首做甚？』行者陪笑道：『公主休怪。你来的日子已久，带你令郎去认他外公去哩。』公主道：『和尚莫无礼。我那黄袍郎比众不同。你若唬了我的孩儿，与他柳柳惊是。』

变，就变做公主一般模样，回转洞中，专候那怪。

却说八戒、沙僧，把两个孩子，拿到宝象国中，往那白玉阶前捽下，可怜都掼做个肉饼相似，鲜血迸流，骨骸粉碎。慌得那满朝多官报道：『不好了！不好了！天上掼下两个人来了！』八戒厉声高叫道：『那孩子是黄袍妖精的儿子，被老猪与沙弟拿将来也！』

那怪还在银安殿，宿酒未醒。正睡梦间，听得有人叫他名字，他就翻身，抬头观看，只见那云端里是猪八戒、沙和尚二人吆喝。妖怪心中暗想道：『猪八戒便也罢了；沙和尚是我绑在家里，他怎么得出来？我的浑家，怎么肯放他？我的孩儿，怎么得到他手？这怕是猪八戒不得我出去与他交战，故将此计来羁我。我若认了这个泛头，就与他打啊，噫！我却还害酒哩！假若被他筑上一钯，却不灭了这个威风，识破了那个关窍，且等我回家看看，是我的儿子不

是我的儿子，再与他说话不迟。』

好妖怪，他也不辞王驾，转山林，径去洞中查信息。此时朝中已知他是个妖怪了。原来他夜里吃了一个宫娥，还有十七个脱命去的，五更时，奏了国王，说他如此如此。又因他不辞而去，越发知他是怪。那国王即着多官看守着假老虎不题。

却说那怪径回洞口。行者见他来时，设法哄他，把眼挤了一挤，扑簌簌泪如雨落，儿天儿地的，跌脚捶胸，于此洞里嚎啕痛哭。那怪一时间，那里认得。上前搂住道：『浑家，你有何事，这般烦恼？』那大圣编成的鬼话，捏出的虚词，泪汪汪的告道：『郎君啊！常言道：「男子无妻财没主，妇女无夫身落空！」你昨日进朝认亲，怎不回来？今早被猪八戒劫了沙和尚，又把我两个孩儿抢去，是我苦告，更不肯饶。他说拿去朝中认认外公。这半日不见孩儿，又不知存亡如何，你又不见来家，教我怎生割舍？故此止不住伤心痛哭。』那怪闻言，心中大怒道：『真个是我的儿子？』行者道：『正是，被猪八戒抢去了。』

那妖魔气得乱跳道：『罢了，罢了！我儿被他掼杀了，已是不可活也！只好拿那和尚来与我儿子偿命报仇罢！浑家，你且莫哭。你如今心里觉道怎么？且医治一医治。』行者道：『我不怎的，只是舍不得孩儿，哭得我有些心疼。』妖魔道：『不打紧，你请起来，我这里有件宝贝，只在你那疼上摸一摸儿，就不疼了。却要仔细，休使大指儿弹着；若使大指儿弹着啊，就看出我本相来了。』行者闻言，心中暗笑道：『这泼怪，倒也老实；不动刑法，就自家供了。等他拿出宝贝来，我试弹他一弹，看他是个甚么妖怪。』

那怪携着行者，一直行到洞里深远密闭之处，却从口中吐出一件宝贝，有鸡子大小，是一颗舍利子玲珑内丹。行者心中暗喜道：『好东西耶！这件物不知打了多少坐工，炼了几年磨难，配了几转雌雄，炼成这颗内丹舍利。今日大有缘法，遇着老孙。』那猴子拿将过来，那里有甚么疼处，特故意摸了一摸，一指头弹将去。那妖慌了，劈手来抢。你思量，那猴子好不溜撒，把那宝贝一口吸在肚里。那妖魔揝着拳头就打，被行者一手隔住，把脸抹了一抹，现出本相，道声：『妖怪！不要无礼！你且认认看，我是谁？』

那妖怪见了，大惊道：『呀！浑家，你怎么拿出这一副嘴脸来耶？』行者骂道：『我把你这个泼怪！谁是你浑家？连你祖宗也还不认得哩！』那怪忽然省悟道：『我像有些认得你哩。』行者道：『我且不打你，你再认认看。』那怪道：『我虽见你眼熟，一时间却想不起姓名。你果是谁？从那里来的？你把我浑家估倒在何处，却来我家诈诱我的宝贝？着实无礼，可恶！』行者道：『你是也不认得我。我是唐僧的大徒弟，叫做孙悟空行者。我是你五百年前的旧祖宗哩！』那怪道：『没有这话，没有这话！我拿住唐僧时，止知他有两个徒弟，叫做猪八戒、沙和尚，何曾见有人说个姓孙的。你不知是那里来的个怪物，到此骗我！』行者道：『我不曾同他二人来，是我师父因老孙惯打妖怪，杀伤甚多，他是个慈悲好善之人，将我逐回，故不曾同他一路行走。你是不知你祖宗名姓。』那怪道：『你好不丈夫啊！既受了师父赶逐，却有甚么嘴脸，又来见人！』行者道：『你这个泼怪，岂知「一日为师，终身为父」，「父子无隔宿之仇」！你伤害我师父，我怎么不来救他？你害他便也罢，却又背前面后骂我，是怎的说？』妖怪道：『我何尝骂你？』行者道：『是猪八戒说的。』那怪道：『你不要信他。那个猪八戒，尖着嘴，有些会说老婆舌头，你怎听他？』行者道：『且不必讲此闲话。只说老孙今日到你家里，你好怠慢了远客。虽无酒馔款待，头却是有的。快快将头伸过来，等老孙打一棍儿，当茶！』那怪闻得说打，呵呵大笑道：『孙行者，你差了计较了！你既说要打，不该跟我进来。我这里大小群妖，还有百十。饶你满身是手，也打不出我的门去。』行者道：『不要胡说！莫说百十个，就有几千几万，只要一个个查明白了好打，棍棍无空，教你断根绝迹！』

那怪闻言，急传号令，把那山前山后群妖，洞里洞外诸怪，一齐点起，各执器械，把那三四层门，密密拦阻不放。行者见了，满心欢喜，双手理棍，喝声叫：『变！』变的三头六臂；把金箍棒幌一幌，变做三根金箍棒。你看他六只手，使着三根棒，一路打将去，好便似虎入羊群，鹰来鸡栅；可怜那小怪，汤着的，头如粉碎；刮着的，血似水流。往来纵横，如入无人之境。止剩一个老妖，赶出门来骂道：『你这泼猴，其实惫懒！怎么上门子欺负人家！』行者急回头，用手招呼道：『你来，你来，打倒你，才是功绩！』

那怪物举宝刀，分头便砍；好行者，掣铁棒，觌面相迎。这一场，在那山顶上，半云半雾的杀哩：

大圣神通大，妖魔本事高。这个横理生金棒，那个斜举蘸钢刀。悠悠刀起明霞亮，轻轻棒架彩云飘。往来护顶翻多次，反复浑身转数遭。一个随风更面目，一个立地把身摇。那个大睁火眼伸猿膊，这个明幌金睛折虎腰。你来我去交锋战，刀迎棒架不相饶。猴王铁棍依三略，怪物钢刀按六韬。一个惯行手段为魔主，一个广施法力保唐僧。猛烈的猴王添猛烈，英豪的怪物长英豪。死生不顾空中打，都为唐僧拜佛遥。

他两个战有五六十合，不分胜负。行者心中暗喜道：『这个泼怪，他那口刀，倒也抵得住老孙的这根棒。等老孙丢个破绽与他，看他可认得。』好猴王，双手举棍，使一个『高探马』的势子。那怪不识是计，见有空儿，舞着宝刀，径奔下三路砍；被行者急转个『大中平』，挑开他那口刀，又使个『叶底偷桃势』，望妖精头顶一棍，就打得他无影无踪。急收棍子看处，不见了妖精。行者大惊道：『我儿啊，不禁打，就打得不见了。果是打死，好道也有些脓血，如何没一毫踪影？想是走了。』急纵身跳在云端里看处，四边更无动静。『老孙这双眼睛，不管那里，一抹都见，却怎么走得这等溜撒？我晓得了：那怪说有些儿认得我，想必不是凡间的怪，多是天上来的精。』

那大圣一时忍不住怒发，撧着铁棒，打个筋斗，只跳到南天门上。慌得那庞、刘、苟、毕、张、陶、邓、辛等众，两边躬身控背，不敢拦阻，让他打入天门，直至通明殿下。早有张、葛、许、邱四大天师问道：『大圣何来？』行者道：『因保唐僧至宝象国，有一妖魔，欺骗国女，伤害吾师，老孙与他赌斗。正斗间，不见了这怪。想那怪不是凡间之怪，多是天上之精，特来查勘，那一路走了甚么妖神。』天师闻言，即进灵霄殿上启奏，蒙差查勘九曜星官、十二元辰、东西南北中央五斗、河汉群辰、五岳四渎、普天神圣都在天上，更无一个敢离方位。又查那斗牛宫外，二十八宿，颠倒只有二十七位，内独少了奎星。天师回奏道：『奎木狼下界了。』玉帝道：『多少时不在天了？』天师道：『四卯不到。三日点卯一次，今已十三日了。』玉帝道：『天上十三日，下界已是十三年。』即命本部收他上界。

那二十七宿星员，领了旨意，出了天门，各念咒语，惊动奎星。你道他在那里躲避？他原来是孙大圣大闹天宫时打怕了的神将，闪在那山涧里潜灾，被水气隐住妖云，所以不曾看见他。他听得本部星员念咒，方敢出头，随众上界。被大圣拦住天门要打，幸亏众星劝住，押见玉帝。那怪腰间取出金牌，在殿下叩头纳罪。玉帝道：『奎木狼，上界有无边的胜景，你不受用，却私走一方，何也？』奎宿叩头奏道：『万岁，赦臣死罪。那宝象国王公主，非凡人也。他本是披香殿侍香的玉女，因欲与臣私通，臣恐点污了天宫胜境，他思凡先下界去，托生于皇宫内院，是臣不负前期，变作妖魔，占了名山，摄他到洞府，与他配了一十三年夫妻。「一饮一啄，莫非前定。」今被孙大圣到此成功。』玉帝闻言，收了金牌，贬他去兜率宫与太上老君烧火，带俸差操，有功复职，无功重加其罪。

行者见玉帝如此发放，心中欢喜。朝上唱个大喏，又向众神道：『列位，起动了。』天师笑道：『那个猴子还这等村俗。替他收了怪神，也倒不谢天恩，却就喏喏而退。』玉帝道：『只得他无事，落得天上清平是幸。』

那大圣按落祥光，径转碗子山波月洞，寻出公主。将那思凡下界收妖的言语正然陈诉，只听得半空中八戒、沙僧厉声高叫道：『师兄，有妖精，留几个儿我们打耶。』行者道：『妖精已尽绝矣。』沙僧道：『既把妖精打绝，无甚挂碍，将公主引入朝中去罢。不要睁眼。兄弟们，使个缩地法来。』

那公主只闻得耳内风响，霎时间径回城里。他三人将公主带上金銮殿上。那公主参拜了父王、母后，会了姊妹，各官俱来拜见。那公主才启奏道：『多亏孙长老法力无边，降了黄袍怪，救奴回国。』那国王问曰：『黄袍是个甚怪？』行者道：『陛下的驸马，是上界的奎星；令爱乃侍香的玉女，因思凡降落人间，不非小可，都因前世前缘，该有这些姻眷。那怪被老孙上天宫启奏玉帝，玉帝查得他四卯不到，下界十三日，就是十三年了，盖天上一日，下界一年。随差本部星宿，收他上界，贬在兜率宫立功去讫；老孙却救得令爱来也。』那国王谢了行者的恩德，更教：『看你师父去来。』

他三人径下宝殿，与众官到朝房里，抬出铁笼，将假虎解了铁索。别人看他是虎，独行者看他是人。原来那师父被妖术魇住，不能行走，心上明白，只是口眼难开。行者笑道：『师父啊，你是个好和尚，怎么弄出这般个恶模样来也？你怪我行凶作恶，赶我回去，你要一心向善，怎么一旦弄出个这等嘴脸？』八戒道：『哥啊，救他救儿罢。不要只管揭挑他了。』行者道：『你凡事撺唆，是他个得意的好徒弟，你不救他，又寻老孙怎的？原与你说来，待降了妖精，报了骂我之仇，就回去的。』沙僧近前跪下道：『哥啊，古人云：「不看僧面看佛面。」兄长既是到此，万望救他一救。若是我们能救，也不敢许远的来奉请你也。』行者用手挽起道：『我岂有安心不救之理？快取水来。』那八戒飞星去驿中，取了行李、马匹，将紫金钵盂取出，盛水半盂，递与行者。行者接水在手，念动真言，望那虎劈头一口喷上，退了妖术，解了虎气。

长老现了原身，定性睁睛，才认得是行者，一把搀住道：『悟空！你从那里来也？』沙僧侍立左右，把那请行者，降妖精，救公主，解虎气，并回朝上项事，备陈了一遍。三藏谢之不尽，道：『贤徒，亏了你也！亏了你也！这一去，早诣西方，径回东土，奏唐王，你的功劳第一。』行者笑道：『莫说！莫说！但不念那话儿，足感爱厚之情也。』国王闻此言，又劝谢了他四众。整治素筵，大开东阁。他师徒受了皇恩，辞王西去。国王又率多官远送。这正是：

君回宝殿定江山，僧去雷音参佛祖。

毕竟不知此后又有甚事，几时得到西天，且听下回分解。

平顶山功曹传信

长老闻言，魂飞魄散，战兢兢坐不稳雕鞍。急回头，忙呼徒弟道：『你听那樵夫报道：「此山有毒魔狠怪。」谁敢去细问他一问？』行者道：『师父放心，等老孙去问他一个端的。』

好行者，拽开步，径上山来，对樵子叫声『大哥』，道个问讯。

第三十二回 平顶山功曹传信 莲花洞木母逢灾

话说唐僧复得孙行者，师徒们一心同体，共诣西方。自宝象国救了公主，承君臣送出城西。说不尽沿路饥餐渴饮，夜住晓行。却又值三春景候。那时节：

轻风吹柳绿如丝，佳景最堪题。时催鸟语，暖烘花发，遍地芳菲。海棠庭院来双燕，正是赏春时。红尘紫陌，绮罗弦管，斗草传卮。

师徒们正行赏间，又见一山挡路。唐僧道：『徒弟们仔细。前遇山高，恐有虎狼阻挡。』行者道：『师父，出家人莫说在家话。你记得那乌巢和尚的《心经》云「心无挂碍：无挂碍，方无恐怖，远离颠倒梦想」之言？但只是「扫除心上垢，洗净耳边尘。不受苦中苦，难为人上人」。你莫生忧虑，但有老孙，就是塌下天来，可保无事。怕甚么虎

狼！』长老勒回马道：『我

当年奉旨出长安，只忆西来拜佛颜。

舍利国中金象彩，浮屠塔里玉毫斑。

寻穷天下无名水，历遍人间不到山。

逐逐烟波重叠叠，几时能彀此身闲？』

行者闻说，笑呵呵道：『师要身闲，有何难事？若功成之后，万缘都罢，诸法皆空。那时节，自然而然，却不是身闲也？』长老闻言，只得乐以忘忧。放辔催银马蜀，兜缰趱玉龙。

师徒们上得山来，十分险峻，真个嵯峨。好山：

巍巍峻岭，削削尖峰。湾环深涧下，孤峻陡崖边。湾环深涧下，只听得唿喇喇戏水蟒翻身；孤峻陡崖边，但见那崒嵂嵂出林虎剪尾。往上看，峦头突兀透青霄；回眼观，壑下深沉邻碧落。上高来，似梯似凳；下低行，如堑如坑。真个是古怪巅峰岭，果然是连尖削壁崖。巅峰岭上，采药人寻思怕走；削壁崖前，打柴夫寸步难行。胡羊野马乱撺梭，狡兔山牛如布阵。山高蔽日遮星斗，时逢妖兽与苍狼。草径迷漫难进马，怎得雷音见佛王？

长老勒马观山，正在难行之处。只见那绿莎坡上，伫立着一个樵夫。你道他怎生打扮：

头戴一顶老蓝毡笠，身穿一领毛皂衲衣：老蓝毡笠，遮烟盖日果稀奇；毛皂衲衣，乐以忘忧真罕见。手持钢斧快磨明，刀伐干柴收束紧。担头春色，幽然四序融融；身外闲情，常是三星淡淡。到老只于随分过，有何荣辱暂关山？

那樵子：

正在坡前伐朽柴，忽逢长老自东来。
停柯住斧出林外，趋步将身上石崖。

对长老厉声高叫道：『那西进的长老！暂停片时，我有一言奉告：此山有一伙毒魔狠怪，专吃你东来西去的人哩。』长老闻言，魂飞魄散，战兢兢坐不稳雕鞍。急回头，忙呼徒弟道：『你听那樵夫报道：「此山有毒魔狠怪。」谁敢去细问他一问？』行者道：『师父放心，等老孙去问他一个端的。』

好行者，拽开步，径上山来，对樵子叫声『大哥』，道个问讯。樵夫答礼道：『长老啊，你们有何缘故来此？』行者道：『不瞒大哥说，我们是东土差来西天取经的。那马上是我的师父。他有些胆小。适蒙见教，说有甚么毒魔狠怪，故此我来奉问一声：那魔是几年之魔，怪是几年之怪？还是个把势？还是个雏儿？烦大哥老实说说，我好着山神、土地递解他起身。』

樵子闻言，仰天大笑道：『你原来是个风和尚。』行者道：『我不风啊，这是老实话。』樵子道：『你说是老实，便怎敢说把他递解起身？』行者道：『你这等长他那威风，胡言乱语的拦路报信，莫不是与他有亲？不亲必邻，不邻必友。』樵子笑道：『你这个风泼和尚，忒没道理。我倒是好意，特来报与你们。教你们走路时，早晚间防备，你倒转赖在我身上。且莫说我不晓得妖魔出处；就晓得啊，你敢把他怎么的递解？解往何处？』行者道：『若是天魔，解与玉帝；若是土魔，解与土府。西方的归佛，东方的归圣。北方的解与真武，南方的解与火德。是蛟精解与海主，是鬼祟解与阎王。各有地头方向。我老孙到处里人熟，发一张批文，把他连夜解着飞跑。』

那樵子止不住呵呵冷笑道：『你这个风泼和尚，想是在方上云游，学了些书符咒水的法术，只可驱邪缚鬼，还不曾撞见这等狠毒的怪哩。』行者道：『怎见他狠毒？』樵子道：『此山径过有六百里远近，名唤平顶山。山中有一

洞，名唤莲花洞。洞里有两个魔头，他画影图形，要捉和尚；抄名访姓，要吃唐僧。你若别处来的还好，但犯了一个「唐」字儿，莫想去得，去得！』行者道：『我们正是唐朝来的。』樵子道：『他正要吃你们哩。』行者道：『造化，造化！但不知他怎的样吃哩？』樵子道：『你要他怎的吃？』行者道：『若是先吃头，还好耍子；若是先吃脚，就难为了。』樵子道：『先吃头怎么说？先吃脚怎么说？』行者道：『你还不曾经着哩。若是先吃头，一口将他咬下，我已死了，凭他怎么煎炒熬煮，我也不知疼痛；若是先吃脚，他啃了孤拐，嚼了腿亭，吃到腰截骨，我还急忙不死，却不是零零碎碎受苦？此所以难为也。』樵子道：『和尚，他那里有这许多工夫，只是把你拿住，捆在笼里，囫囵蒸吃了！』行者笑道：『这个更好，更好！疼倒不忍疼，只是受些闷气罢了。』樵子道：『和尚不要调嘴。那妖怪随身有五件宝贝，神通极大极广。就是擎天的玉柱，架海的金梁，若保得唐朝和尚去，也须要发发昏是。』行者道：『发几个昏么？』樵子道：『要发三四个昏是。』行者道：『不打紧，不打紧。我们一年，常发七八百个昏儿，这三四个昏儿易得发，发发儿就过去了。』

好大圣，全然无惧，一心只是要保唐僧，捽脱樵夫，拽步而转。径至山坡马头前道：『师父，没甚大事。有便有个把妖精儿，只是这里人胆小，放他在心上。有我哩，怕他怎的？走路，走路！』长老见说，只得放怀随行。

正行处，早不见了那樵夫。长老道：『那报信的樵子如何就不见了？』八戒道：『我们造化低，撞见日里鬼了。』行者道：『想是他钻进林子里寻柴去了。等我看看来。』好大圣，睁开火眼金睛，漫山越岭的望处，却无踪迹。忽抬头往云端里一看，看见是日值功曹，他就纵云赶上，骂了几声『毛鬼！』道：『你怎么有话不来直说，却那般变化了，演样老孙？』慌得那功曹施礼道：『大圣，报信来迟，勿罪，勿罪。那怪果然神通广大，变化多端。只看你腾那乖巧，运动神机，仔细保你师父，假若怠慢了些儿，西天路莫想去得。』

行者闻言，把功曹叱退，切切在心。按云头，径来山上。只见长老与八戒、沙僧，簇拥前进。他却暗想：『我若把功曹的言语实实告诵师父，师父他不济事，必就哭了；假若不与他实说，梦着头，带着他走，常言道：「乍入芦圩，不知深浅。」倘或被妖魔掳去，却不又要老孙费心？……且等我照顾八戒一照顾，先着他出头与那怪打一仗看。若是打得过他，就算他一功；若是没手段，被怪拿去，等老孙再去救他不迟：却好显我本事出名。』正自家计较，以心问心道：『只恐八戒躲懒便不肯出头。师父又有些护短。等老孙羁勒他羁勒。』

好大圣，你看他弄个虚头，把眼揉了一揉，揉出些泪来。迎着师父，往前径走。八戒看见，连忙叫：『沙和尚，歇下担子，拿出行李来，我两个分了罢！』沙僧道：『二哥，分怎的？』八戒道：『分了罢！你往流沙河还做妖怪，老猪往高老庄上盼盼浑家。把白马卖了，买口棺木，与师父送老，大家散火。还往西天去哩？』长老在马上听见。道：『这个夯货！正走路，怎么又胡说了？』八戒道：『你儿子便胡说！你不看见孙行者那里哭将来了？他是个钻天入地，斧砍火烧，下油锅都不怕的好汉；如今戴了个愁帽，泪汪汪的哭来，必是那山险峻，妖怪凶狠。似我们这样软弱的人儿，怎么去得？』长老道：『你且休胡谈。待我问他一声，看是怎么说话。』

问道：『悟空，有甚话当面计较。你怎么自家烦恼？这般样个哭包脸，是虎唬我也？』行者道：『师父啊，刚才那个报信的，是日值功曹。他说妖精凶狠，此处难行。果然的山高路峻，不能前进。改日再去罢。』长老闻言，恐惶悚惧，扯住他虎皮裙子道：『徒弟呀，我们三停路已走了停半，因何说退悔之言？』行者道：『我没个不尽心的。但只恐魔多力弱，行势孤单。「纵然是块铁，下炉能打得几根钉？」』长老道：『徒弟啊，你也说得是。果然一个人也难。兵书云：「寡不可敌众。」我这里还有八戒、沙僧，都是徒弟，凭你调度使用，或为护将帮手，协力同心，扫清山径，领我过山，却不都还了正果？』

莲花洞木母逢灾

他见那些小妖齐上，慌了手脚，遮架不住，败了阵，回头就跑。原来是道路不平，未曾细看，忽被蘸萝藤绊了个踉跄。挣起来正走，又被一个小妖睡倒在地，扳着他脚跟，扑的又跌了个狗吃屎；被一群赶上按住，抓鬃毛，揪耳朵，扯着脚，拉着尾，扛扛抬抬，擒进洞去。

那行者这一场扭捏，只逗出长老这几句话来。他揾了泪道：『师父啊，若要过得此山，须是猪八戒依得我两件事儿，才有三分去得，假若不依我言，替不得我手，半分儿也莫想过去。』八戒道：『师兄，不去就散火罢。不要攀我。』长老道：『徒弟，且问你师兄，看他教你做甚么。』呆子真个对行者说道：『哥哥，你教我做甚事？』行者道：『第一件是看师父，第二件是去巡山。』八戒道：『看师父是坐，巡山去是走；终不然教我坐一会又走，走一会又坐。两处怎么顾盼得来？』行者道：『不是教你两件齐干，只是领了一件便罢。』八戒又笑道：『这等也好计较。但不知看师父是怎样，巡山是怎样。你先与我讲讲，等我依个相应些儿的去干罢。』行者道：『看师父啊：师父去出恭，你伺候；师父要走路，你扶持；师父要吃斋，你化斋。若他饿了些儿，你该打；黄了些儿脸皮，你该打；瘦了些儿形骸，你该打。』八戒慌了道：『这个难，难，难！伺候扶持，通不打紧，就是不离身驮着，也还容易；假若教我去乡下化斋，他这西方路上，不识我是取经的和尚，只道是那山里走出来的一个半壮不壮的健猪，伙上许多人，又钯扫帚，把老猪围倒，拿家去宰了，腌着过年，这个却不就遭瘟了？』行者道：『巡山去罢。』八戒道：『巡山便怎么样儿？』行者道：『就入此山，打听有多少妖怪，是甚么山，是甚么洞，我们好过去。』八戒道：『这个小可，老猪去巡山罢。』那呆子就撒起衣裙，挺着钉钯，雄纠纠，径入深山；气昂昂，奔上大路。

行者在旁，忍不住嘻嘻冷笑。长老骂道：『你这个泼猴！兄弟们全无爱怜之意，常怀嫉妒之心。你做出这样獐智，巧言令色，撮弄他去甚么巡山，却又在这里笑他！』行者道：『不是笑他。我这笑中有味。你看猪八戒这一去，决不巡山，也不敢见妖怪，不知往那里去躲闪半会，捏一个谎来，哄我们也。』长老道：『你怎么就晓得他？』行者道：『我估出他是这等。不信，等我跟他去看看，听他一听：一则帮副他手段降妖，二来看他可有个诚心拜佛。』长老道：『好，好，好！你却莫去捉弄他。』行者应诺了。径直赶上山坡，摇身一变，变作个蟭蟟虫儿。其实变得轻巧。但见他：

翅薄舞风不用力，腰尖细小如针。穿蒲抹草过花阴，疾似流星还甚。眼睛明映映，声气渺喑喑。昆虫之类惟他小，亭亭款款机深。几番闲日歇幽林，一身浑不见，千眼莫能寻。

嘤的一翅飞将去，赶上八戒，钉在他耳朵后面鬃根底下。那呆子只管走路，怎知道身上有人！行有七八里路，把钉钯撇下，吊转头来，望着唐僧，指手画脚的骂道：『你罢软的老和尚，捉掐的弼马温，面弱的沙和尚！他都在那里自在，捉弄我老猪来跄路！大家取经，都要望成正果，偏是教我来巡甚么山！哈，哈，哈！晓得有妖怪，躲着些儿走。还不够一半，却教我去寻他，这等晦气哩！我往那里睡觉去，睡一觉回去，含含糊糊的答应他，只说是巡了山，就了其帐也。』那呆子一时间侥幸，搴着钯，又走。只见山凹里一弯红草坡，他一头钻得进去，使钉钯扑个地铺，毂辘的睡下。把腰伸了一伸，道声：『快活！就是那弼马温，也不得像我这般自在！』原来行者在他耳根后，句句儿听着哩；忍不住，飞将起来，又捉弄他一捉弄。又摇身一变，变作个啄木虫儿。但见：

铁嘴尖尖红溜，翠翎艳艳光明。一双钢爪利如钉，腹馁何妨林静。最爱枯槎朽烂，偏嫌老树伶仃。圆睛决尾性丢灵，辟剥之声堪听。

这虫鹭不大不小的，上秤称，只有二三两重。红铜嘴，黑铁脚，刷刺的一翅飞下来。那八戒丢倒头，正睡着了，被他照嘴唇上扢揸的一下。那呆子慌得爬将起来，口里乱嚷道：『有妖怪，有妖怪！把我戳了一枪去了！嘴上好不疼呀！』伸手摸摸，泱出血来了。他道：『蹭蹬啊！我又没甚喜事，怎么嘴上挂了红耶？』他看着这血手，口里絮絮叨叨的两边乱看，却不见动静，道：『无甚妖怪，怎么戳我一枪么？』忽抬头往上看时，原来是个啄木虫，在半空中飞哩。呆子咬牙骂道：『这个亡人！弼马温欺负我罢了，你也来欺负我！我晓得了。他一定不认我是个人，只把我嘴当一段黑朽枯烂的树，内中生了虫，寻虫儿吃的，将我啄了这一下也。等我把嘴揣在怀里睡罢。』那呆子毂辘的依然睡倒。行者又飞来，着耳根后又啄了一下。呆子慌得爬起来道：『这个亡人，却打搅得我狠！想必这里是他的窠巢，生蛋布雏，怕我占了，故此这般打搅。罢，罢，罢！不睡他了！』搴着钯，径出红草坡，找路又走。可不喜坏了孙行者，笑倒个美猴王。行者道：『这夯货大睁着两个眼，连自家人也认不得！』

好大圣，摇身又一变，还变做个蟭蟟虫，钉在他耳朵后面，不离他身上。那呆子入深山，又行有四五里，只见山凹中有桌面大的四四方方三块青石头。呆子放下钯，对石头唱个大喏。行者暗笑道：『这呆子！石头又不是人，又不会说话，又不会还礼，唱他喏怎的，可不是个瞎账？』原来那呆子把石头当着唐僧、沙僧、行者三人，朝着他演习哩。他道：『我这回去，见了师父，若问有妖怪，就说有妖怪。他问甚么山，我若说是泥捏的，土做的，锡打的，铜铸的，面蒸的，纸糊的，笔画的，他们见说我呆哩，若讲这话，一发说呆了，我只说是石头山。他问甚么洞，也只说是石头洞。他问甚么门，却说是钉钉的铁叶门。他问里边有多远，只说入内有三层。十分再搜寻，问门上钉子多少，只说老猪心忙记不真。此间编造停当，哄那弼马温去！』

那呆子捏合了，拖着钯，径回本路。怎知行者在耳朵后，一一听得明显。行者见他回来，即腾两翅预先回去。现原身，见了师父。师父道：『悟空，你来了，悟能怎不见回？』行者笑道：『他在那里编谎哩。就待来也。』长老道：『他两个耳朵盖着眼，愚拙之人也，他会编甚么谎？又是你捏合甚么鬼话赖他哩。』行者道：『师父，你只是这等护短。这是有对问的话。』把他那钻在草里睡觉，被啄木虫叮醒，朝石头唱喏，编造甚么石头山、石头洞、铁叶门、有妖精的话，预先说了。

说毕，不多时，那呆子走将来。又怕忘了那谎，低着头，口里温习。被行者喝了一声道：『呆子！念甚么哩？』八戒掀起耳朵来看看道：『我到了地头了！』那呆子上前跪倒。长老搀起道：『徒弟，辛苦啊。』八戒道：『正是。走路的人，爬山的人，第一辛苦了。』长老道：『可有妖怪么？』八戒道：『有妖怪，有妖怪！一堆妖怪哩！』长老道：『怎么打发你来？』八戒说：『他叫我做猪祖宗，猪外公，安排些粉汤素食，教我吃了一顿，说道，摆旗鼓送我们过山哩。』行者道：『想是在草里睡着了，说的是梦话？』呆子闻言，就吓得矮了二寸道：『爷爷呀！我睡他怎么晓得？……』行者上前，一把揪住道：『你过来，等我问你。』呆子又慌了，战战兢兢的道：『问便罢了，揪扯怎的？』行者道：『是甚么山？』八戒道：『是石头山。』『甚么洞？』道：『是石头洞。』『甚么门？』道：『是钉钉铁叶门。』『里边有多远？』道：『入内是三层。』行者道：『你不消说了，后半截我记得真。恐师父不信，我替你说了罢。』八戒道：『嘴脸！你又不曾去，你晓得那些儿，要替我说？』行者笑道：『「门上钉子有多少，只说老猪心忙记不真。」可是么？』那呆子即慌忙跪倒。行者道：『朝着石头唱喏，当做我三人，对他一问一答。可是么？又说：「等我编得谎儿停当，哄那弼马温去！」可是么？』那呆子连忙只是磕头道：『师兄，我去巡山，你莫成跟我去听的？』行者骂道：『我把你个馕糠的夯货！这般要紧的所在，教你去巡山，你却去睡觉！不是啄木虫叮你醒来，你还在那里睡哩。及叮醒，又编这样大谎，可不误了大事？你快伸过孤拐来，打五棍记心！』

八戒慌了道：『那个哭丧棒重，擦一擦儿皮塌，挽一挽儿筋伤，若打五下，就是死了！』行者道：『你怕打，却怎么扯谎？』八戒道：『哥哥呀，只是这一遭儿，以后再不敢了。』行者道：『一遭便打三棍罢。』八戒道：『爷爷呀，半棍儿也禁不得！』呆子没计奈何，扯住师父道：『你替我说个方便儿。』长老道：『悟空说你编谎，我还不信。今果如此，其实该打。但如今过山少人使唤，悟空，你且饶他，待过了山，再打罢。』行者道：『古人云：「顺父母言情，呼为大孝。」师父说不打，我就且饶你。你再去与他巡山。若再说谎误事，我定一下也不饶你！』

那呆子只得爬起来又去。你看他奔上大路，疑心生暗鬼，步步只疑是行者变化了跟住他。故见一物，即疑是行者。走有七八里，见一只老虎，从山坡上跑过，他也不怕，举着钉钯道：『师兄来听说谎的？这遭不编了。』又走处，那山风来得甚猛，呼的一声，把颗枯木刮倒，滚至面前，他又跌脚捶胸的道：『哥啊，这是怎的起！一行说不敢编谎罢了，又变甚么树来打人！』又走向前，只见一个白颈老鸦，当头喳喳的连叫几声，他又道：『哥哥，不羞，不羞！我说不编就不编了，只管又变着老鸦怎的？你来听么？』原来这一番行者却不曾跟他去，他那里却自惊自怪，乱疑乱猜，故无往而不疑是行者随他身也。呆子惊疑且不题。

却说那山叫做平顶山，那洞叫做莲花洞。洞里两妖：一唤金角大王，一唤银角大王。金角正坐，对银角说：『兄弟，我们多少时不巡山了？』银角道：『有半个月了。』金角道：『兄弟，你今日与我去巡巡。』银角道：『今日巡

山怎的？』金角道：『你不知。近闻得东土唐朝差个御弟唐僧往西方拜佛，一行四众，叫做孙行者、猪八戒、沙和尚，连马五口。你看他在那处，与我把他拿来。』银角道：『我们要吃人，那里不捞几个。这和尚到得那里，让他去罢。』金角道：『你不晓得。我当年出天界，尝闻得人言：唐僧乃金蝉长老临凡，十世修行的好人，一点元阳未泄。有人吃他肉，延寿长生哩。』银角道：『若是吃了他肉就可以延寿长生，我们打甚么坐，立甚么功，炼甚么龙与虎，配甚么雌与雄？只该吃他去了。等我去拿他来。』金角道：『兄弟，你有些性急，且莫忙着。你若走出门，不管好歹，但是和尚就拿将来，假如不是唐僧，却也不当人子。我记得他的模样，曾将他师徒画了一个影，图了一个形，你可拿去。但遇着和尚，以此照验照验。』又将某人是某名字，一一说了。银角得了图像，知道姓名，即出洞，点起三十名小怪，便来山上巡逻。

却说八戒运拙。正行处，可可的撞见群魔，当面挡住道：『那来的甚么人？』呆子才抬起头来，掀着耳朵，看见是些妖魔，他就慌了，心中暗道：『我若说是取经的和尚，他就捞了去；只是说走路的。』小妖回报道：『大王，是走路的。』那三十名小妖，中间有认得的，有不认得的，旁边有听着指点说话的，道：『大王，这个和尚，像这图中猪八戒模样。』叫挂起影神图来。八戒看见，大惊道：『怪道这些时没精神哩！原来是他把我的影神传将来也！』小妖用枪挑着，银角用手指道：『这骑白马的是唐僧，这毛脸的是孙行者。』八戒听见道：『城隍，没我便也罢了，猪头三牲，清醮二十四分。……』口里唠叨，只管许愿。那怪又道：『这黑长的是沙和尚，这长嘴大耳的是猪八戒。』呆子听见说他，慌得把个嘴揣在怀里藏了。那怪叫：『和尚，伸出嘴来！』八戒道：『胎里病，伸不出来。』那怪令小妖使钩子钩出来。八戒慌得把个嘴伸出道：『小家形。罢了，这不是？你要看便就看，钩怎的？』

那怪认得是八戒，掣出宝刀，上前就砍。这呆子举钉钯按住道：『我的儿，休无礼！看钯！』那怪笑道：『这和尚是半路出家的。』八戒道：『好儿子！有些灵性！你怎么就晓得老爷是半路出家的？』那怪道：『你会使这钯，一定是在人家园圃中筑地，把他这钯偷将来也。』八戒道：『我的儿，你那里认得老爷这钯。我不比那筑地之钯。这是：

巨齿铸来如龙爪，渗金妆就似虎形。若逢对敌寒风洒，但遇相持火焰生。能替唐僧消障碍，西天路上捉妖精。轮动烟霞遮日月，使起昏云暗斗星。筑倒泰山老虎怕，掀翻大海老龙惊。饶你这妖有手段，一钯九个血窟窿！』

那怪闻言，那里肯让。使七星剑，丢开解数，与八戒一往一来，在山中赌斗，有二十回合，不分胜负。八戒发起狠来，舍死的相迎。那怪见他捽耳朵，喷粘涎，舞钉钯，口野里吆吆喝喝的，也尽有些悚惧，即回头招呼小怪，一齐动手。若是一个打一个，其实还好。他见那些小妖齐上，慌了手脚，遮架不住，败了阵，回头就跑。原来是道路不平，未曾细看，忽被蓏萝藤绊了个踉跄。挣起来正走，又被一个小妖睡倒在地，扳着他脚跟，扑的又跌了个狗吃屎；被一群赶上按住，抓鬃毛，揪耳朵，扯着脚，拉着尾，扛扛抬抬，擒进洞去。咦！正是：

一身魔发难消灭，万种灾生不易除。

毕竟不知猪八戒性命如何，且听下回分解。

外道迷真性

这怪从草科里爬出，对长老马前，乒乓的只情磕头。三藏在马上见他是个道者，却又年纪高大，甚不过意。连忙下马搀道：『请起，请起。』那怪道：『疼，疼，疼！』丢了手看处，只见他脚上流血。三藏惊问道：『先生啊，你从那里来？因甚伤了尊足？』

第三十三回　外道迷真性　元神助本心

却说那怪将八戒拿进洞去，道：『哥哥啊，拿将一个来了。』老魔喜道：『拿来我看。』二魔道：『这不是？』老魔道：『兄弟，错拿了，这个和尚没用。』八戒就绰经说道：『大王，没用的和尚，放他出去罢。不当人子！』二魔道：『哥哥，不要放他；虽然没用，也是唐僧一起的，叫做猪八戒。把他且浸在后边净水池中，浸退了毛衣，使盐腌着，晒干了，等天阴下酒。』八戒听言道：『蹭蹬啊！撞着个贩腌腊的妖怪了！』那小妖把八戒抬进去，抛在水里不题。

却说三藏坐在坡前，耳热眼跳，身体不安，叫声：『悟空！怎么悟能这番巡山，去之久而不来？』行者道：『师父还不晓得他的心哩。』三藏道：『他有甚心？』行者道：『师父啊，此山若是有怪，他半步难行，一定虚张声势，跑将回来报我；想是无怪，路途平静，他一直去了。』三藏道：『假若真个去了，却在那里相会？此间乃是山野空阔之处，比不得那店市城井之间。』行者道：『师父莫虑，且请上马。那呆子有些懒惰，断然走的迟慢。你把马打动些儿，我们定赶上他，一同去罢。』真个唐僧上马，沙僧挑担，行者前面引路上山。

却说那老怪又唤二魔道：『兄弟，你既拿了八戒，断乎就有唐僧。再去巡巡山来，切莫放过他去。』二魔道：『就行，就行。』你看他急点起五十名小妖，上山巡逻。

正走处，只见祥云缥缈，瑞气盘旋。二魔道：『唐僧来了。』众妖道：『唐僧在那里？』二魔道：『好人头上祥云照顶，恶人头上黑气冲天。那唐僧原是金蝉长老临凡，十世修行的好人，所以有这祥云缥缈。』众怪都不看见，二魔用手指道：『那不是？』那三藏就在马上打了一个寒噤；又一指，又打个寒噤。一连指了三指，他就一连打了三个寒噤。心神不宁道：『徒弟啊，我怎么打寒噤么？』沙僧道：『打寒噤想是伤食病发了。』行者道：『胡说，师父是走着这深山峻岭，必然小心虚惊。莫怕，莫怕！等老孙把棒打一路与你压压惊。』好行者，理开棒，在马前丢几个解数，上三下四，左五右六，尽按那六韬三略，使起神通。那长老在马上观之，真个是寰中少有，世上全无。

剖开路一直前行，险些儿不唬倒那怪物。他在山顶上看见，魂飞魄丧。忽失声道：『几年间闻说孙行者，今日才知话不虚传果是真。』众怪上前道：『大王，怎么长他人之志气，灭自己之威风？你夸谁哩？』二魔道：『孙行者神通广大，那唐僧吃他不成。』众怪道：『大王，你没手段，等我们着几个去报大大王，教他点起本洞大小兵来，摆开阵势，合力齐心，怕他走了那里去！』二魔道：『你们不曾见他那条铁棒，有万夫不当之勇。我洞中不过有四五百兵，怎禁得他那一棒？』众妖道：『这等说，唐僧吃不成，却不把猪八戒错拿了？如今送还他罢。』二魔道：『拿便也不曾错拿，送便也不好轻送。唐僧终是要吃，只是眼下还尚不能。』众妖道：『这般说，还过几年么？』二魔道：

『也不消几年。我看见那唐僧，只可善图，不可恶取。若要倚势拿他，闻也不得一闻。只可以善去感他，赚得他心与我心相合，却就善中取计，可以图之。』众妖道：『大王如定计拿他，可用我等？』二魔道：『你们都各回本寨，但不许报与大王知道。若是惊动了他，必然走了风汛，败了我计策。我自有个神通变化，可以拿他。』

众妖散去，他独跳下山来，在那道路之旁，摇身一变，变做个年老的道者。真个是怎生打扮？但见他：

星冠晃亮，鹤发蓬松。羽衣围绣带，云履缀黄棕。神清目朗如仙客，体健身轻似寿翁。说甚么清牛道士，也强如素券先生。妆成假象如真象，捏作虚情似实情。

他在那大路旁妆做个跌折腿的道士，脚上血淋津，口里哼哼的，只叫：『救人！救人！』

却说这三藏仗着孙大圣与沙僧，欢喜前来。正行处，只听得叫『师父救人』，三藏闻得，道：『善哉！善哉！这旷野山中，四下里更无村舍，是甚么人叫？想必是虎豹狼虫唬倒的。』这长老兜回骏马，叫道：『那有难者是甚人？可出来。』这怪从草科里爬出，对长老马前，乒乓的只情磕头。三藏在马上见他是个道者，却又年纪高大，甚不过意。连忙下马搀道：『请起，请起。』那怪道：『疼，疼，疼！』丢了手看处，只见他脚上流血。三藏惊问道：『先生啊，你从那里来？因甚伤了尊足？』那怪巧语花言，虚情假意道：『师父啊，此山西去，有一座清幽观宇。我是那观里的道士。』三藏道：『你不在本观中侍奉香火，演习经法，为何在此闲行？』那魔道：『因前日山南里施主家，邀道众禳星，散福来晚，我师徒二人，一路而行。行至深衢，忽遇着一只斑斓猛虎，将我徒弟衔去。贫道战兢兢亡命走，一跤跌在乱石坡上，伤了腿足，不知回路。今日大有天缘，得遇师父，万望师父大发慈悲，救我一命。若得到观中，就是典身卖命，一定重谢深恩。』三藏闻言，认为真实，道：『先生啊，你我都是一命之人，我是僧，你是道。衣冠虽别，修行之理则同。我不救你啊，就不是出家之辈。救便救你，你却走不得路哩。』那怪道：『立也立不起来，怎生走路？』三藏道：『也罢，也罢。我还走得路，将马让与你骑一程，到你上宫，还我马去罢。』那怪道：『师父，感蒙厚情，只是腿胯跌伤，不能骑马。』三藏道：『正是。』叫沙和尚：『你把行李捎在我马上，你驮他一程罢。』沙僧道：『我驮他。』那怪急回头，抹了他一眼，道：『师父啊，我被那猛虎唬怕了，见这晦气色脸的师父，愈加惊怕，不敢要他驮。』三藏叫道：『悟空，你驮罢。』行者连声答应道：『我驮，我驮！』那妖就认定了行者，顺顺的要他驮，再不言语。

沙僧笑道：『这个没眼色的老道！我驮着不好，颠倒要他驮。他若看不见师父时，三尖石上，把筋都掼断了你的哩！』行者驮了，口中笑道：『你这个泼魔，怎么敢来惹我！你也问问老孙是几年的人儿！你这般鬼话儿，只好瞒唐僧，又好来瞒我？我认得你是这山中的怪物！想是要吃我师父哩。我师父又非是等闲之辈，是你吃的！你要吃他，也须是分多一半与老孙是。』那魔闻得行者口中念诵，道：『师父，我是好人家儿孙，做了道士。今日不幸，遇着虎狼之厄，我不是妖怪。』行者道：『你既怕虎狼，怎么不念《北斗经》？』三藏正然上马，闻得此言，骂道：『这个泼猴！「救人一命，胜造七级浮屠。」你驮他驮儿便罢了，且讲甚么「北斗经」、「南斗经」！』行者闻言道：『这厮造化哩！我那师父是个慈悲好善之人，又有些外好里枒槎。我待不驮你，他就怪我。驮便驮，须要与你讲开：若是大小便，先和我说。若在脊梁上淋下来，臊气不堪，且污了我的衣服，没人浆洗。』那怪道：『我这般一把子年纪，岂不知你的话说？』行者才拉将起来，背在身上。同长老、沙僧，奔大路西行。那山上高低不平之处，行者留心慢走，让唐僧前去。

行不上三五里路，师父与沙僧下了山凹之中，行者却望不见，心中埋怨道：『师父偌大年纪，再不晓得事体。这等远路，就是空身子也还嫌手重，恨不得捽了，却又教我驮着这个妖怪！莫说他是妖怪，就是好人，这们年纪，也

死得着了，掼杀他罢，驮他怎的？』这大圣正算计要掼，原来那怪就知道了。且会遣山，就使一个『移山倒海』的法术，就在行者背上捻诀，念动真言，把一座须弥山遣在空中，劈头来压行者。这大圣慌的把头偏一偏，压在左肩背上。笑道：『我的儿，你使甚么重身法来压老孙哩？这个倒也不怕，只是「正担好挑，偏担儿难挨。」』那魔道：『一座山压他不住！』却又念咒语，把一座峨眉山遣在空中来压。行者又把头偏一偏，压在右肩背上。看他挑着两座大山，飞星来赶师父！那魔头看见，就吓得浑身是汗，遍体生津道：『他却会担山！』又整性情，把真言念动，将一座泰山遣在空中，劈头压住行者。那大圣力软筋麻，遭逢他这泰山下顶之法，只压得三尸神咋，七窍喷红。

好妖魔，使神通压倒行者，却疾驾长风，去赶唐三藏。就于云端里伸下手来，马上挝人。慌得个沙僧丢了行李，掣出降妖棒，当头挡住。那妖魔举一口七星剑，对面来迎。这一场好杀：

七星剑，降妖杖，万映金光如闪亮。这个圜眼凶如黑杀神，那个铁脸真是卷帘将。那怪山前大显能，一心要捉唐三藏。这个努力保真僧，一心宁死不肯放。他两个喷云嗳雾照天宫，播土扬尘遮斗象。杀得那一轮红日淡无光，大地乾坤昏荡荡。来往相持八九回，不期战败沙和尚。

那魔十分凶猛，使口宝剑，流星的解数滚来，把个沙僧战得软弱难搪，回头要走，早被他逼住宝杖，轮开大手，挝住沙僧，挟在左胁下，将右手去马上拿了三藏，脚尖儿钩着行李，张开口，咬着马鬃，使起摄法，把他们一阵风，都拿到莲花洞里。厉声高叫道：『哥哥！这和尚都拿来了！』

老魔闻言，大喜道：『拿来我看。』二魔道：『这不是？』老魔道：『贤弟呀，又错拿来了也。』二魔道：『你说拿唐僧的。』老魔道：『是便就是唐僧，只是还不曾拿住那有手段的孙行者。须是拿住他，才好吃唐僧哩。若不曾拿得他，切莫动他的人。那猴王神通广大，变化多般。我们若吃了他师父，他肯甘心？来那门前吵闹，莫想能得安

元神助本心

这行者将一个假葫芦儿抛将上去。你想，这是一根毫毛变的，能有多重？被那山顶上风吹去，飘飘荡荡，足有半个时辰，方才落下。只见那南天门上，哪吒太子把皂旗拨喇喇展开，把日月星辰俱遮闭了。真是乾坤墨染就，宇宙靛装成。

生。』二魔笑道：『哥啊，你也忒会抬举人。若依你夸奖他，天上少有，地下全无；自我观之，也只如此，没甚手段。』老魔道：『你拿住了？』二魔道：『他已被我遣三座大山压在山下，寸步不能举移。所以才把唐僧、沙和尚连马、行李，都摄将来也。』那老魔闻言，满心欢喜道：『造化，造化！拿住这厮，唐僧才是我们口里的食哩。』叫小妖：『快安排酒来，且与你二大王奉一个得功的杯儿。』二魔道：『哥哥，且不要吃酒，叫小的们把猪八戒捞上水来吊起。』遂把八戒吊在东廊，沙僧吊在西边，唐僧吊在中间，白马送在槽上，行李收将进去。

老魔笑道：『贤弟好手段，两次捉了三个和尚；但孙行者虽是有山压住，也须要作个法，怎么拿他来凑蒸，才好哩。』二魔道：『兄长请坐。若要拿孙行者，不消我们动身，只教两个小妖，拿两件宝贝，把他装将来罢。』老魔道：『拿甚么宝贝去？』二魔道：『拿我的「紫金红葫芦」，你的「羊脂玉净瓶」。』老魔将宝贝取出道：『差那两个去？』二魔道：『差精细鬼、伶俐虫二人去。』吩咐道：『你两个拿着这宝贝，径至高山绝顶，将底儿朝天，口儿朝地，叫一声「孙行者」，他若应了，就已装在里面，随即贴上「太上老君急急如律令奉敕」的帖儿。他就一时三刻化为脓了。』二小妖叩头，将宝贝领出去拿行者不题。

却说那大圣被魔使法压住在山根之下，遇苦思三藏，逢灾念圣僧，厉声叫道：『师父啊！想当时你到两界山，揭了压帖，老孙脱了大难，秉教沙门；感菩萨赐与法旨，我和你同住同修，同缘同相，同见同知，乍想到了此处，遭逢魔障，又被他遣山压了。可怜，可怜！你死该当，只难为沙僧、八戒与那小龙化马一场！这正是树大招风风撼树，人为名高名丧人！』叹罢，那珠泪如雨。

早惊了山神、土地与五方揭谛神众。会金头揭谛道：『这山是谁的？』土地道：『是我们的。』——『你山下压的是谁？』土地道：『不知是谁。』揭谛道：『你等原来不知。这压的是五百年前大闹天宫的齐天大圣孙悟空行者。如今皈依正果，跟唐僧做了徒弟。你怎么把山借与妖魔压他？你们是死了。他若有一日脱身出来，他肯饶你！就是从轻，土地也问个摆站，山神也问个充军，我们也领个大不应是。』那山神、土地才怕道：『委实不知，不知。只听得那魔头念起遣山咒法，我们就把山移将来了。谁晓得是孙大圣？』揭谛道：『你且休怕。律上有云：「不知者不坐。」我与你计较，放他出来，不要教他动手打你们。』土地道：『就没理了；既放出来又打？』揭谛道：『你不知。他有一条如意金箍棒，十分利害：打着的就死，挽着的就伤；磕一磕儿筋断，擦一擦儿皮塌哩！』

那土地、山神，心中恐惧，与五方揭谛商议了，却来到三山门外叫道：『大圣！山神、土地、五方揭谛来见。』好行者，他虎瘦雄心还在，自然的气象昂昂，声音朗朗道：『见我怎的？』土地道：『告大圣得知。遣开山，请大圣出来，赦小神不恭之罪。』行者道：『遣开山，不打你。』

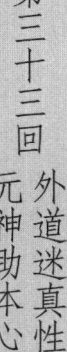

喝声：『起去！』就如官府发放一般。那众神念动真言咒语，把山仍遣归本位，放起行者。行者跳将起来，抖抖土，束束裙，耳后掣出棒来，叫山神、土地：『都伸过孤拐来，每人先打两下，与老孙散散闷！』众神大惊道：『刚才大圣已吩咐，恕我等之罪；怎么出来就变了言语要打？』行者道：『好土地！好山神！你倒不怕老孙，却怕妖怪！』土地道：『那魔神通广大，法术高强，念动真言咒语，拘唤我等在他洞里，一日一个轮流当值哩！』行者听见『当值』二字，却也心惊。仰面朝天，高声大叫道：『苍天！苍天！自那混沌初分，天开地辟，花果山生了我，我也曾遍访明师，传授长生秘诀。想我那随风变化，伏虎降龙，大闹天宫，名称大圣。更不曾把山神、土地欺心使唤。今日这个妖魔无状，怎敢把山神、土地唤为奴仆，替他轮流当值？天啊！既生老孙，怎么又生此辈？』

那大圣正感叹间，又见山凹里霞光焰焰而来。行者道：『山神、土地，你既在这洞中当值，那放光的是甚物件？』土地道：『那是妖魔的宝贝放光，想是有妖精拿宝贝来降你。』行者道：『这个却好耍子儿啊！我且问你，他这洞中有甚人与他相往？』土地道：『他爱的是烧丹炼药，喜的是全真道人。』行者道：『怪道他变个老道士，把我师父骗去了。既这等，你都且记打，回去罢。等老孙自家拿了他。』那众神俱腾空而散。

这大圣摇身一变，变做个老真人。你道他怎生打扮：

头挽双髽髻，身穿百衲衣。

手敲渔鼓简，腰系吕公绦。

斜倚大路下，专候小魔妖。

顷刻妖来到，猴王暗放刁。

不多时，那两个小妖到了。行者将金箍棒伸开，那妖不曾防备，绊着脚，扑的一跌。爬起来，才看见行者，口里嚷道：『惫懒，惫懒！若不是我大王敬重你这行人，就和比较起来。』行者陪笑道：『比较甚么？道人见道人，都是一家人。』那怪道：『你怎么睡在这里，绊我一跌？』行者道：『小道童见我这老道人，要跌一跌儿做见面钱。』那妖道：『我大王见面钱只要几两银子，你怎么跌一跌儿做见面钱？你别是一乡风，决不是我这里道士。』行者道：『我当真不是。我是蓬莱山来的。』那妖道：『蓬莱山是海岛神仙境界。』行者道：『我不是神仙，谁是神仙？』那妖却回嗔作喜，上前道：『老神仙，老神仙！我等肉眼凡胎，不能识认，言语冲撞，莫怪，莫怪。』行者道：『我不怪你。常言道：「仙体不踏凡地」，你怎知之？我今日到你山上，要度一个成仙了道的好人。那个肯跟我去？』精细鬼道：『师父，我跟你去。』伶俐虫道：『师父，我跟你去。』

行者明知故问道：『你二位从那里来的？』那怪道：『自莲花洞来的。』『要往那里去？』那怪道：『奉我大王教命，拿孙行者去的。』行者道：『拿那个？』那怪又道：『拿孙行者。』孙行者道：『可是跟唐僧取经的那个孙行者么？』那妖道：『正是，正是。你也认得他？』行者道：『那猴子有些无礼。我认得他。我也有些恼他。我与你同拿他去，就当与你助功。』那怪道：『师父，不须你助功。我二大王有些法术，遣了三座大山把他压在山下，寸步难移，教我两个拿宝贝来装他的。』行者道：『是甚宝贝？』精细鬼道：『我的是「红葫芦」，他的是「玉净瓶」。』行者道：『怎么样装他？』小妖道：『把这宝贝的底儿朝天，口儿朝地，叫他一声，他若应了，就装在里面；贴上一张「太上老君急急如律令奉敕」的帖子，他就一时三刻化为脓了。』行者见说，心中暗惊道：『利害，利害！当时日值功曹报信，说有五件宝贝，这是两件了；不知那三件又是甚么东西？』行者笑道：『二位，你把宝贝借我看看。』那小妖那知甚么诀窍，就于袖中取出两件宝贝，双手递与行者。行者见了，心中暗喜道：『好东西，好东西！我若把尾子一抉，飕的跳起走了，只当是送老孙。』忽又思道：『不好，不好！抢便抢去，只是坏了老孙的名头。这叫做白日抢夺了。』复递与他去，道：『你还不曾见我的宝贝哩。』那怪道：『师父有甚宝贝？也借与我凡人看看压灾。』

好行者，伸下手把尾上毫毛拔了一根，捻一捻，叫『变！』即变做一个一尺七寸长的大紫金红葫芦，自腰里拿将出来道：『你看我的葫芦么？』那伶俐虫接在手，看了道：『师父，你这葫芦长大，有样范，好看，却只是不中用。』行者道：『怎的不中用？』那怪道：『我这两件宝贝，每一个可装千人哩。』行者道：『你这装人的，何足稀罕？我这葫芦，连天都装在里面哩！』那怪道：『就可以装天？』行者道：『当真的装天。』那怪道：『只怕是谎。就装与我们看看才信；不然，决不信你。』行者道：『天若恼着我，一月之间，常装他七八遭。不恼着我，就半年也不装他一次。』伶俐虫道：『哥啊，装天的宝贝，与他换了罢。』精细鬼道：『他装天的，怎肯与我装人的相换？』伶俐虫道：『若不肯啊，贴他这个净瓶也罢。』行者心中暗喜道：『葫芦换葫芦，余外贴净瓶：一件换两件，其实甚相应！』即上前扯住那伶俐虫道：『装天可换么？』那怪道：『但装天就换；不换，我是你的儿子！』行者道：『也罢，也罢，我装与你们看看。』

好大圣，低头捻诀，念个咒语，叫那日游神、夜游神、五方揭谛神：『即去与我奏上玉帝，说老孙皈依正果，保唐僧去西天取经，路阻高山，师逢苦厄。妖魔那宝，吾欲诱他换之，万千拜上，将天借与老孙装闭半个时辰，以助成功。若道半声不肯，即上灵霄殿，动起刀兵！』

那日游神径至南天门里，灵霄殿下，启奏玉帝，备言前事。玉帝道：『这泼猴头，出言无状。前者观音来说，放了他保护唐僧，朕这里又差五方揭谛、四值功曹，轮流护持，如今又借天装，天可装乎？』才说装不得，那班中闪出哪吒三太子，奏道：『万岁，天也装得。』玉帝道：『天怎样装？』哪吒道：『自混沌初分，以轻清为天，重浊为地。天是一团清气而扶托瑶天宫阙，以理论之，其实难装，但只孙行者保唐僧西去取经，诚所谓泰山之福缘，海深之善庆，今日当助他成功。』玉帝道：『卿有何助？』哪吒道：『请降旨意，往北天门问真武借皂雕旗在南天门上一展，把那日月星辰闭了。对面不见人，捉白不见黑，哄那怪道，只说装了天，以助行者成功。』玉帝闻言：『依卿所奏。』那太子奉旨，前来北天门，见真武，备言前事。那祖师随将旗付太子。

早有游神急降大圣耳边道：『哪吒太子来助功了。』行者仰面观之，只见祥云缭绕，果是有神。却回头对小妖道：『装天罢。』小妖道：『要装就装，只管「阿绵花屎」怎的？』行者道：『我方才运神念咒来。』那小妖都睁着眼，看他怎么样装天。这行者将一个假葫芦儿抛将上去。你想，这是一根毫毛变的，能有多重？被那山顶上风吹去，飘飘荡荡，足有半个时辰，方才落下。只见那南天门上，哪吒太子把皂旗拨喇喇展开，把日月星辰俱遮闭了。真是乾坤墨染就，宇宙靛装成。二小妖大惊道：『才说话时，只好向午，却怎么就黄昏了？』行者道：『天既装了，不辨时候，怎不黄昏！』——『如何又这等样黑？』行者道：『日月星辰都装在里面，外却无光，怎么不黑！』小妖道：『师父，你在那厢说话哩？』行者道：『我在你面前不是？』小妖伸手摸着道：『只见说话，更不见面目。师父，此间是甚么去处？』行者又哄他道：『不要动脚，此间乃是渤海岸上。若塌了脚，落下去啊，七八日还不得到底哩！』小妖大惊道：『罢！罢！罢！放了天罢。我们晓得是这样装了。若弄一会子，落下海去，不得归家！』

好行者，见他认了真实，又念咒语，惊动太子，把旗卷起，却早见日光正午。小妖笑道：『妙啊！妙啊！这样好宝贝，若不换啊，诚为不是养家的儿子！』那精细鬼交了葫芦，伶俐虫拿出净瓶，一齐儿递与行者。行者却将假葫芦儿递与那怪。行者既换了宝贝，却又干事找绝：脐下拔一根毫毛，吹口仙气，变作一个铜钱。叫道：『小童，你拿这个钱去买张纸来。』小妖道：『何用？』行者道：『我与你写个合同文书。你将这两件装人的宝贝换了我一件装天的宝贝，恐人心不平，向后去日久年深，有甚反悔不便，故写此各执为照。』小妖道：『此间又无笔墨，写甚文书？我与你赌个咒罢。』行者道：『怎么样赌？』小妖道：『我两件装人之宝，贴换你一件装天之宝，若有反悔，一年四季遭瘟。』行者笑道：『我是决不反悔；如有反悔，也照你四季遭瘟。』说了誓，将身一纵，把尾子翘了一翘，跳在南天门前，谢了哪吒太子麾旗相助之功。太子回宫缴旨，将旗送还真武不题。这行者伫立霄汉之间，观看那个小妖。

毕竟不知怎生区处，且听下回分解。